KB262387

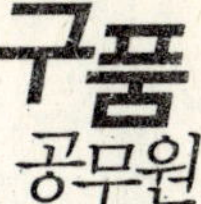

구품
공무원

FUSION FANTASTIC STORY
이상혁 장편 소설

구품공무원 3

이상혁 장편 소설

초판 1쇄 찍은 날 § 2012년 2월 1일
초판 1쇄 펴낸 날 § 2012년 2월 8일

지은이 § 이상혁
펴낸이 § 서경석

편집부장 § 권태완
편집책임 § 주소영

펴낸곳 § 도서출판 청어람
등록번호 § 제1081-1-89호
등록일자 § 1999. 5. 31
어람번호 § 제-1329호

주소 § 경기도 부천시 원미구 심곡2동 163-2 서경B/D 3F (우) 420-822
전화 § 032-656-4452 팩스 § 032-656-4453
http://www.chungeoram.com
E-mail § chungeoram@chungeoram.com

ⓒ 이상혁, 2011

ISBN 978-89-251-2764-4 04810
ISBN 978-89-251-2684-5 (세트)

이상혁 장편 소설
FUSION FANTASTIC STORY

구품 공무원

3

도서출판 청어람

목차

Chapter 13
선우시열

1

홍콩의 야경은 최고다. 하지만 가식처럼 느껴지기도 한다. 뒤안길에 있는 거대한 슬럼 탓이다.

영국과 중국의 이원지배체계가 백 년 넘게 이어져 오며 쌓인 모순들이 홍콩 반환을 계기로 훨씬 격화되었다. 혼란기를 이용해 가진 자는 배를 불리고 없는 자들은 슬럼 더욱 깊은 곳으로 숨어들었다.

그리고 그 모순에 기생하는 자들이 있었다.

"여기가 어디라고!"

뱀처럼 날카로운 인상을 한 남자였다. 부채에도 검은 뱀 한

마리가 혀를 날름거린다. 그가 몸을 외로 꼰 채로 손끝을 하나로 모아 상대를 위협한다. 사권(蛇拳) 고수 평조동. 사람들은 그를 이렇게 부른다. 구룡사(九龍蛇).

평조동은 흑사회에서도 간부 격 인물이었다. 홍콩 섬이 아닌 구룡반도 쪽의 한 거리에 기반을 두고 있는 그는 북경의 중앙당 고위 당원과의 친분을 바탕으로 무섭게 세를 불렸다.

범죄자인만큼 하는 일은 매춘에서 마약까지 악당다운 것뿐이었지만, 이 근처에서 평조동의 이름을 알아두지 않고는 구멍가게조차 열 수 없었다.

그런 악당의 대장 격인 인물이 지금 직접 사권을 선보여야 할 정도로 몰린 것이다. 부하들은 사방에 널브러져 죽었는지 살았는지 알 수도 없었다.

모든 게 저 한 무리, 여섯 사람 때문이다.

평조동의 앞에 서 있는 사람은 서른을 갓 넘긴 남자다. 키가 185를 훌쩍 넘기는 모델 체형의 그는 정장 차림에서 재킷만을 벗고 있었다. 겉모습만으로는 딱히 한중일 중 어느 나라 사람이라 단정 짓기 어려웠지만, 동료들과의 대화를 통해 한국인이라는 것을 알 수 있었다.

"도대체 정체가 뭐냐?!"

한 줌도 남지 않은 부하를 병풍 삼아 평조동이 물었다. 상대는 아무 말 없이 두 주먹을 콧날 높이까지 들어 올렸다. 언

뜻 보아서는 무에타이 같기도 했지만, 지금까지 구사한 무술의 타법을 보아서는 오히려 태권도에 가까웠다.

"우리 청자맹(靑瓷盟)과 무슨 원한이 있기에 이런 짓을 벌이는 거냐? 우리 뒤에 누가 있는지 정말 모르는 것이냐?"

평조동의 목소리가 다시 커졌다. 그 순간 시야에서 남자의 모습이 사라졌다. 평조동이 기척을 쫓아 당수를 뻗었다. 잡히는 것은 그림자뿐. 자신의 뒤에 있던 부하 하나가 헉 소리를 내며 바닥에 쓰러지는 모습이 보였다.

평조동의 당황한 눈이 상대를 좇았다. 그런데 그는 태연스레 원래 있던 자리에 여전히 파이팅 포즈를 취하고 있는 게 아닌가?

평조동은 마른침을 꿀꺽 삼켰다. 상대할 수조차 없는 고수. 그가 얻은 유일한 결론이었다.

사권의 자세를 풀고 동시에 그의 눈에 어려 있던 전의도 사라졌다.

그제야 상대방 남자가 입을 열었다.

"한 가지만 묻지."

평조동이 고개를 끄덕였다.

"말해봐라."

"2년 반 전, 2008년 초쯤에 하나의 상자가 북경에서 홍콩으로 넘어왔다. 크기는 길이 1미터에 지름이 20센티미터쯤 되는 원기둥 모양이다. 기억하고 있나?"

남자는 유창한 북경어를 구사했다. 평조동이 그의 물음에 잠시 머뭇거렸다.

"그걸 왜 묻는 거지?"

"묻는 말에나 답해라."

"싫다면?"

평조동이 마지막 자존심을 세워 떠봤다. 그 순간 남자의 눈빛이 싸늘하게 식는다.

"여기 있는 너희를 모두 죽인다. 평 씨 성을 가진 사람 백 명을 더해서. 해남성 쪽에 평 씨 집성촌이 있다고 들었는데……."

평조동의 표정이 흙빛으로 굳었다. 해남성이라면 평조동의 고향이 있는 곳이다. 굳이 그가 해남성을 언급하는 걸 보면 이미 자신에 대한 조사가 끝났다고 봐야 했다.

머뭇거리는 평조동에게 남자가 다시 말했다.

"상자의 행방만 이야기하면 된다. 그렇게 대단할 것도 없는 비밀일 텐데?"

이미 싸움에서 패한데다가 그의 말마따나 극비에 속하는 이야기도 아니다. 단지 평조동은 무력에 굴복해 조직 내의 일을 외부로 발설하는 것이 자존심 상할 뿐이다.

마지막으로 다시 남자의 눈을 보았다. 이루 형용할 수 없는 사나움이 그에게서 느껴졌다. 용일지 호랑이일지, 굳이 짐승에 비교한다면 그러한 느낌의.

당해낼 수 없다. 평조동은 낮은 한숨을 내쉬며 입을 열었다.

"물건은 영국으로 갔다. 소더비 경매 회사."

"상자 안에 뭐가 있었는지 확인해 봤나?"

다시 남자가 묻고, 평조동은 고개를 저었다.

"윗선 어르신들의 거래다. 내가 어찌 감히……."

"대금(大쪽)이다. 그렇지 않나?"

남자가 대뜸 묻는 말에 평조동이 당황했다. 보지 않았다는 건 거짓말이었다. 북경에서 온 물건을 다시 포장해 영국으로 보낸 것이 다름 아닌 그였다.

"역시 그렇군."

남자가 고개를 끄덕였다. 이번에는 평조동이 질문을 던졌다.

"도대체 정체가 뭐야?"

"너희 같은 깡패 조직이 알 것 없다."

"한국인인가, 아니면 북……."

그 말에 남자가 코웃음을 쳤다.

"그런 구분은 우리에게는 무의미하다. 우리가 있어온 건 남북한으로 한민족이 구분되기 훨씬 이전의 일이니."

곁에 서 있던 침입자 중 한 명이 양복 재킷을 건네주었다. 남자는 재킷을 걸치며 평조동을 비롯한 조직원들을 한눈으로 훑어보았다.

"우리를 찾으려 들지 마라. 네 윗대가리에게 한마디만 하면 지금 너희가 저지른 죗값도 모두 치르게 할 수 있다."

양복 주머니에 꽂아두었던 보잉 선글라스로 눈을 감춘다. 몸을 돌리며 남자가 말을 이었다.

"그들을 보면 피해라. 원심(原心)은 이미 원심(怨心:원망하는 마음)이다."

"원심당!"

그 이름을 듣는 순간 평조동은 몸을 떨었다. 하지만 한마디 명(名)이 무엇을 뜻하는지를 알았기에 오히려 면죄부라도 얻은 느낌이다.

뒤돌아 나가는 그에게 평조동이 말했다.

"그건 청죽(靑竹)으로 만든 대금이 맞소. 그 이상은 나도 말해줄 수 없으니 부디 우리에게 원한을 갖지 마시오."

"쉐쉐(謝謝)!"

남자가 손을 들어 평조동에게 짤막히 인사했다. 그와 다섯 명의 수하는 곧바로 평조동의 펜트하우스를 벗어나 빌딩 정문에 세워둔 붉은색 리무진으로 자리를 옮겼다.

"3년간 추적해 온 일의 끝이 보이는 것 같습니다."

"아, 하지만 너무 기대하지는 말게."

남자는 리무진의 뒷자리에 몸을 깊숙이 파묻었다. 10대 중반에 접어들어 한 사람 몫을 하게 되면서부터 전 세계를 떠돌았다. 하지만 시간이 지나면 지날수록 범위가 좁혀지기는커녕 오히려 오리무중에 빠져든다.

"선우 도련님, 기운 내세요."

20대 초반의 곱상한 남자가 그에게 빙긋 미소를 지었다. 선우 도련님이라는 남자가 그의 머리를 쓰다듬어 헝클었다.

"누가 기운이 없다는 거냐?"

이 남자의 이름은 선우시열, 바로 시연의 친오빠다.

시연보다 다섯 살 많은 그는 지난 3년간 북경에서 모습을 드러낸 한 자루의 피리를 추적해 전 세계를 떠도는 중이었다.

시열은 리무진 한쪽에 마련된 칵테일 바로 손을 뻗었다. 그가 잡은 것은 보드카 병이 아닌 손바닥만 한 액자였다. 환하게 웃고 있는 한 소녀와 시열이 나란히 찍은 하나뿐인 가족사진.

"가문의 저주를 받는 건 나 하나로 족해. 시연은……."

여동생의 사진을 뚫어져라 바라봤다. 이제는 스물일곱. 결코 어리다고는 할 수 없지만 시열의 머릿속에 남아 있는 시연은 늘 열 몇 살 먹은 소녀였다.

“안 그러냐, 일지야?”

부름을 받은 것은 조금 전 격려의 말을 하던 어린 남자였다. 이곳에 있는 여섯 명의 남자 중 가장 어린 그는 키도 작은 편에 얼굴도 귀여워 일종의 마스코트 역할을 담당하고 있었다.

하지만 단지 그 이유만으로 이 자리에 있을 수는 없었다. 그 역시 검술과 격투술 등 어느 한 부분 빠지지 않는 실력자였다.

“벌써 그 아이도 스물일곱 아니냐. 그런데 아직도 시집을 못 갔으니……. 그게 다 가문의 운명 때문 아니겠냐?”

시열의 말에 일지가 삐죽이며 답했다.

“아가씨 눈이 높아서 그런 게 아니고요?”

시열은 일순 답할 말을 찾지 못했다. 일지의 말이 꼭 틀린 것도 아니었다.

‘숙명’ 이라는 부분을 뺀다면 선우 가문은 세계에서 상대를 찾기 어려울 정도로 어마어마한 집안이었다. 고구려 시대로부터 이어져 온 명문 가문이다 보니 막말로 매달 백만 원짜리 적금에 들었어도 그 이자가 수백억은 될 판이다.

“아니, 뭐 그 아이가 눈이 높은 것도 사실이지만 그래도…….”

더듬거리며 시열이 시연의 연애 경험 전무의 이유를 변명

해 주려 했다.

"그 아이도 우리 가문의 숙원을 풀기 위해 전심전력을 다하고 있지 않느냐? 그러다 보니 자연스레 남자와는 멀어지게 된 것이지."

그때, 다른 남자 하나가 입을 열었다. 쾌활한 표정의 그 남자는 시열과 나이가 비슷했다. 원심당 안에서도 어렸을 때부터 친구처럼 서로를 절차탁마해 온 사이다. 이름은 장만국이라 했다.

"돌탱이랑 사귀는 거 아니었냐? 개들 붙어 다닌 게 십 년도 넘었잖아."

일지가 대신 답했다.

"그건 아닌 거 같았어요. 어느 쪽이냐면… 여왕님과 노예?"

시열이 두 사람의 대화에 못마땅한 표정을 지었다.

"우리 시연이가 얼마나 순수한 아이인데 뭐가 여왕이고 노예야? 비서잖아, 비서. 가신(家臣)에 가깝지만."

만국이 웃었다.

"아무리 그래도 순수는 아니다."

"아오, 너희가 우리 시연이를 잘 몰라서 그래. 어려부터 남자라고는 지 아버지하고 나밖에 모르는 애야. 난 그 애가 시집이나 갈 수 있을지 걱정이 태산이다, 태산이야."

그들이 타고 있는 리무진의 전화기가 울린 것은 바로 그때였다. 원심당 본당과의 직통 전화다. 좀처럼 오지 않는 전화였기에 시열과 그의 부하들이 하던 일을 멈추며 전화기로 시선을 모았다.

일지가 전화를 받았다. 예, 예, 하고 몇 마디 하더니 전화기를 내려놓는다. 무슨 일이냐며 모인 시선에 일지가 침을 꿀꺽 삼켰다.

그가 바라본 것은 시열이었다.

"뭔데? 그 표정은 뭐야?"

일지가 떨떠름한 얼굴로 말했다.

"갔다는데요?"

"뭐가 가?"

"시집이요."

"뭐가 시집을 가?"

"시연 아가씨요."

시열이 고개를 갸웃했다. 얼른 와 닿지 않는 이야기에 머릿속이 헝클어졌다. 일지가 그의 머릿속에 쐐기를 박았다.

"시연 아가씨가 이한희인가 하는 남자와 오늘 결혼을 선언했다는데요?"

"뭐라고!"

시열이 미친 호랑이처럼 으르렁거렸다. 선글라스를 벗어

던지고 부리부리한 눈으로 주위를 노려봤다. 부하들은 숨 죽여 시열을 지켜보았다.

"런던행 비행기 취소해! 당장 원심당으로 돌아간다!"

수하 어느 누구도 시열의 결정에 이의를 제기하지 않았다. 원래도 믿고 따랐지만, 이번 일에만큼은 '의견 개진' 조차 할 수 없었다.

오라비의 눈에 지옥 불이 이글거린다.

2

한희가 몸을 부르르 떨자 곁에 있던 시연이 물었다.

"추워요?"

"아니⋯ 아닙니다."

"높임말은 쓰지 마세요. 누가 아내에게 그렇게 말하나요?"

"그⋯⋯."

한희는 지금의 상황이 어색해 어쩔 줄을 몰랐다. 가훈 때문에 더했겠지만, 결혼이라는 상황을 꿈에도 상상해 본 적 없다. 하다못해 또래처럼 연애를 하겠다느니 애인을 만들겠다느니 하는 생각조차 하지 못했다.

전각 안, 부조상(浮彫像)으로 살아가고 있는 선우암이 한희에게 말을 한 것은 바로 그때다.

“이제 대답해 보게나. 고손자사위는 어찌 만파식적의 이름을 알고 있는 겐가? 아니, 조선팔도에 발 디디고 있는 사람이라면 이름 정도야 알 수 있겠지만… 자네는 분명 잠꼬대로 그랬네. 만파식적을 찾는다고.”

하나를 넘으니 또 하나의 산이 눈앞에 있었다. 한희는 어떻게 설명을 해야 할지 얼른 갈피를 잡기 힘들었다.

다행히 신령계의 일이니 믿기 힘든 이야기니 하는 것에는 신경이 덜 쓰였다. 눈앞의 존재야말로 반인반선(半人半仙)을 넘어서 반쯤 자연이 된 사람이니 용왕에 대해서도 믿을 터.

하지만 그걸 입 밖에 내도 될지는…….

“제 벗들은 어디에 있습니까?”

한희가 주위를 두리번거렸다. 광호와 길동이 생각났다. 무대 근처에 있었던 만큼 지금의 상황에 수수방관하지는 않았을 것이다.

“벗이라니? 누굴 말하는 게냐?”

시연이 한희에게 공손한 눈빛으로 답했다.

“서방님의 친구 분들이라면 지금 저희가 데리고 있어요.”

서방님이라는 말이 어색해 한희가 몸서리친다.

“다치게 하지는 않았을 거라 생각합니다만…….”

“물론이에요.”

한희는 한시름 놓으며 선우암에게 다시 눈을 돌렸다. 분명 선우시연의 고조부라 들었는데 어떻게 사람이 바위가 된 것인지 한희의 상식으로는 이해하기 힘들었다.

더 이상 선우암의 말을 못 들은 척하기도 힘들었기에 한희가 옷깃을 매만지며 선우암에게 허리를 굽혔다.

"고조부님께 아뢰옵니다."

이 한마디에 시연의 뺨이 미미하게 붉어졌다. 한희가 선우암을 고조부라 부른 것은 혼인을 인정한다는 말이나 진배없다.

사실 한희가 기절한 상태에서 시연이 한 행동은 도박이나 다름없었다. 한희가 옛날식 사고방식을 가진 남자라는 것은 알고 있었지만, 그렇다고 생면부지에 가까운 자신과의 결혼을 흔쾌히 승낙할지 변수가 너무나 많았다.

상대가 의식을 잃고 있었으니 따지고 보면 일방적인 결정에 가까웠고, 예의에도 어긋난 데다 상식에서는 더욱 벗어났다.

하지만 역시 한희는 시연의 생각 그대로의 인물이었다. 한번 승낙한 이상 번복은 없었다.

시연이 새삼 한희를 보았다. 이 남자가 내 남편이구나 하는 생각을 다시금 떠올려 본다.

그런 시연의 복잡한 마음은 아는지 모르는지 한희는 선우암에게 만파식적에 대해 어떻게 설명할지 머릿속을 정리하는 중이었다.

"소손도 만파식적에 대해 들은 것은 최근의 일입니다."

선우암의 눈가가 파르르 떨렸다.

"진정 그 이름을 들었단 말인가? 행방을 혹시 알고 있는 겐가?"

백 년 넘게 바위로 살아온 선우암에게서 절박함 같은 것이 느껴졌다. 한희는 그 점이 이상하기 짝이 없었다. 눈을 돌려 시연을 보았다. 그녀 역시 선우암 이상으로 만파식적이라는 이름에 대해 관심을 보이고 있었다.

"행방은 모르옵니다. 다만 그것을 찾고 있는 인물에 대해 알고 있을 뿐입니다."

이번에는 선우암과 시연이 서로를 마주 봤다. 선우암이 한 희에게 불쑥 다가왔다. 바위와 여전히 한 몸이었지만 한 자 넘게 허리를 앞으로 빼며 물었다.

"그게 누군가? 누가 있어 그 비보를 찾는 겐가?"

"그건… 정말 죄송합니다. 하나 함부로 입 밖에 내서는 안 될 일 같습니다. 너무 많은 생명이 얽혀 있는데다 소손은 부 외자에 불과하여 함부로 언급하기 어렵습니다."

무차면 인근의 골프장 건설, 그리고 그곳에 있다고 하는 태 백산의 지맥. 한희는 그 지맥을 둘러싼 태백산 신령과 동해 용왕의 갈등을 머릿속에 그려보았다. 알고 있다고 섣불리 입

밖에 낼 만한 것이 아니다.

선우암이 다그치듯 물었다.

"자네가 아까 말하지 않았나, 내가 자네를 구했다고. 그 은혜와 맞바꾸어 말해줄 수 없는 일인가?"

한희가 다시 허리를 굽혔다.

"제 목숨과도 바꿀 수 없는 일입니다."

"허어."

선우암의 얼굴에 난처한 기색이 어렸다. 당장 그의 입을 열게 만드는 것은 불가능한 일일 듯했다. 가볍게 한숨을 쉬며 그는 더 이상 한희를 추궁하지 않았다.

그 대신 선우암이 시연에게 느릿한 소리로 말했다.

"고조부에게는 말 못할 일이라도 부부끼리는 할 수 있을 테니… 뒷일은 시연 네가 처리하거라."

시연이 굳은 표정을 지으며 새신랑(?)을 돌아보았다. 그 순간 선우암이 축객령을 내렸다.

"오랫동안 사람 행세를 했더니 피곤하구나. 너희는 이제 다시 인세로 돌아가거라. 시연, 이 어린아이야, 다음에 올 때는 내 손에 맞는 스마트폰을 꼭 가지고 오너라."

선우암은 자신의 말을 마치고는 시연과 한희가 인사를 하기도 전에 인왕산 바위 부조상 안으로 모습을 감추었다.

시연은 고조부의 뜻을 알 것 같았다.

　더 이상 한희를 이곳에 붙잡아두어서는 안 된다. 빨리 확실한 부부 관계가 되어 그에게서 만파식적에 대한 이야기를 끌어내야 한다.

　한편, 두 사람이 몇 시간째 인왕산 중턱에 머물러 있는 사이 홍콩에서 출발한 일단의 무리가 원심당 내원에 들이닥쳤다.

　으르렁거리는 그의 목소리가 전각에 부딪쳐 쩌렁쩌렁 메아리치고, 그 기세가 어찌나 등등하던지 여느 사람들은 감히 눈을 마주치지도 못했다. 사람을 죽일 듯한 눈빛으로 원심당을 뒤집어놓고 있는 그는 다름 아닌 시연의 친오빠 선우시열이었다.

　"이게 무슨 일입니까! 대답들 해보십시오!"

　원심당 대청에는 지금 당의 핵심 인사들이 회의를 진행하는 중이었다. 중문을 박차고 들어서자마자 외치는 시열에게 장로들의 시선이 집중됐다. 한 사람이 시열의 팔을 잡아당기며 말했다.

　"이게 무슨 짓인가? 여기가 원심당이라는 것을 잊었나?"

　"당숙! 무슨 짓인지 내가 오히려 묻고 싶소! 갑자기 내 동생이 결혼을 하다니! 누구의 머리통에서 나온 생각이오?!"

　바로 뒤이어 그 머리통을 몇으로 쪼개느니 마느니 하는 대사가 생략되어 있다는 것은 누가 들어도 알 수 있었다.

"허허, 가문의 어르신들이 계신 자리에서……."

당숙이 혀를 찼다. 당숙이라 하면 아버지의 사촌 형제다. 하지만 외당숙이었기에 그는 선우의 성을 이어받지는 못했다.

반면 시열은 선우가의 적통이었고, 그렇기에 항렬이 높은 당숙의 만류에도 시열의 목소리는 줄어들 줄을 몰랐다.

그때, 당상에서 점잖은 목소리가 울렸다.

"왔으면 응당 어른들께 인사부터 올려야 하지 않느냐. 내 너를 그리 가르쳤더냐?"

선우시열의 기세가 살짝 누그러들었다.

"당주님께서도 계실 줄은 몰랐습니다."

"허, 그래도! 잘못을 깨달았다면 곧바로 고쳐야 할 것 아니냐? 내가 이곳에 있으면 인사를 하고 없으면 하지 않겠다는 게냐?"

평소라면 시열도 할아버지의 역정에 바로 고개를 숙였을 테지만, 사안이 사안인만큼 쉽사리 진정되지 못했다.

"당주님께서 계셨는데 사태가 어찌 이리되었단 말입니까?"

당상을 향해 시열이 꼿꼿이 고개를 쳐든다. 선우협이 그의 눈을 마주 본다.

"이제는 제 할아비에게까지 큰소리를 치는 게냐?"

"그런 게 아니지 않습니까? 전 당주께서 없는 사이 동생이 무슨 음모에라도 빠진 것이라 생각했습니다. 결혼이라니요! 반년 전 정례회의 때만 해도 시연에게 그런 이야기는 듣지 못했습니다."

시열의 외당숙이 점잖은 목소리로 그에게 말했다.

"앞뒤 사정도 모르고 무조건 가문의 어르신들을 탓하는 건 어디서 배운 버르장머리인가? 이번 일에 음모는 무슨 음모란 말이냐?"

"제 동생의 남편 자리를 노리고 있는 사람이 한둘입니까?"

시열이 외당숙을 쏘아봤다.

"그쪽 희 씨 가문에서도 재작년에 사달을 일으켰던 것으로 기억합니다만."

희(戲)는 외당숙의 성씨다. 지금은 쓰이지 않는 희귀한 성씨로 옛 발해시대에 귀화한 말갈족의 성이었다고 한다.

"당조카는 왜 또 그 일을 꺼내는가!"

희 씨 외당숙의 기가 죽었다. 시연과의 결혼을 획책하다 무리한 일을 벌인 탓에 희 씨 가문의 사람 둘이 원심당의 이름으로 처형당했다. 다행히 죄가 연좌되지는 않았지만, 희 씨들의 발언권에 제법 타격이 있었음은 말할 나위 없다.

시열은 외당숙을 무시하며 다시 당상 가장 높은 곳에 앉은 할아버지를 똑바로 바라보았다.

"말씀해 보십시오, 당주! 시연이 어떤 함정에 빠진 것입니까?"

선우협은 손자의 물음에 곧바로 입을 열려 했다. 하지만, 그 순간 내당과 외당을 잇는 문이 쾅 하는 소리를 내며 산산이 부서져 버렸다.

"우리 형 내놔!"

외침의 주인공은 바로 단광호! 한 마리의 미친 범이었다.

3

시연의 친오빠 선우시열이 원심당에 도착할 무렵, 원심당의 한철 감옥에서도 작은 소란이 시작되고 있었다.

광호는 감옥에 앉아 해독술을 모두 체득했다. 원체 마른 스펀지 같은 상태라 배움이 빨랐던 데다가 스승도 좋았다. 길동은 도력이 높을뿐더러 호랑이의 생태와 습성(!)에 대해 이해도가 높은 인물이었다. 광호에게 있어서는 다시 구할 수 없는 좋은 선생이었다.

해독법을 완전히 익히고 나자마자 광호가 침대에서 벌떡 일어났다. 한철인지 뭔지 하는 철창을 빼고는 손님방이라고 해도 믿을 만한 장소였지만, 언제까지 기다릴 수만은 없는 일이다.

한철 철창을 잡고 광호가 용을 썼다.

"소용없다니까. 한희 선비나 되어야 어떻게 해볼까 말까 한 물건이야."

길동의 점잖은 제지에 광호는 들은 체 만 체하고 철창을 잡고 흔들어대기 시작했다.

원래도 건달 세계에서 힘깨나 쓴 광호다. 최근 손에 넣은 영신의 힘이 더해지니 만년한철로 만든 철창 전체가 웅웅 떨었다.

그러다 안 되자 광호는 발로 철창을 쿵쿵 차대기 시작했다. 발바닥이 저릿할 정도로 쳐대도 꿈쩍도 않는다.

"하지 말래도 그러네. 괜히 자네 몸만 상할 걸세."

길동이 다시 광호를 만류했다. 그러면서 한편으로는 이리도 성격이 급하니 어찌 큰일을 같이할까 하고 광호의 그릇을 재고 있었다.

감옥이 소란하자 두 명의 남자가 짝을 지어 모습을 드러낸다. 이곳이 감옥이니 간수쯤 되는 인물들이다. 하나는 점잖고 하나는 거칠게 생긴 두 남자는 광호를 보며 눈살을 찌푸렸다. 그중 하나가 광호에게 말했다.

"철창에 화풀이해도 소용없는 일이네. 얌전히 기다리면 당안의 중요한 일이 끝난 후 풀어주겠네."

그 말에 대한 광호의 대답은 중지를 높이 세우는 것이었다.

"꺼져, 게이."

점잖게 생긴 간수의 수염이 가볍게 떨렸다. 그 틈을 놓치지 않고 광호가 욕지거리를 시작했다.

"뭘 꼴아봐?"

누가 건달 출신 아니랄까 봐 차마 필설로 형언하기 힘든 육두문자들이 쉴 틈 없이 터져 나왔다. 같이 있던 길동이 '나 애랑 동료 아니에요' 라는 표정으로 한 걸음 물러설 정도였다.

점잔 빼고 있는 간수조차 얼굴이 붉으락푸르락했으니, 성격 급한 다른 간수가 참을 리 만무했다.

"이 녀석이 보자보자 하니까!"

그가 창살에 손을 들이밀어 광호의 멱살을 움켜쥐었다. 철탑 같은 덩치에 상박에서 하박까지 쓰리 사이즈가 34, 24, 32는 족히 될 것 같은 그가 터질 듯한 근육을 꿈틀거린다. 광호의 몸이 지푸라기 인형처럼 흔들거리며 공중에 떴다.

이 현철 감옥의 간수는 원심당의 적을 상대하는 인물들이다. 내전 소속 중에선 무술이 출중했다. 광호가 밖에서 무엇을 하던 뼈다귀든 간에 겁먹을 덩어리들이 아니었다.

점잖은 얼굴의 간수가 말했다.

"이보게, 그 손 놓게. 아직 당의 결정이 내려지지 않았네. 비록 이곳에 있지만 이들은 우리 당의 손님일세."

"사형, 그런 말씀 마십시오. 우리가 누구입니까? 이런 건달 나부랭이한테 욕을 먹고 참으라는 겁니까?"

성질 급한 간수가 광호의 멱살을 또 한 번 흔들어댔다. 하지만 광호의 태도는 변함이 없었다.

"참지 마, 이 새끼야!"

이번에는 길동이 광호를 어르려 했다. 상대가 적이라는 확신도 없는데 굳이 평지풍파를 일으킬 이유는 없었다. 이런 식으로 소란을 피웠다가는 탈출 기회도 점점 좁아질 것만 같았다.

하지만 길동은 열려던 입을 곧바로 닫았다. 광호의 눈빛을 마주한 순간이다. 지금 광호의 눈은 놀라울 정도로 침착했다. 결코 감정에 말려 소란을 피우고 있는 게 아니었다.

아니나 다를까, 광호의 손이 번개같이 움직였다. 머리끝까지 화가 치밀어 광호를 뒤흔들던 덩치의 팔이 안으로 꺾였다.

호랑이 발톱이라도 되는 양 손끝을 세워 광호가 덩치의 인후를 움켜쥐었다. 다른 손으로는 팔목을 꺾어 쥐어 그의 등 그림자 안으로 몸을 감추었다.

순식간에 감옥 안의 광호에게 목젖을 제압당하자 덩치는 헛, 하는 쉿소리를 냈다.

"꼼짝 마라. 이 새끼 죽는다."

광호가 간수의 등 뒤에 숨어 으름장을 놓았다. 워낙 순식간에 벌어진 일이었다.

"사제를 놓아주게!"

"놔줄 거 같으냐?"

붙잡힌 덩치가 소리를 질렀다.

"사형, 제게 신경 쓰지 마시고 이 녀석을 제압하십시오! 이런 놈들에게 농락당했다가는 당 안에서 얼굴을 못 들고 다닙니다."

광호가 입술을 비튼다.

"듣는 놈 기분 나빠질라 그러네. 아, 단광호 많이 값싸졌다!"

밖에 있던 사형이라던 인물은 사제의 말에 입술을 질끈 깨물더니 품 안에서 작은 권총을 꺼냈다. 끝이 뾰족하고 시험관 같은 것이 탄창 자리에 꽂혀 있는 것을 보아 총이라기보다는 주사기에 가까울 듯하다.

"내 다시 한 번 말로 권하겠네. 당장 사제를 놓아주게."

그에 대한 광호의 대답은 중지를 세우는 것이었다. 나이 많은 간수가 후, 하고 짧은 한숨을 내쉬더니 사제를 잡고 있는 광호의 팔에 주사기 끝을 가져갔다.

권총형 주사기가 다가오자 광호는 팔을 살짝 비틀어 피하려 했다. 그 틈을 놓칠세라 광호에게 붙잡혀 있던 간수가 오히려 광호의 팔뚝을 잡고 늘어졌다. 주사 바늘은 그대로 광호의 몸에 틀어박혔다.

"몸에 해로운 것은 아닐세. 잠시 잠들어 계시게나."

주사기를 다시 품에 갈무리하며 그가 사제에게 눈짓을 했다.

"이 일을 보고하러 돌아가세."

"예, 사형."

광호에게 붙잡혀 있던 남자는 사형의 부름에 대답하며 한 걸음 앞으로 내디뎠다. 그런데 자신의 몸을 붙잡고 있는 광호의 악력이 그대로였다. 손을 뿌리쳐 보았지만 꿈쩍도 하지 않았다.

"사형."

"왜 그러느냐?"

"이 녀석, 잠든 것 맞습니까?"

사제의 생뚱맞은 질문에 사형이란 인물이 고개를 갸웃한다. 주사액을 맞은 광호는 지금 두 눈을 감은 채 축 늘어져 있다. 하지만 사제의 팔목과 목덜미를 움켜쥔 손은 여전히 풀리지 않는다.

"경직이라도 온 건가? 힘을 써보게나. 잠든 사람이 무슨 기운이 있겠나?"

사제는 끙끙대며 광호의 손아귀를 벗어나려 애썼다. 하지만 용을 써도 여전히 요지부동.

"사형, 좀 도와주셔야겠습니다."

하지만 광호는 사제의 몸 뒤쪽에 완전히 몸을 감추고 있었다. 사형이라는 인물의 손이 광호에게 닿질 않았다.

"허허, 이상하네. 내 감옥 안에 가서 손을 풀어보겠네."

이렇게 말을 하며 사형은 감옥 안의 또 다른 인물, 길동에게 으름장을 놓았다.

"감옥 문을 열겠소. 하나 행여 허튼수작을 부릴 생각은 하지 않는 게 좋을 게요. 나도 동생도 지난 20년간 하루도 쉬지 않고 무술을 연마해 왔소."

길동은 두 손을 번쩍 들어 손바닥을 보였다. 입으로는 '알았습니다' 라고 답했지만 머릿속으로 절로 감탄이 나왔다.

'광호 녀석, 결국 저 철문을 열고 말았구나. 비상한 놈.'

그들 사형제는 광호가 지금 눈을 감고 마취약 성분을 해독해 내고 있다는 것을 전혀 눈치채지 못했다. 애초에 그런 기술이 있을 거라고는 꿈에도 상상하지 못했다.

사형은 철창문을 열며 한 눈으로 계속 길동의 용태를 주시했고, 길동은 안심하라는 듯 문에서 멀찌감치 떨어진 침대에 털썩 주저앉았다.

광호의 눈이 번쩍 떠진 것은 바로 그 순간이었다. 자초지종을 모르는 감옥 밖 간수가 사형에게 몸을 돌리며 말했다.

"어, 사형. 손이 풀렸어요. 이제 나오셔도 되겠어요."

하지만 그의 눈에 들어온 것은 자신의 사형이 광호의 주먹 한 방에 떡이 되어 바닥에 쓰러지는 모습이었다.

그건 정말 미친 호랑이었다. 등 돌아선 채 고개를 반쯤 돌린 광호의 눈에서는 흉악한 빛이 맴돌았다. 한철로 만든 창살을 사이에 두고도 덩치가 움찔해 뒷걸음질 칠 정도였다.

"우리 형 어디 있어?"

광호가 으르렁거리고, 간수는 주먹을 불끈 쥐며 철창 안으로 달려들었다. 하지만 형만 한 아우 없다던가? 그는 사형이라는 인물보다 영점 몇 초 빠르게 바닥에 기절하고 말았다.

순식간에 둘을 제압한 광호가 길동에게 짤막하게 말했다.

"갑시다."

길동이 허, 하는 탄성을 낸다.

"정말 싸움질 하나는 도가 텄구나."

감옥에서 나온·광호는 비호처럼 원심당 안을 헤집고 다녔다. 장로회의 탓에 원심당 안의 핵심 인물들이 모두 내전에 가 있는 상태였다. 광호의 독주를 막을 만한 인물은 더 이상 남아 있지 않았다.

그러던 중 내전 대문을 발길로 걷어차며 들이닥친 광호를 처음으로 막아선 인물이 있었으니, 바로 선우시열이었다.

"넌 또 뭐하는 놈이야?"

가뜩이나 여동생의 일로 기분이 좋지 않았던 시열이 대뜸 광호에게 소리를 쳤다. 하지만 한편으로는 이 세상에 원심당 안에서 소란을 일으킬 만한 인물이 남아 있다는 사실에 놀라는 중이었다.

한편, 광호도 입을 다문 채 시열의 위아래를 훑어보았다. 그가 지금까지 이 원심당 안에서 싸웠던 어느 누구와도 다른 경력을 지닌 인물이라는 것을 눈치챈 것이다.

"도대체 원심당에 무슨 일이 벌어지고 있는 거야? 여동생은 갑자기 시집을 가질 않나, 이런 양아치가 설치고 다니질 않나."

시열이 혀를 끌끌 차는 소리에 광호가 발끈했다.

"뭐가 어째? 누가 양아치라는 거야? 마취약 말고는 아무것도 없는 것들이!"

"당하는 게 병신이지."

"너 천조우엽 건물 한번 따라 들어와 볼래? 그래도 그따위로 건방진가 볼까?"

광호와 시열의 시선이 날카롭게 한데 얽혔다. 당장에라도 엉겨 붙을 것 같은 분위기가 팽배하다.

하지만 시열보다 한 걸음 앞서 나선 사람이 있었다. 바로 원심당의 치안을 담당하고 있는 내전(內殿) 금위(禁衛)대장이었다.

“둘 다 그만두시오.”

금위대장은 개량한복 차림의 40대 남자였다.

“홍룡단주(紅龍團主), 이 일은 우리 내전의 업무요. 저들이 원심당 내전까지 쳐들어온 것은 분명 우리의 실책이니 우리가 처리할 것이오.”

홍룡단주는 바로 시열을 지칭하는 말이었다. 그가 이끌고 있는 무리가 바로 외전 소속 홍룡단이다.

시열은 금위대장의 말에 한 걸음 뒤로 물러났다. 저 이름도 모르는 시정 무뢰배와 다툴 때가 아니다. 동생 시연의 일로 머릿속이 복잡했기에 시열은 다시 원심당주, 즉 할아버지에게로 고개를 돌렸다.

그사이 금위대장이 고갯짓으로 부하들을 시켜 광호와 길동을 포위하도록 했다. 다섯 명의 허우대 건장한 청년이 두 뼘 길이의 단봉을 들고 광호 주위를 둘러쌌다.

금위대장이 점잖게 광호에게 말했다.

“어떻게 한철 감옥에서 나온 게요? 그곳에서 기다리면 자연 다시 밖으로 나갈 수 있을 터였는데…….”

한편 광호는 지금 완전히 배알이 뒤틀려 있었다. 얼마 전부터 계속 느껴온 것인데 이 정체를 알 수 없는 집단, 하나같이 사람을 사람 취급도 않고 깔아본다.

천조우엽의 간부가 된 후로 광호는 어디에 가서 사람들이

자신에게 굽실거리는 것을 보면 보았지 이런 취급을 받아본
적이 없다.

"씨앙! 누가 누구를 봐줘? 덤벼, 이 새끼들아!"

거친 소리를 뱉으며 광호는 곧바로 오른쪽에 있는 금위대
원에게 덤벼들었다.

시열은 할아버지가 있는 전각의 계단을 몇 개 오르며 혀를
끌끌 찼다. 뭐 하러 매를 버는 걸까? 금위대 녀석들, 보통 실
력이 아닌데. 하지만 그런 시열의 생각은 완전한 오산이었다.

우당탕, 쿵탕, 와지끈 하는 소리가 몇 차례. 끅끅거리며 사
람이 바닥을 나뒹군다. 시열이 이상한 느낌을 받아 고개를 돌
렸다. 나자빠진 건 당의 금위대 여섯 명이다.

시열이 이를 드러내며 웃었다. 이것 봐라?

금위대장이 당황하는 얼굴로 주위를 돌아봤다. 적잖은 금
위대원들이 있었지만, 누구를 내보내도 결과는 마찬가지일
것 같았다. 그렇다고 저 하나를 제압하자고 2, 30명씩 붙이는
건 아무리 생각해도 창피스러운 일이다.

10년만 젊었어도 스스로 나서겠지만, 아니, 그런다 하더라
도 결과가 다르지는 않을 것 같다. 그 순간 금위대장은 시열
과 눈이 마주쳤다. 비웃음을 짓고 있다. 귀밑까지 화끈거린
다.

광호가 오만한 눈으로 주위를 둘러봤다.

"덤비라고. 설마 이게 다냐?"

시열이 넥타이를 풀어 던졌다. 양복 재킷도 아무렇게나 내려놓았다. 전각 위로 오르던 걸음을 되돌려 광호 앞으로 다가섰다.

"너, 이름이 뭐냐?"

코가 거의 닿을 정도의 거리에서 노려보며 시열이 물었다. 광호도 지지 않고 그의 눈을 노려봤다.

"단광호. 왜? 형이라 부르게?"

잡아먹을 듯한 시선이 서로를 꿰뚫는다. 시열의 웃음에 살기가 짙어졌다.

"아니. 묘비는 세워줘야 할 것 같아서."

"허세 떠네. 니 새끼 잡아 족치면 우리 형 찾을 수 있는 거냐?"

"잡아 족쳐봐."

짤막한 말, 그리고 더 짧은 주먹. 시열의 일권이 광호의 명치를 후려쳐 올리는 것으로 둘의 싸움이 시작되었다.

앞서 걷는 시연이 무슨 말이라도 해주었으면……. 한희는 지금이 어색하기 그지없었다.

둘은 지금 천우경석병진(千牛耕石屏陣) 안에 들어와 있었다. 본래 이 안으로 들어온 것은 어디까지나 한희의 몸을 해독하기 위해서였기에 할 일을 마친 이상 다시 인간 세상으로 돌아가야 했다.

하지만 그간의 일이 워낙 혼란스러웠기에 시연은 자연스레 생각을 정리하느라 입을 다물었다. 게다가 천우경석병진의 생문을 따라 걷는 일까지 더해지니 한희의 마음에까지 신경 쓸 겨를이 없었다.

하지만 한희는 시연의 침묵에 오해를 하고 있었다.

"혹시… 화난 것입니까?"

시연이 걸음을 멈춘다.

"아직도 말투는 그대로네요?"

"아, 그, 아직 정식으로 부부가 된 것도 아니고……."

한희의 말에 시연이 휙 돌아섰다.

"남자가 한 번 뱉은 말을 번복할 셈인가 보네요?"

"그게 아닙니다. 다만 아직 부모님께 말씀드리지도 않았는데 벌써 부부 행세를 할 수는 없는 일 아닙니까? 그러니 아직은 면장님으로 대할 수박에 없습니다."

시연은 한희를 다시금 바라보았다. 이런 남자였지! 만난 첫날부터 공직자의 자세가 어쩌니 하며 된서리를 날렸던 사람이다.

"부모님이 반대하면 어쩔 건가요?"

시연이 다시 물었다. 한희는 그 순간 돌덩이가 되었다. 이

세상 어느 무엇보다도 난제라는 는 듯 고심하기 시작했다.

"내뱉은 말의 신의(信義)와 부모님의 말씀 중 어느 것이 더 중한 것일까."

한참이나 고민하던 한희가 겨우 이 한마디 한다. 시연은 힐끗 미소를 지었다. 그렇게 고민할 만큼 한희가 결혼 문제를 진지하게 생각하고 있다는 걸 알게 된 것으로 충분한 모양이다.

"아직 있지도 않은 일에 고민은 그만두죠."

그 웃음에 한희는 고민을 머릿속 한편으로 치울 수 있었다. 그때, 시연이 조금 쌀쌀맞은 투로 말했다.

"직장에서는 상사로서 부하로 대할 거예요."

"그건 당연한 일입니다."

시연이 한희를 보며 물었다.

"그런데 도대체 무슨 도술을 익힌 건가요? 고조부께서도 깜짝 놀라시던데."

"제가 배운 공부는 용호헌양결이라 합니다. 가문 대대로 전해져 내려오는 것으로 전승자가 아니면 설사 가족이라 할지라도 가르쳐 주지 않습니다."

"용호헌양결…… 오늘 아침 페이요의 케이크를 사온 것도 선법을 쓴 건가요?"

한희는 그녀의 물음에 순순히 고개를 끄덕였다. 이제 와서

발뺌을 할 이유가 없었다.

"역시! 그럼 만파식적은……."

"그 일은 아까도 말씀드렸지만 저 혼자의 일이 아니라 이야기하기 힘듭니다. 우선 제 벗들을 만난 후에……."

한희의 말을 끊으며 시연이 입을 열었다.

"좋아요. 그럼 제가 먼저 이야기할게요."

얼굴에 물음표를 띄운 한희에게 시연이 말했다.

"우리 가문 상경 선우 씨가 지난 천여 년간 찾고 있던 물건이 바로 만파식적이랍니다."

한희는 그제야 선우암과 그녀의 반응을 이해할 수 있었다.

"천여 년간 찾고 있었다고요?"

"그래요."

시연이 말을 하며 주위를 둘러보았다. 한희도 그녀를 따라 주변을 살핀다. 온통 회색으로 일그러진 세상이다. 오색 무지개가 어린 곳도 있고 너무나도 평범한 숲길도 나 있다. 천우경석병진의 내부는 그야말로 별천지였다.

"이곳은 우리밖에 없어요. 설사 다른 누가 있다 하더라도 그건 선우 씨일 거예요. 그래서 이야기할 수 있는 비밀이지요."

한희가 시연의 말을 경청했다. 동해 용왕과 상경 선우 씨. 벌써 두 세력이 만파식적을 찾고 있다. 두 세력 사이에 어떤 연관이 있을지는 아직 알 수 없었지만.

시연의 말이 이어졌다.

"우리 가문이 왜 만파식적을 찾고 있는지 그것을 아는 것은 당주님과 역대 당주님들뿐이에요. 하지만 선우 가문과 그 조력자들로 이루어진 원심당은 오직 만파식적 하나를 찾기 위해 평생을 바치고 있어요. 아까 서방님께서 이야기하셨죠? 목숨과도 바꿀 수 없는 이야기라고. 하지만 우리의 일천 년 세월도 결코 가볍지는 않다고 생각해요."

한희는 그녀의 말에 다시금 입을 열라는 압박을 느껴야 했다. 말투는 조곤조곤하게 했지만 역시 시연이라는 여자의 본질은 변한 게 없었다. 한희는 어쩔 수 없이 조금이나마 자신이 알고 있는 것을 털어놓았다. 비밀 하나에는 비밀 하나다.

"만파식적을 어떤 인물이 찾고 있습니다. 그리고 그와 적대하고 있는 것이 제 일행 중 한 명입니다. 전 부외자라서 그 일을 함부로 이야기할 수 없습니다."

"혹시 천조우협 쪽과 관련된 일인가요?"

시연이 묻는 말에 한희는 다시 입을 다물며 고개를 저었다.

"우선 벗들을 만나고 싶습니다."

"하긴, 오히려 그게 더 빠르겠네요."

시연은 한희의 손목을 잡아당겨 힘껏 걸음을 내디뎠다.

"그럼 여기서 지체할 게 아니라 빨리 가봐요. 제 보법을 잘 보고 따라와야 해요."

한희는 시연에게 잡힌 자신의 손목을 흠칫하며 바라보았
다. 외간여자(?)와 손을 잡다니! 오상촌에서는 상상도 하지 못
할 일이었다.

빼내려다 한희는 그대로 시연의 손안에 자신의 손을 맡겨
놓았다. 이제 부부의 연을 맺게 될지도 모르는 여인인데 이
정도쯤이야 어떨까 싶었다.

마음을 바꾸고 나니 부드러운 시연의 손바닥이 기분 좋게
느껴졌다. 괜스레 얼굴이 화끈거린다.

한희가 이렇게 좋은 한때(?)를 보내는 동안 광호의 싸움은
점입가경으로 치닫고 있었다.

무려 장풍을 쓸 수 있게 된 광호였지만, 아직 몸에 맞지 않
은 옷인지라 결국 평소의 실력으로 시열을 상대하고 있었다.

현문을 연 후로 체력이나 다른 감각들이 눈에 띄게 좋아져
전투 능력도 훨씬 높아졌다. 그럼에도 상대는 만만치 않았다.
예전에 만났더라면 손 하나 못써보고 당했을 무지막지한 고
수다.

광호의 전투 스타일은 그의 별명 그대로였다. 사납고 일권,
일각이 모두 치명상을 노렸다. 건달답게 약점이 보이면 쑤시
고, 허점이 보이면 일단 주먹을 날렸다.

"정말 시정잡배 같은 놈이네!"

싸움을 구경하던 원심당의 한 간부가 광호에게 손가락질을 한다. 당 안에서 저런 드잡이를 벌이고 있는 것 자체가 마음에 들지 않는다는 듯 표정에 못마땅한 기색이 역력했다.

하지만 정작 싸우고 있는 당사자 시열은 전혀 다른 생각을 하고 있었다. 시열의 생각은 이 한마디로 농축할 수 있었다.

'이놈 뭐야, 이거?

시열은 아직 현문을 열지 못했다. 고조부가 주화입마에 빠져 수련을 하던 바위와 하나가 되어버린 후 원심당에서 선법을 익히려는 사람이 더 이상 나오지 않았다. 불과 백 년 만에 실전되고, 고조부인 선우암 역시 선법에 대해서는 함구하고 있어 더 이상 원심당 안에 현문을 연 고수는 남지 않았다.

그렇다고 해서 내공을 쌓는 법문들마저 사라진 것은 아니다. 수많은 발경법과 그를 뒷받침해 주는 내공 비법들은 여전히 선우 가문과 원심당 안에 살아남아 있었다.

시열이 배운 것은 고구려 이래 대대로 선우 가문이 익혀온 둔우경(鈍牛耕)이라는 내공심법이었다. 뜻하는 바는 우둔한 소가 밭을 갈다. 그저 우직하게 앞으로, 앞으로 쟁기를 지고 고랑을 파가는 것을 비유한 말이다.

이름이 가진 이미지처럼 둔우경은 정말 무식하기 이를 데 없는 수련법이었다. 처음에는 성과가 거의 보이지 않지만,

10년 이상을 익히면 여타 수련법과 비슷한 효과를 나타내기 시작하고, 20년을 넘어서면 큰 성취를 이루게 된다.

단순한 만큼 장점도 있었다. 어린아이들도 익힐 수 있을 만큼 구결이 쉬웠다. 시열이 처음 둔우경을 배운 것도 달리기를 할 수 있게 된 두 돌을 갓 넘어서부터였다. 지금까지 꼬박 30년 넘게 내가 호흡법을 몸에 익혀온 것이다.

흑사회의 사무실을 불과 몇 명의 남자만으로 공격하고, 오히려 그들을 겁에 질리게 만들었다. 그런 시열의 힘은 둔우경을 기반으로 한 내공에 있었다.

퍼억—

내뻗은 장력이 광호의 팔에 적중했다. 놈이 나름 방어를 한답시고 팔꿈치를 접어 어깨를 내밀었다. 시열은 상완을 노리고 장력에 힘을 더했다.

보통 사람이라면 어깨뼈가 으스러지고 저 멀리 날려 나뒹굴어야 한다. 하지만 광호는 끙 하고 신음을 뱉고는 뒤로 한 걸음 물러날 뿐이다. 팔이 부러지기는커녕 가죽까지 멀쩡하다.

광호가 팔을 휘둘러 시열의 관자놀이를 노렸다. 이번에는 시열이 팔을 들어 방어를 한다. 부딪치는 순간 무슨 쇠파이프에 얻어맞기라도 한 듯하다. 하박이 시큰거린다.

두 사람의 싸움에 정원이 남아나질 않았다. 백여 년이나 자란 향나무가 시열의 장력에 우지끈 부러져 나가고, 고려시대의 석등이 광호의 발차기에 박살이 났다. 싸움을 구경하던 사람들은 둘의 대결이 격렬해지자 한 걸음씩 뒤로 물러나 지금은 결투장의 원이 제법 커졌다.

처음에는 시열이 광호를 혼내주려니 싶어 말리지 않던 내전 금위대의 대원들도 지금은 엉덩이를 빼며 눈치만 보고 있었다. 이제는 말릴 수 없는 지경에 이르렀다.

원심당 외전(外殿) 전주는 부팔운(副捌雲)이었다. 시열과 시연의 직속상관이기도 한 그는 올해로 환갑을 맞은 대머리 노인이었다. 그가 곁에 앉은 외전 부하에게 귓속말로 물었다.

"홍룡단주의 상대가 누구라고?"

"단광호라고 합니다."

"그 조사 내용 틀림없는가? 분명 도방(道房)과는 관계없는 인물이라 하지 않았나?"

부팔운의 묻는 말에 부하는 송구하다는 듯 고개를 조아렸다.

"분명 저희가 조사한 바로는 외문 공력만을 갖추었다 들었습니다."

부하의 말에 외전주가 끄응, 하는 소리를 냈다. 그러다 문득 왜 지금 원심당이 이 꼴에 이르렀는지를 떠올렸다.

“시연 아가씨가 데려온 남자가 한 것일까? 그가 정말 선법을 알고 있다면 어제의 평범한 사람을 오늘 내가 고수로 만든다고 해서 이상할 것 없는 일이지.”

외전주가 혼잣말조로 한 이야기는 주위에 있는 다른 간부들의 귀에도 닿았다. 그들 중에는 선우 본가의 인물도, 아닌 이도 있었다. 꼭 시연에게 우호적인 사람들만 있는 것은 아니었지만 그녀가 근거도 없이 선법을 입 밖에 내지는 않았을 거라는 점에 대체로 동의하고 있었다.

내전주 탄위칠이 부팔운의 말에 대꾸했다.

“저 광호라는 자의 공부가 깊다는 건 나도 알겠소만… 선법을 논하기에는 부족하지 않소? 홍룡단주와 비교해서도 더 나을 게 없지 않소이까?”

부팔운이 탄위칠을 돌아봤다.

“시열 도련님을 생각해 보게나. 그냥 내공을 공부한 정도인가? 우리 내외전을 통틀어 무술을 배운 사람이 천 명에 이르네. 그중에서도 홍룡단주와 일대일의 대련을 이길 만한 자가 몇이나 되는가?”

내전주 탄위칠은 답할 말이 없었다. 부팔운이 두 사람의 싸움으로 눈을 돌리며 말했다.

“그야말로 용과 호랑이의 싸움일세!”

주먹에 돌덩이가 깨지고 아름드리나무의 거죽이 찢겨져 나간다 할지라도 둘 모두 인간의 탈을 뜨고 있다. 숨소리가 거칠어지며 어깨가 들썩이기 시작했다. 눈에 띄게 동작이 둔해졌다.

광호가 시뻘겋게 충혈된 눈으로 시열을 노려봤다.

"너 진짜 사람이냐?"

시열이 숨을 크게 들락거려 쉬며 되물었다.

"내가 묻고 싶은 말이다!"

광호의 입술에서 피가 주르륵 흘렀다. 입속이 터진 모양이다. 입술뿐 아니라 얼굴 곳곳에 피딱지가 떡 져 있다. 피 섞인 침을 탁 뱉으며 광호가 주먹에 힘을 모았다.

"아오, 내가 형을 반년만 일찍 만났어도 네까짓 거 상대도 안 될 텐데!"

그 말에 시열이 눈가에 흐르는 피를 닦으며 물었다.

"니 형이 뭔데?"

"뭐냐고? 태백산 도사?"

자신이 말해놓고도 광호가 실소를 터뜨렸다. 그 순간 시열의 옆차기가 벽력같이 날아들어 광호의 목을 노렸다.

아직도 이런 힘이 남아 있나? 광호는 이렇게 생각하며 힘을 모은 주먹으로 시열의 발차기를 막으려 했다.

하지만 생각보다 체력의 고갈이 심했던 모양이다. 발목을 접질리며 몸이 앞으로 기우뚱했다. 공격을 막기는커녕 오히려 목을 상대의 발끝에 가져다준 셈이 된 것이다.

시열은 자신에게 고꾸라지는 광호를 보며 아차 싶었다. 처음 양아치라고 경시하던 마음은 사라진 지 오래였다. 오히려 조금은 존경하는 마음도 생겨나려 하고 있었다.

경력을 실은 이 발차기에는 바위라도 뚫릴 지경이다. 하물며 사람의 목이야……. 시열은 이제 겨우 알게 된 광호라는 인물을 죽이게 되었다는 사실이 안타까웠다. 시열이 두 눈을 질끈 감았다.

그 순간, 시열은 자신의 발끝이 누군가의 손에 붙잡힌 듯한 느낌을 받았다.

'단광호 그가? 어떻게 완전히 자세가 무너진 상태에서' 라는 생각을 하며 감았던 눈을 떴다. 그런데 그곳에 있는 것은 광호가 아니었다.

스물다섯? 그 안팎으로 보이는 젊은 남자 하나가 아무렇지도 않게 자신의 발을 막아냈다. 비유하자면, 망망대해에 돌멩이 하나를 던져 넣은 느낌이랄까? 조금 전까지 발에 모았던 천 근의 경력이 온데간데없이 사라졌다.

흡사 저 어린 녀석이 흡수하기라도 한 듯.

눈이 마주치고, 한복 차림의 그 남자가 말했다.

"내 동생이 무슨 죽을죄를 지었다고 그리 잔인하게 살수를 펼치고 그러시오?"

대뜸 훈계조다. 시열이 발끈하며 잡힌 발을 축으로 삼아 반
대 발로 돌려차기를 날렸다. 하지만 상대가 잡았던 발을 살짝
밀며 놓아 시열은 허공만 걷어찬 채 제자리에 똑바로 서고 말
았다.

한 사람이 이 광장에 더 모습을 드러냈다.

"한희 씨, 그에게 무례하게 굴지 마!"

지금 원심당에 벌어지고 있는 사태의 열쇠이자 평지풍파
의 장본인 선우시연이다.

한희의 재등장으로 원심당 내당의 마당은 크게 둘로 나뉘
게 되었다. 한편은 한희와 시연, 그리고 광호와 길동 이 네 사
람으로 원심당의 외부 인물들과 그들을 끌고 온 당사자들이
었다.

반대쪽은 당 위의 인물들, 즉 원심당의 당주를 비롯한 당의
간부들이었다. 여남은 개의 화강암 계단을 사이에 두고 높은
곳에 앉은 그들은 한희의 등장에 적지 않게 동요하고 있었다.

선우시열은 그 둘 어느 곳에도 서지 않고 중간쯤에서 한희
와 대치했다. 시연이 한희의 곁에 바짝 붙어 서 있는 것을 못
마땅한 눈으로 쳐다보았다.

"열 오라보니, 오랜만이에요."

시연이 시열에게 인사를 했다. 시열의 눈가가 조금이지만
풀어졌다.

"오랜만이구나. 소식 들었다."

"홍콩 쪽에 있다고 들었는데 빨리도 오셨네요."

"이 오라비가 언제 네 일을 처리함에 게으른 적이 있더
냐?"

시열의 말에 시연이 빙긋 미소를 지었다. 그녀의 미소를 보
며 시열은 다시 표정을 굳혔다.

"되돌릴 수 없는 일인 게냐?"

시연이 고개를 끄덕인다. 시열의 눈에 불꽃이 일렁인다.

"분명 속고 있는 것이야! 누구냐? 누가 이런 음모를 계획한
것이냐?"

사나운 눈빛으로 원심당의 간부들을 쏘아본다. 어느 누구
도 그의 시선을 정면으로 받지 않았다. 딱히 죄를 지은 것도
아니건만 시열의 눈빛이 무서워서다.

분위기가 이렇다 보니 원심당 간부들도 여간 곤란한 게 아
니었다. 시연의 결혼 문제도 그렇고 한희의 정체까지 아직 문
제가 산적해 있는데 시열이 너무 나대는 통에 아무것도 해결
을 보지 못하고 있었다.

시연과 시열의 할아버지이자 원심당을 이끌고 있는 선우
협이 자리에서 일어난 것이 바로 그때였다. 짚신을 구겨 신고

터덜터덜 걸어 그가 한희 앞에 섰다.

"한희… 라고 했던가?"

한희가 고개를 숙였다.

"그렇습니다."

"어떤가? 내 손녀와의 결혼을 어찌 생각하고 있는가?"

한희가 대답을 채 하기도 전에 선우협이 다시 입을 열었다.

"혹여 손녀딸 아이가 말하지 않을까 싶어 미리 언급해 두네만, 이 아이는 자네의 병을 고치기 위해 자신의 목숨을 걸었네."

한희는 자세한 사정은 알지 못했다. 하지만 선우협 같은 인물이 '목숨을 걸었다'는 말을 가볍게 할 리 없다는 것만은 알 수 있었다.

"혼인은 인륜지대사입니다. 그것을 두고 가볍게 농담을 주고받는 것은 있을 수 없는 일입니다. 저는 여기… 시연 낭자와 함께 부모님을 찾아뵐 생각입니다."

한희의 한마디로 시연이 치르게 되었을지도 모를 죗값은 사라진 셈이 되었다.

이제 원심당 안의 어느 누구도 더 이상 한희가 심원심우당에 들어간 것에 대해 왈가왈부할 수 없었다. 그때 줄곧 시연의 행동을 못마땅해하던 내전주 탄위칠이 억지로 꼬투리를 잡았다.

"그렇다면 아직 혼례가 성립한 건 아니라는 말이로군그래."

한희가 그에게 시선을 돌렸다. 담담하면서도 침착한 눈빛이었다.

"사내가 말을 입 밖에 내면 목숨을 버리는 한이 있어도 그 말을 지키는 것이라 배웠습니다. 전 여기 시연 낭자와 이미 부부의 연을 맺겠다고 말했습니다."

비록 나이는 20대 중반이었지만 한희는 남녀 간의 사랑 같은 것에 대해 아는 바가 없었다. 오상촌 안에서 그런 것을 가르쳐 주는 사람은 단 하나도 없었다. 그가 평생 들어온 말은 용호헌양결의 비법을 몸에 익혀 왜왕의 목을 치라는 것뿐.

조부와 부모 모두 한희가 여자 때문에 몸을 망칠까 두려워 여자를 멀리하라고만 가르쳐 왔다.

그렇다 보니 한희에게 있어서 결혼과 사랑 같은 것은 그저 관심 밖의 일이었다. 시연이 결혼 이야기를 했을 때 한희가 쉽게 받아들인 것도 그런 이유 때문이었다.

그런 사정을 모르는 원심당의 사람들이 한희의 손쉬운 결혼 결정을 의심하는 것도 당연한 일이었다.

탄위칠이 다시 물었다.

"지금의 위기를 벗어나기 위해 대충 둘러대는 것은 결코 있을 수 없는 일이네. 요즘 세태야 결혼하고 마음에 들지 않으면 이혼하는 게 다반사이나 우리 원심당과 가족이 된다는 것은 목숨을 거는 일이네."

그 말에 한희가 오히려 되물었다.

"이혼이 무엇이오?"

이혼은 조선시대의 교육을 받아온 한희에게 없는 개념이었다. 하지만 한희의 반응에 탄위칠은 눈살을 찌푸렸다.

"자네 지금 나와 말장난을 하자는 건가?"

"이혼이 무언지 몰라 물었는데 어찌 말장난이라 하시오?"

한희의 곁에 서 있던 시연이 그를 대신해 나섰다.

"한희 씨는 산속에서만 살아 현대 문물에 대해서는 무지합니다. 내전주께서 부디 그를 탓하지 마시고 이 일은 제게 맡겨주십시오."

"그대는 당사자 아닌가?"

시열이 고개를 돌려 탄위칠을 쳐다봤다.

"그럼 제가 맡겠습니다."

"오라버니……."

시연이 말끝을 흐리고, 시열이 다시 말을 이었다. 어조는 단호했고 표정은 단단하기가 이를 데 없었다.

"여동생의 일입니다. 저 녀석이 어디서 굴러먹던 뼈다귀인 줄은 모르겠지만 여동생에게 조금이라도 부족한 놈이라면 반드시 죽여 버리겠습니다."

탄위칠이 말끝을 흐리며 대꾸했다.

"아니, 그런 이유로 죽일 것까지야⋯⋯. 나는 어디까지나 원심당 금규를 이야기하고 있는 것이네."

"상관없습니다! 이 자리 어느 누구도 시연의 행복에는 관심이 없는 듯하니 제가 챙기겠습니다."

시열이 몸을 돌려 당주이자 할아버지인 선우협에게 고개를 숙였다.

"부디 당주께 부탁드립니다. 홍룡단이 지금 맡고 있는 일을 다른 단이 이어받게 해주시옵소서."

선우협의 눈가가 살짝 떨렸다. 일찍이 부모를 여의고 남매가 서로에게 의지해 살아온 그 둘이다 보니 정이 각별했다.

시열은 시연에게 오빠일 뿐 아니라 부모이기도 했다. 부모가 자식의 혼처를 두 눈으로 확인해 보겠다는데 할아버지 되는 입장에서 말릴 수 없었다.

다만 홍룡단이 지금 맡고 있는 일의 무게가 가볍지 않은 것이 마음에 걸릴 뿐이었다.

그때, 원심당 무리에서 한 젊은 남자가 앞으로 나섰다.

"홍룡단의 일이라면 저희 은호단(銀狐團)에서 이어받으면 될 것입니다."

은색 여우라는 뜻을 가진 은호단 역시 홍룡단과 마찬가지로 외전 소속의 독립 부대 중 하나였다.

　나선 남자는 은호단주(銀狐團主)로 이름은 을지해검(乙支海儉). 그 유명한 고구려시대의 장군 을지문덕의 먼 후손이었다. 그 성이 부끄럽지 않게 원심당 안에서 시열과 첫째, 둘째를 다투는 무술가로 올해 서른다섯, 한창때인 청년이었다.

　시열이 눈짓으로 해검에게 감사를 표했다. 해검이 미소로 시열의 뜻을 받으며 다시 원심당주에게 말했다.

　"은호단은 현재 아무런 임무도 부여받지 않고 있습니다. 휴식도 3개월로 충분하였고 충분히 새로운 임무를 받을 수 있습니다."

　선우협은 해검과 시열을 번갈아 바라보았다. 그리고는 내전주에게 물었다.

　"내전주는 어떻게 생각하시오?"

　탄위칠이 당주의 말에 짤막하게 한숨을 쉬었다.

　"당주께서는 이미 마음을 정하신 것 같은데, 제가 무슨 말을 한들 소용 있겠습니까?"

　"허허, 어찌 말속에 뼈가 있는 게요? 시연의 결혼 문제야 우리 원심당 전체로 보자면 작은 일 아니오? 그냥 젊은 애들끼리 정하도록 내버려 둡시다. 나는 시열이 이 일을 처리하는 데 적임자라고 믿소만, 내전주는 어떠하시오?"

　탄위칠이 고개를 끄덕였다.

　"저도 같은 생각입니다."

가장 앞장서 딴죽을 걸던 탄위칠이 찬성표를 던지고 나니 일은 일사천리로 진행되었다.

사실 지금 모인 간부들이 궁금해하는 것은 시연이 말한 대로 한희가 선법을 익혔는지 아닌지 하는 점이었다. 하지만 당사자를 앞에 놓고 '당신, 선법 익혔소?' 라고 묻는 것도 영 어색한 일이라 일단은 결혼 문제를 매듭짓고 차차 탐색해 보기로 마음먹었다.

당주 선우협이 목소리를 높여 그 자리에 모인 사람들에게 말했다.

"우리 당이 역사의 뒤안길에 숨어 하나의 목표를 위해 일사불란하게 움직인 지 기천 년을 넘었소. 그동안 외부인을 들인 일이 전혀 없는 것은 아니나 몹시 드문 일임은 틀림없소. 이에 우리 당은 홍룡단에 한 가지 임무를 맡기니, 그가 우리 원심당에 어울리는 사람인지 아닌지를 조사시키겠소. 만약 그럴 만하다면 우리 원심당은 쌍수를 들어 환영하며 당으로 받아들일 것이지만, 그렇지 않을 경우 일전에 말한 대로 당의 모든 명운을 걸고 그를 주살할 것이오!"

듣고 있던 한희가 눈살을 찌푸렸다. 요컨대 결혼이 아니면 죽음이라는 말이다. 억지도 이런 억지가 어디에 있을까?

한편으로 한희는 심원심우당에서 보았던 선우암이라는 괴인(怪人)과 선우시연에게 들었던 만파식적에 대한 이야기 등

원심당이 일종의 비밀 결사 같은 모임이라는 것을 알고 있었
다. 자신이 먼저 마음을 열어 죽이느니 마느니 하는 애기에
개의치 않기로 생각을 고쳐먹었다.

선우협의 이야기가 이어졌다.

"아직 원심당의 사람이 아니니 이한희와 그의 동료는 지금
당장 원심당 밖으로 나가야 하오. 홍룡단주가 그 후의 일을
지휘할 것이니 원심당 안의 모든 사람은 지휘에 따라 일사불
란하게 움직일 것이오!"

당주의 명령이 내려졌다. 사람들이 일제히 허리 굽혀 복창
을 한다.

"원심유일 고죽상청(原心唯一古竹常靑)!"

원심당의 구호였다. 바라는 것은 오직 하나, 옛 대나무가
늘 푸르네!

한희와 광호, 그리고 길동은 서로의 안부도 물을 새 없이
원심당에서 쫓겨나게 되었다. 물론 혼자는 아니었다. 선우시
연과 그 오빠 선우시열, 그리고 홍룡단의 대원들까지 모두 열
명 가까이 되었다.

높은 담벼락 사이에 난 좁은 길을 따라 몇 굽이 돌아나와
모두가 나온 곳은 경복궁 뒤쪽 삼청동의 어느 작은 집이었다.
그 집 앞으로 난 좁다란 마당을 지나고 녹슨 대문을 나서니

다시 사람 냄새가 나기 시작한다.

4

주말의 영동고속도로는 한가한 날이 드물었다.

광호의 백색 컨버터블 스포츠카와 홍룡단의 붉은 리무진이 꽉 틀어 막힌 영동고속도로에 접어든 것은 저녁 8시 무렵이었다.

한희에게는 정말 긴 하루가 아닐 수 없었다. 아침부터 시연의 심부름으로 명동까지 갔다 오지 않나, 동해 용왕의 암수에 당해 혼수상태에 빠지질 않나.

원심당에 가고 나오는 것까지 모든 일이 오늘 하루에 이뤄졌다는 게 믿기지 않을 정도였다.

광호가 자신의 차를 가지러 인천으로 다녀온 일을 뺀다면 하루가 못 되어 반나절 정도에 모든 일이 이뤄졌다고 봐도 과언이 아니었다.

"형, 근데 웬 결혼이오?"

광호가 이 말을 입 밖에 내기 위해 몇 시간을 기다렸던가? 시연이 그 오빠의 차에 탄 사이 틈을 내 물었다.

"갑자기 그게 무슨 말이냐?"

"내가 묻고 싶은 말이에요. 원심당은 뭐고 결혼은 또 뭐예요?”

한희가 뒤따라 달리고 있는 붉은 리무진에 잠시 눈을 돌렸다. 그러다 뒷자리에 앉은 길동과 눈이 마주쳤다.

“나도 궁금하군그래. 저 시연이란 아가씨와 그리 오래 알고 지낸 것 같지 않은데…….”

한희가 그의 말에 귀밑을 붉혔다. 딱히 뭐라 짚어 말할 수 없이 부끄러웠다.

광호가 다시 물었다.

“진짜 결혼하는 거예요? 저 왈패 여자랑?”

“왈패라니?”

“사납잖아요. 딱 보기에도.”

“시연 낭자는 그런 사람이 아니니라.”

한희의 점잖은 말에 광호가 입술을 삐죽인다.

“하여간 형도 어쩔 수 없는 수컷이었구나.”

“그런 게 아니라니까.”

“아무튼 나는 이 결혼 탐탁찮아요. 저 원심당인지 뭔지 하는 것들, 잘난 척하는 꼴도 보기 싫고.”

한희는 지금까지 머릿속에 결혼 일이 가득 차 다른 중요한 일을 완전히 잊고 있었다. 그러다 광호의 이 말에 갑자기 생각난 듯 이야기를 한다.

“그러고 보니 호(虎) 형, 만파식적이란 게 그리 큰 보물이오?”

길동이 한희의 말에 고개를 갸웃했다.

"큰 보물이라면 보물이지. 그런데 보물이란 걸 묻는 건 아닐 테고, 갑자기 왜 그러나? 동해 용왕 일 때문인가?"

한희는 길동의 물음에는 답하지 않고 다시 질문을 던졌다.

"그걸 인간이 손에 넣을 경우 어찌 되겠소?"

"실은 나도 잘 모르네. 사라진 지 천 년이 넘은 보물이라니까. 인간들 사이에 떠도는 전설 그 정도밖에는 알려진 게 없단 말일세."

한희가 신음을 삼키며 말했다.

"나는 만파식적에 숨겨진 또 다른 이야기가 있을 것만 같다는 생각이 드오."

그 말에 길동이 살짝 표정을 바꾸었다. 그 점을 눈치채지 못할 한희가 아니었다.

"혹시 아시는 바 없소? 신령계의 비밀이라면 나도 굳이 캐낼 생각은 없소."

길동은 한희의 말에 알쏭달쏭한 말을 던졌다.

"비밀이랄 것도 없네. 전설 그대로야. 만파식적과 관계가 있는 것은 동해 용왕, 즉 살아생전 문무왕이었던 그와 김유신, 피리를 잃어버렸다 되찾은 효소왕, 문무왕의 손자뻘이네. 그리고 마지막으로 신라의 멸망, 그와 연관된 사람들. 대강 이러하지 않나? 이들 모두가 만파식적과 어떤 관계가 있네."

이야기를 듣고 난 한희는 마음속으로 시연의 이야기를 떠올려 보았다. 원심당과 만파식적 사이의 관계를 되짚어본 것이다. 열쇠는 아무래도 발해의 멸망이나 신라의 멸망 그쯤인 듯싶었다. 하지만 여전히 오리무중이라 한희는 조금 갑갑한 기분이 들었다.

"그런데 왜 그런 걸 묻는 겐가?"

"원심당에 만파식적에 대한 이야기를 해도 괜찮을지 궁금해서 그러오."

이번에는 길동이 질문을 할 차례인 모양이다.

"음? 그들이 왜 만파식적에 대해 궁금해하는 건가?"

"그건 비밀이라니 말해주기가 힘드오."

길동이 한희의 뒤통수를 쳐다보며 머리를 굴렸다.

"지금까지 우리 사이에 오간 얘기 정도라면 텔레비전에 나가 떠들어도 문제 될 게 없긴 하네만… 동해 용왕 이야기라면 그대가 알아서 결정하게나. 이제 한희 선비도 당사자 아니신가?"

"그리하여도 괜찮겠소?"

"나는 상관없네. 도움도 많이 받았고. 당분간은 태백산 지기(地氣)를 지키는 데 신경을 집중해야 할 걸세. 한희 선비의 도움도 많이 필요할 테고."

한희가 굳은 얼굴로 고개를 끄덕였다.

“얼마나 도움이 될지는 모르겠지만 내 힘껏 애써보리다.”

옆자리에 앉은 광호가 다시 끼어들었다.

“만파식적이고 뭐고 간에 내 말에 대답해 봐요. 왜 갑자기 결혼 이야기가 나온 거예요?”

“이야기하자면 길구나.”

“어차피 길 막혀서 시간 많아요.”

한희가 결국 승복하고 입을 열었다.

“내가 오늘 당한 독이 무엇인지는 이미 알고 있지?”

“예. 저 사람에게 들어서 알고 있죠. 미린(尾鱗)이라던가? 용왕의 꼬리 비늘이라면서요?”

“그래. 그리고 그 독은 해독약이 없어 다른 사람이 내공으로 독을 빼내주어야 한다. 그걸 할 수 있는 사람이 원심당 안에 있었기에 면장님이 나를 급히 그곳으로 데려간 것이다. 그런데 내게 도움을 주기 위해서는 내가 원심당의 친족이어야 했고, 그녀는 결혼을 택한 것이다. 왜 갑자기 결혼을 하게 되었는지 설명이 되느냐?”

광호가 눈살을 찌푸린다.

“전혀요.”

“뭐가 전혀란 말이냐?”

“그러니까 왜 그 여자가 그렇게까지 해서 형을 구하려 했냐고요.”

오히려 한희가 이상하다는 듯 되물었다.

"너는 그럼 눈앞에 다친 사람이 있어도 모른 체할 테냐?"

"구해줘도 결혼까지는 안 하죠."

뒤쪽에 있던 길동이 두 사람의 대화에 끼어들었다.

"사람을 살리는 게 먼저지. 방법이 그것뿐이라면 결혼이 아니라 더한 것도 할 수 있는 것 아니냐?"

광호는 수긍할 수 없다는 낯빛을 띠었고, 길동이 한마디 더 했다.

"좀 마음을 착하게 먹어라. 그래야 득도하느니라."

"됐고요, 나는 그 여자 아무래도 꿍꿍이가 있는 것 같아서 썩 마음에 들지 않아요."

길동이 다시 한 번 광호를 찔렀다.

"그런 걸 두고 질투라고 하는 거야. 형을 뺏기기 싫다고 징징대는 거지."

광호가 발끈했다. 하지만 자기도 잘 모르겠다는 듯 곧바로 화가 수그러들었다.

"정말 그럴까요?"

"에취!"

리무진 뒷자리에 앉은 시연이 재채기를 했다. 팔짱을 끼고 깊은 생각에 잠겨 있던 시연의 오빠 시열이 그녀를 쳐다봤다.

“꼭 결혼해야겠느냐?”

“오라버니, 그 이야기는 그만하기로 했잖아요.”

시연이 몸을 부르르 떨었다. 추운 것도 아닌데 웬 재채기가 이리 나오는 건지. 누가 뒷욕이라도 하고 있는 모양이다. 아마도 영종도 공항에 버려두고 온 돌탱이가?

딴생각을 하는 시연에게 다시 시열이 말했다.

“그가 좋은 게냐?”

“마음에 들어요. 순진한 부분이라거나 강직한 성품이나. 게다가 선법을 익혔고요.”

여동생의 말을 들으며 아까 있었던 일을 떠올렸다. 그 광호인가 하는 남자와의 대결로 지쳐 있었다고는 하지만, 자신의 선풍각(旋風脚)을 그렇게 쉽게 막아낼 줄이야!

“선법… 정말 그가 그걸 익혔다고?”

“고조부께서 그렇다고 말씀하셨으니 틀림없겠죠.”

“그 어르신께서?”

시열은 복잡한 기분이었다. 홍콩에서 시연의 결혼 이야기를 들었을 때만 해도 오히려 단순하게 생각했다. 나는 이 결혼 반대일세, 이 한마디면 끝날 것이라 생각했다. 하지만 선법 이야기까지 나온다면 일이 복잡해진다.

“설사 그렇다고 해도 꼭 우리에게 도움이 된다고 보기는 힘들지 않느냐? 원심당에도 백여 년 전만 해도 선법을 익힌 고수가 여럿 있었다고 하니까. 그때도 찾지 못한 것을 그가 있다고 해서……."

"오라버니, 저도 올해 스물일곱이에요. 영영 결혼하지 않을 수는 없어요."

시열은 그 말에 뒤통수가 띵해졌다. 뭐하러 홍콩에서 여기까지 날아온 건지. 정말 이 결혼은 동생이 원해서 하는 것인 모양이다.

시열의 부하 중 가장 어린 위일지가 이때다 싶어 두 사람의 대화에 끼어든다.

"두 사람, 어떻게 만났어요?"

"어디냐면… 인터넷?"

시연이 웃으며 답했다. 돌탱이 찾아온 인터넷 동영상에서 처음 그를 보았으니 틀린 말은 아니었다.

"에에, 카페요? 아니면 채팅? 혹시 SNS 친구예요?"

시연은 위일지의 물음에 빙글빙글 미소를 돌릴 뿐이었다. 일지가 그 틈을 타 잠시 생각해 보더니 고개를 젓는다.

"한복에 갓 쓴 선비 차림의 그가 인터넷에서 뭘 한다고는 상상하기 힘든데요?"

시열이 일지에게 무서운 눈을 했다.

"지금 그따위 게 어쨌다는 거야? 시연아, 그래서 이제 어떻게 하겠다는 거냐?"

“어떻게는요? 저 지금 시부모님 뵈러 가는 거잖아요. 먼저 그분들께 예쁨을 받아야겠죠?”

“내가 그런 걸 묻는 게 아니잖아!”

답답해하는 시열에게 시연이 은은한 웃음을 지어 보였다.

“오라버니, 우리는 선우 씨예요. 왜 자꾸 답답한 말씀을 하시나요? 오라버니가 장차 데려올 새언니는 오라버니가 사랑하는 사람이 될 것 같아요? 고, 예, 을지, 명림… 탄, 돌, 부, 위, 이들 성씨를 쓰지 않는 여자와 결혼할 수 있을 것 같나요? 괜히 성질내실 것 없어요. 청죽(靑竹)을 찾을 때까지 우리는 선우일 뿐이에요.”

씀바귀를 입에 문 것 같은 얼굴로 시열이 한숨을 내쉬었다.

“그걸 누가 모르느냐. 나는 너라도, 너 하나라도…….”

“저도 선우 씨라니까요.”

시열이 자신의 동생을 모를 리 없다. 그저 마음이 그럴 뿐. 시열은 그것이 답답해 숫제 얼굴을 차창 밖으로 돌렸다. 하필이면 차가 이렇게 막힐 건 뭔가? 명치에 꽉 막힌 게 영 내려갈 줄을 모른다.

5

한희와 다른 두 사람이 자신들의 무차 팰리스 앞에 멈춰 선 것은 새벽 3시를 훌쩍 넘겨서다. 차가 워낙 막혔던 탓에 평소의 배 이상이 족히 걸렸다.

오랜 운전으로 뻐근했던 광호가 원룸이 훤히 보이는 마당 앞에 서서 기지개를 켰다. 그때, 2층 자신의 방 옆방에서 한 남자가 문을 열고 나왔다. 2층의 세입자에 대해서는 완전히 파악이 끝난 상태였다. 분명 옆방에 사는 것은 중년의 여자였는데…….

광호가 이상하다는 생각에 그를 유심히 살폈다. 그런데 오히려 이쪽을 보며 아는 척을 하는 게 아닌가? 계단을 따라 그가 아래로 내려온다.

어스름한 불빛 아래라 정확히 몰랐는데, 그 방에서 나온 것은 전혀 의외의 인물이었다.

"돌택군이 아니시오?"

한희가 그에게 아는 체를 했다. 그는 다름 아닌 시연의 개인 비서 택군이었다.

"출발했다는 연락은 벌써 받았는데 꽤 늦었습니다?"

택군이 살짝 고개를 숙여 한희에게 인사를 했다. 그리고는 한마디 말을 보탰다.

"그리고 두 분, 결혼 축하드립니다."

축하드린다고 말은 했지만, 택군의 입꼬리가 개구지게 휘어진 걸 보면 놀리는 의사가 훨씬 강해 보였다. 하지만 한희는 그의 속내가 어떻건 개의치 않았다.

"고맙소. 그나저나 돌 형이 어째서 그 집에서 나오는 게요?"

"실은 지난 주 시연 아가씨가 무차면장으로 발령 나면서 집을 구했습니다. 그나마 이 무차면에서 수세식 화장실이 있는 셋방이 몇 되지 않아 선택의 여지가 넓지 않았죠."

"하긴 내게 이 집을 소개해 준 김 경관도 이곳이 가장 좋다 하긴 하였소."

택군이 다시 의미심장한 웃음을 지었다.

"그런데 쓸데없는 짓 한 모양이에요."

"무슨 말이오?"

"이제 두 분 집을 합치게 되었잖아요? 그냥 한희 선비 집에서 살면 되었을 것을."

한희가 그 말에 부끄러운지 시선을 피했다.

"흠흠, 그런 식의 말은 시연 낭자에게도 실례되는 것 아니오."

그리고는 괜스레 딴청을 피우며 길 저편을 본다.

"그나저나 홍룡단이 조금 늦는구려."

바로 그때, 어둠을 가르며 붉은 리무진이 원룸 앞 공터로 접어들었다. 시열, 시연 남매가 도착한 것이다.

그들의 등장에 택군이 발 빠르게 움직였다. 시연의 비서 겸

집사 생활이 한두 해가 아님을 몸소 증명하고 있다. 리무진에서 시연이 내릴 때는 그녀의 손을 잡아 부축하고, 머리가 차 문틀에 부딪칠까 섬세하게 손으로 가린다. 찬 밤공기를 막기 위한 코트는 기본이요, 다이어리를 펼쳐 오늘 업무에 대한 보고도 빼먹지 않았다.

무엇보다 놀라운 것은 그 모든 일을 하는 데 채 5분이 걸리지 않았다는 점이다. 홍룡단의 모두가 내려서 한희가 있는 곳으로 다가오는 동안 택군은 비서로서 해야 할 일을 모두 마쳤다.

시연은 고개를 끄덕이고는 택군에게 짤막히 명령했다.

"내일, 아니, 오늘 오전에 장차 시부모님이 될 분을 만나러 갈 거야. 알아서 준비해."

"걱정 마십시오. 부족함없이 챙겨놓겠습니다."

한편 먼저 도착한 한희가 어정쩡하게 시연 앞으로 다가갔다. 아직 그녀를 어떻게 대해야 할지 어렵기만 한 모양이다. 그런 한희 앞을 시열이 가리고 섰다.

"뭔가? 내 동생에게 용무라도 있나?"

"먼 길 오느라 고생한 것 같아……."

한희의 말을 시열이 잘랐다.

"내일 아침 9시에 이곳에서 다시 만나기로 한다. 난 시간을 지키지 않는 사람은 상대할 가치도 없는 쓰레기라고 본다."

워낙에 칼 같은 말투라 한희는 무안해져 뺨만 붉적였다.

"그리고 착각하지 마라. 너희 가문을 보고 동생에게 어울리지 않는다 싶으면 내 목숨을 걸고 이 결혼을 막을 것이다."

미운 털 단단히 박힌 모양이다 싶어 한희는 자기도 모르게 한숨이 나왔다. 시연의 오라버니도 오라버니지만 자기 집안 사람들을 설득하는 것도 보통 큰일이 아닐 것 같은데 앞일을 생각하면 깜깜하다.

한편 그런 오빠는 아랑곳 않은 채 시연이 한희에게 빙긋 미소를 보냈다.

"그럼 내일 봐, 한희 씨."

사람들 앞이라서 그런지 시연의 말투는 상사의 그것에 가까웠다. 어쩌면 그간의 습관 때문일지도 몰랐다. 한희도 그게 편했기에 부하 직원으로서의 말투로 답했다.

"알겠습니다."

먼저 홍룡단의 사람들이 한희에게 인사를 하고 시연의 집으로 올라가고, 무차 팰리스 앞 공터에는 한희의 일행 세 사람만 남게 되었다.

태백산 신령 호길동은 뭐가 그렇게 재미있는지 시종 미소만 띠고 있었다. 홍룡단 쪽 사람들이 사라진 후 한희에게 넌지시 말했다.

"조심하게나."

"무슨 말이오, 뜬금없이?"

"동해 용왕 그분이 자네를 그냥 놔둘 리 없네. 미련은 따지고 보면 경고의 일종이라 할 수 있어."

한희는 꿈속에서 용왕을 만났던 일을 다시금 상기했다.

"그건 알고 있소. 그분께서도 내게 그리 말씀하셨소."

길동이 무슨 말을 하려는데 한희가 다시 입을 열었다.

"내 호 형께 한 가지 부탁드릴 게 있소."

"뭔가? 자네 말이라면 내 섶을 지고 불로 뛰어들래도 하겠네."

"그리 거창한 건 아니오. 만파식적을 같이 찾아주셨음 하오."

한희의 말의 의외여서일까? 길동이 눈을 크게 떴다. 같이 있던 광호도 한 걸음 다가서 한희에게 말했다.

"형도 그 물건에 관심이 생긴 겁니까?"

의동생을 흘끗 보고 한희가 길동에게 다시 말했다.

"내 보건대 동해 용왕의 화를 풀려면 그 물건이 필요할 것 같소. 이번 골프장의 지맥 사건은 이제 거의 마무리되어 가지 않소? 운이 좋달까, 여기 광호 동생이 몸담고 있는 회사가 담당하고 있으니 분명 원만히 처리할 수 있을 게요. 하나 동해 용왕이 그 정도로 포기할 위인이오?"

그 물음에 길동이 무겁게 고개를 저었다. 아무것도 얻지 못하고 포기할 정도였다면 용왕이 친히 움직이지도 않았을 것이다.

"당신이 일전 말하지 아니 했소? 세계 평화를 위해 일하라고. 조금 거창한 듯하지만 만파식적을 찾지 아니 하고는 세계 평화는커녕 우리나라, 아니, 태백산의 안전도 어찌 될지 장담 못하는 것 아니오?"

길동이 한희를 물끄러미 바라봤다. 그 시선이, 그리고 침묵이 부담스럽게 느껴질 즈음 그가 입을 열었다.

"내 한번 찾아봄세. 신령계 쪽에 도는 소문도 모아보고, 신령계에는 만파식적이 있던 시절부터 살아온 사람들이 여럿 있으니 그들 말도 함 들어보겠네."

"고맙소."

"오히려 내가 고마워할 일 아닌가."

말을 하면서도 길동은 어딘가 씁쓰레한 표정을 머금고 있었다. 길동이 그런 표정을 짓는 것은 한 가지 사실을 깨닫고 나서였다. 그건 바로 자신들이 하나같이 동해 용왕의 손바닥 위에서 놀고 있었다는 사실이다.

동해 용왕이 지기를 흔들려 한 것이나 태백산 신령인 자신을 압박한 것 모두 한희가 움직이길 바라서였던 것이다. 이제야 길동은 용왕의 심사를 알 수 있었다.

용왕이 언제부터 한희의 존재를 눈치챘는지는 모르겠지만, 최근의 일 모두가 한희의 마음을 움직이게 하기 위해서라면 앞뒤가 맞아들어 갔다. 심지어는 미린까지도.

그런 생각을 하니 길동은 영 입맛이 썼다.

한편 한희도 그 나름 생각하고 있는 바가 있었다. 난세를 피해 숨어든 것이 오상촌 사람들이다. 세상이 다시 난세가 되는 것은 전혀 바라는 바가 아니었다.

게다가 시연과 그의 가문 이야기를 들으며 동병상련을 느꼈기에 조금이나마 도움이 되었으면 하는 생각도 들었다.

"그럼 나는 이만 돌아가 보겠네. 휴가도 거의 끝이 났고, 그간 기력을 너무 소진해서 집으로 돌아가 기를 좀 보충해야겠어."

길동이 말을 하며 손을 휘젓는다. 이 여행에서 그도 제법 고생을 많이 한 모양이다. 처음 나올 때와는 달리 지친 기색이 역력해 보였다. 이제 태백산에 돌아왔으니 그의 신통력도 제대로 다 돌아왔을 테지만, 피로는 어쩔 수 없는 모양이다.

길동까지 떠나고 나니 이제 광호와 한희 둘만 덜렁 남게 되었다.

"그럼 우리도 가서 쉴까? 광호 너도 내일 집에 같이 가자. 부모님께 인사도 드릴 겸."

"형도……. 설마 이 아우를 떼놓고 가려 했어요?"

"물론 아니지."

두 사람이 나란히 계단을 올랐다. 집 앞 문을 보고 서며 광호가 말했다.

"형, 나는 무슨 일이 있어도 형 편입니다."

"당연한 것 아니냐. 너와 형제의 의를 맺은 게 어디 장난이더냐? 동기는 늘 한편인 것이다."

광호는 자기보다 댓살은 어린 한희의 미소에 마음이 훈훈해졌다. 이 형을 위해서는 정말 목숨이라도 내놓을 수 있을 것 같다.

'우선은 수련이다. 아직은 형에게 아무런 도움도 되지 않으니까.'

이런 생각을 하며 광호가 자신의 집 문을 열었다. 한희도 바로 옆집 방문으로 걸음을 디뎠다.

한희는 제법 낯이 익은 자신의 방을 보며 새삼 지난 한 주가 떠올랐다. 기나긴 출장이 이제야 끝이 난 것이다.

일이 끝났다기보다는 오히려 산더미 같은 잔업만 남겨온 것 같은 기분이었지만.

Chapter 14
다시 무차면으로

1

　오지리 그 한적한 마을에 붉은 리무진과 하얀 컨버터블 세
단이 멈춰 섰다. 워낙 구석진 촌에 영 어울리지 않는 조합이
라 놀랄 법도 하건만 오지리 사람들은 별 느낌이 없는 모양이
다. 으레 한희 선비 친군 갑네 하고 만다.

　나머지 사람들을 차에 남겨둔 채로 오상계곡에 접어든 것
은 한희와 광호, 시연, 시열 남매 넷뿐이다. 틈틈이 오가며 한
희가 족적을 남겨서일까? 예전보다는 오솔길이 제법 또렷하
다.

　한희가 자꾸 산속으로 안내를 해가니 시열은 이상한 기분

이 들었다.

"정말 이 길이냐?"

"그러하오."

한희가 짤막하게 답했다. 시열은 뭐가 마음에 들지 않는지 뚱한 얼굴을 했다.

사실 길이 그렇게까지 험한 것은 아니었지만, 시열은 산길을 따라 오르는 것 자체가 불만이었다.

찻길조차 없는 산속에 있을 만한 것이라야 거적때기로 지은 움막이나 산장 따위일 터. 산속에서 선법을 익혔는지 어쨌는지는 모르지만, 21세기가 10년 넘게 흐른 지금 동굴 속 원시인에게 동생을 시집 보낼 생각은 없었다.

"산속 깊은 데라서 무서워?"

광호가 뻐기며 말했다. 그래도 한 번 경험이 있다고 광호는 시열과 시연에게 큰소리를 친다.

"댁이 생각하는 그런 곳은 아닐 테니 한희 형만 믿고 따라가면 돼."

시열이 광호를 물끄러미 보다 말했다.

"그런데 너 몇 살이냐? 왜 말끝마다 반말이야?"

광호가 한희를 형, 형 하고 따라다니는 걸로 봐서는 20대 초반이란 얘기다. 30대 초반인 시열로서는 기분이 나쁠 만도 했다.

"나? 서른둘."

"정말?"

시열은 전혀 생각지도 못했던 대답에 고개를 갸웃했다. 광호가 빙긋 웃는다.

"왜? 동안이라 놀랐냐?"

광호의 말을 무시한 채 시열이 다시 말했다.

"근데 왜 쟤… 저 사람 보고 형이라 부르냐?"

"형으로 모시기로 했으니 형이지. 넌 삼국지도 안 읽어봤냐? 거기서 유비가 나이가 많아서 형 했냐?"

시열은 답할 말을 찾지 못했다. 게다가 광호랑 한 살 차이밖에 나지 않으니 형입네 뻐기기도 힘들었다.

한편 한희는 산길을 오르며 흘끗흘끗 시연을 돌아보았다. 기분 탓인가? 그녀가 오늘따라 조신하게 굴고 있다. 말도 조그맣게 소곤거리듯 하고 행동거지도 그렇다. 평소 짧은 치마에 핫팬츠 같은 것을 즐겨 입더니만, 오늘따라 걷기도 힘들게 긴 치마를 입고 있다.

굽 낮은 뾰족구두에 손에는 어디서 구해왔는지 과일 바구니를 들고 있는 게 영 힘들어 보였지만 한사코 짐은 자기가 들겠다고 한다.

"괜찮습니까?"

조금 험한 굽이를 넘으며 한희가 물었다.

"괜찮아요."

어젯밤에는 반말이더니 오늘은 또 존댓말이다. 한희는 시연의 생각을 도통 읽을 수가 없었다.

"조금만 더 가면 오상촌 입구입니다."

한희가 힘내라는 뜻으로 말했다. 몇 걸음 떨어진 뒤에서 광호와 시열이 시답잖은 얘기로 눈에 힘을 주고 있는 게 보인다. 한희가 그들에게도 주의를 준다.

"광호는 한 번 와봐서 알겠지만 산문을 넘어서면 석병진이 있소. 원심당 뒤채에 있는 것과 비슷한 것이니 내 보법(步法)을 잘 따라와야 하오."

시열은 듣는 둥 마는 둥 대답조차 없다.

그러는 사이 네 사람이 오상촌의 입구에 도착했다. 석병진을 지나는 시간이야 생문(生門)만 따라 걸으면 10분 안팎이니 이제 집에 거의 도착한 셈이다.

산문 앞에 서서 한희가 잠시 걸음을 멈췄다. 긴장되기로는 새색시보다 한층 더하다. 나가서 여자를 조심하라는 당부를 몇천 번을 들었건만 한 달도 안 되어 사고(?)를 치고 돌아왔으니 침이 바짝 마를 만도 하다.

다시 한 번 시연을 돌아보았다. 시연은 그때 오상촌의 산문을 올려다보고 있었다.

그녀가 무슨 생각을 하고 있는지 알 수 없었다. 하지만 한희는 그녀의 얼굴을 보며 용기를 끌어올렸다. 그녀는 자신을 구하기 위해 가문 전체의 반대를 무릅쓰고 결혼을 선언했다. 그녀를 위해 이만한 용기를 내는 것도 못한다면 사내가 아니다.

숨을 짧게 들이쉬며 한희가 산문 안으로 힘차게 걸음을 옮겼다.

산차 박철환은 오늘따라 까치들이 유난히 시끄럽다는 생각에 산문 쪽으로 산보를 했다. 장승이 우뚝 서고, 사람이 하나둘 드나들 만한 토굴이 보이는 이곳이 팔괘자오의 석병진 반대쪽 출구였다. 철환이 장승을 올려다보며 중얼거렸다.

"오라는 사람은 오지 않고 가지 말라는 사람만 가네."

자조 섞인 말투를 보니 형님으로 모신 최 훈장 평헌을 여전히 그리워하는 모양이다. 그때, 동굴 안에 인기척이 느껴졌다. 누군가 오상계곡 안으로 들어온 것이다.

철환은 날짜를 꼽아봤다. 바깥세상은 서양 역법을 따르고 있었다. 어림해 보니 오늘은 일요일이었다. 아마도 한희가 인사 차 돌아온 것이리라.

이리 생각하며 보니 정말 한희가 동굴 밖으로 걸어나왔다.

"한희로구나!"

"박 사숙! 이곳에는 어쩐 일이십니까?"

철환이 대답을 채 하기도 전에 사람들이 하나둘 동굴에서 빠져나왔다. 시연이 나오더니 시열과 광호도 불쑥 모습을 드러냈다.

"저들은 누구냐? 이 아가씨는……?"

철환이 시연을 본다. 신식 복장을 하고 있는 그녀는 옛이야기에 나오는 선녀처럼 어여뻤다. 워낙 그녀의 미모가 뛰어나기도 했지만, 오상계곡에서는 볼 수 없는 36종 7겹 화장품의 힘도 무시할 수 없었다.

"또 뵙습니다."

광호가 꾸벅 인사를 했다. 철환과 만난 게 바로 저번 주의 일이다. 철환도 광호를 분명히 기억하고 있었다.

"한희의 의동생이 아닌가. 그래 서울나들이는 잘되었나? 혹시 우리 형님 소식은……."

말을 하던 철환이 다시 시연을 흘끔 쳐다보았다. 혹시 최평헌과 관계있는 여자가 아닐까 하는 생각에서였다. 하지만 아무리 생각해도 형님이 저런 젊고 아리따운 처자와 관계가 있을 거라고는 상상이 가지 않았다.

"그게… 사숙, 이 낭자는 제 아내가 될 사람입니다."

이 말에 철환이 어떤 표정을 지었을지는 더듬는 말이 충분히 대변해 주었다.

"뭐, 뭐, 뭐라고?"

조금 쑥스러워하던 한희가 오히려 단정히 매무새를 정리하며 말했다.

"제 아내가 될 사람입니다."

철환이 입을 뻐끔거린다. 그러다 광호를 돌아보며 말했다.

"이보게나, 자네 형이 미친 건가? 그게 아니라면 저 무슨 해괴망측한 소린가? 광호 군, 자네 한희 부모님이 당부하던 말 기억나지 않는가?"

광호가 철환의 물음에 흠칫했다. 그러고 보니 거의 잊고 있었는데……. 분명 한희의 부모님이 한희를 여색으로부터 지켜달라고 말했다.

워낙 여러 가지 일이 겹친 데다 광호는 '여색을 멀리한다'는 말과는 완전 180도 다른 세계에서 살아왔던지라 부모님의 당부를 그저 으레 하는 걱정 정도로만 생각했다.

그런데 철환의 반응을 보니 자기도 덜컥 걱정이 되기 시작했다.

한희가 그런 철환에게 말했다.

"박 사숙, 자세한 이야기는 가내에서 하지요. 먼저 할아버님과 부모님께 알려야 하지 않겠습니까?"

한희의 침착한 태도를 보자니 철환은 걱정이 한결 앞섰다. 한희와 함께 한달음에 마을로 달렸다.

오상춘을 본 시열과 시연의 반응은 광호의 것과 별다르지 않았다.

"산속에서 지냈다고 하더니 이건 제대로 된 마을이군그래."

시열은 만약 약초꾼 거적때기 같은 집들이 나오면 한마디로 면박 주려 했는데, 제대로 지어진 기와집이며 초가집들의 등장에 할 말을 잃었다.

그런 시열과는 달리 시연은 저 멀리 이가장(李家莊)이라 부르는 한희의 집에 한 걸음 한 걸음 가까워질 때마다 가슴이 방망이질 치는 통에 숨까지 턱턱 막혔다.

아무리 연애가 자유로운 시대고 이혼을 밥 먹듯 하는 결혼 경시 사회에서 자랐다지만, 선우가는 과거에 살아가는 곳이었다.

또 결혼이란 걸 단지 필요에 따라 가문과 가문이 연결되는 도구로만 생각하며 살아왔을지언정 시연 역시 여자였다.

여러 가지 감정이 뒤엉켜 시연은 까딱하면 졸도할 지경이었다.

그렇게 다섯 그루의 커다란 뽕나무가 얽혀 있는 마을 광장을 지나는 일행을 보며 사람들이 하나둘 모여들기 시작했다. 그 사람들은 하나같이 치마저고리 아니면 상투를 틀고 있었다. 시연은 한복을 입고 오는 것이 좋았을 걸 하고 후회하는 중이었다.

오래잖아 철환을 앞세운 한희 일행이 이가장의 대문을 넘어섰다.

대문을 지나자마자 보이는 풍경은 하얀 마당과 그 한편에 서 있는 여인네였다. 한희의 어머니 되는 성씨부인이 나긋하면서도 절도있는 태로 섬돌로 내려섰다. 아들이 찾아왔다는 소리를 벌써 들은 모양이다.

"희로구나! 어쩐 일로 기별도 없이 이런 시간에 찾아왔느냐? 그리도 이 어미가 보고 싶었느냐?"

온화한 미소에 한희도 절로 웃음을 지었다. 스물다섯이나 먹었건만 어머니 앞에서는 어쩐지 어른인 체 굴기가 어려웠다.

"어머니도 참. 할아버님은 기침하셨습니까?"

"지금이 몇 신데……. 당연 기침하셨지."

성씨부인이 이렇게 답하다가 한희 주위의 사람들을 발견했다. 광호는 이미 알고 있고 다른 둘은 초면인데 생김새가 서로에게 그림자 져 있는 걸 보면 남매인 듯했다.

그중 성씨부인이 시연에게 시선을 고정시켰다.

"저 낭자는, 저분들은 뉘시냐?"

한희가 잠시 머뭇거렸다. 곁에 있던 산차 박철환은 한 걸음 물러나 몸을 반쯤 돌렸고, 광호는 고개를 푹 숙여 우물쭈물했다.

성씨부인은 변고가 생긴 것을 직감적으로 눈치챘다.

"있어보거라. 아버님과 네 아버지를 불러오마."

"예, 어머니."

한희가 끝내 고개를 숙였다.

2

한희의 할아버지와 아버지, 그리고 어머니는 대청 한편에 앉아 한희의 절을 받았다. 시연이 어색하게 있다가 한희에 이어 절을 하려 했다. 그때, 한희의 어머니 성씨부인이 냉정한 소리로 말했다.

"낭자는 뉘시기에 절을 하려 하십니까?"

시연이 어찌할 바를 모르고 있는데 한희가 그녀 곁에 나란히 섰다.

"할아버님, 아버님, 어머님, 소자 큰 죄를 지었습니다. 이 사람을 제가 아내로 맞겠다고 사람들 앞에 공언하였습니다."

성씨부인은 어느 정도 예상을 하고 있었지만 한희의 폭탄 선언에 머리가 어질어질해져 몸을 비틀거렸다. 한희의 아버지가 그녀를 부축하며 아들에게 버럭 소리를 질렀다.

"이놈아! 네가 세상에 나갈 때 했던 이야기를 전부 잊은 게냐?!"

“소자, 잘못인 줄 알았지만…….”

“잘못인 줄 알았다면 하지 말아야 할 것 아니냐!”

워낙 불같이 화를 내는 통에 다른 사람들은 끼어들 엄두도 내지 못했다. 박철환은 툇마루 끝에 앉아 바깥 풍경에 눈을 돌리고, 광호는 아예 섬돌 아래서 더 올라오지 못했다.

한편 시열만은 시연의 몇 걸음 뒤쯤에서 속을 부글부글 끓이며 끼어들 타이밍만 재는 중이었다. 자기 동생이 어디 가서 환영받지는 못할망정 투명인간 취급을 받게 만들 수는 없는 일이다.

부인 성씨가 그때 시연에게 이렇게 말했다.

“우선 앉아보십시오. 절은 나중에 해도 늦지 않을 것 같습니다. 낭자의 오라버니신가요? 그쪽도 이리 앉으십시오.”

시열이 엉겁결에 예, 하며 그녀의 말에 따랐다. 워낙 한희 아버지가 경우 없이 화를 내고 있어서 그런가? 성씨부인의 말에 시열은 화를 낼 타이밍을 놓치고 말았다.

한희의 할아버지 이동우 옹도 시연이 있는 쪽으로 몸을 돌렸다.

“선우 씨가… 맞는가?”

동우 옹의 물음에 시연과 시열이 놀랐다. 아직 이름을 말한 적이 없으니 놀랄 만도 했다.

하지만 동우 옹은 일전 한희가 했던 이야기를 떠올리고 있었다. 갑자기 상경 선우 씨에 대한 이야기를 하더니 손자 녀석은 얼굴까지 붉혔었다. 그건 분명 여자를 생각할 때나 지을 만한 표정이었다.

"상경 선우 씨가 맞습니다. 제가 시열, 동생이 시연이라는 이름을 쓰고 있습니다."

시연을 대신해 시열이 답했다. 동우 옹은 아무 대답 없이 시열과 시연을 번갈아 쳐다보았다. 시열이 다시 입을 열었다.

"혹시 저희 가문을 알고 계십니까?"

"풍문으로만 몇 마디 들었을 뿐이네. 내 올해로 백스물일곱이라 헛나이만 먹은 건 아니라 들은 이야기가 적지 않구나."

그의 말에 두 선우 씨 남매가 깜짝 놀랐다. 따지고 보면 고조부인 선우암과 동시대의 사람이다. 선우암이야 바위가 되어 천수 이상을 살고 있다지만 이 노인은……

그때, 한희의 목소리가 대청에 울렸다.

"소자가 그녀에게 부끄러운 행동을 했기에 그렇습니다! 결코 결혼하지 않은 남녀 간에는 있을 수 없는 일을 제가 그녀에게 했습니다!"

대화와 대화 사이 그 틈에서 나온 이야기여서일까? 어머니와 할아버지는 물론이거니와 철환과 광호의 귓전에도 분명히 닿았다. 먼산바라기만 하던 철환이 몸을 돌리고 광호도 깜짝 놀라 눈을 들었다.

한희의 아버지 상춘은 뒷목을 잡고 껙껙 하는 소리만 내고, 성씨부인이 그를 대신해 다그치듯 물었다.

"설마 동침을 한 것은 아니겠지?"

시연과 한희가 동시에 잘 익은 연시처럼 얼굴이 빨개졌다.

한희가 손을 사래질 쳤다.

"결코 아닙니다. 소자, 할아버님의 말씀은 결코 잊지 않고 있습니다."

동우 옹이 손자의 대답에 한숨을 내쉬었다. 안도의 한숨이었다. 한희의 어머니도 한시름 놓았다는 듯 말투에 여유가 생겼다.

"무슨 일이 있었다는 게냐? 이 어미에게 말해보아라."

한희는 시연과 주위 사람들을 힐끔 돌아보았다. 아무리 생각해도 이렇게 사람들이 많은 곳에서 함부로 주워 담을 이야기는 아니었다. 남자가 되어, 그것도 결혼하지도 않은 남녀 사이에.

등에 업혀 산길을 오르다니!

"아무리 어머님이라 하더라도 말할 수 없습니다."

한희가 고개를 조아린다. 성씨부인도 아버지, 할아버지 모두가 한희의 대답에 한숨만 내쉬었다.

보아하니 쌀이 익어 밥이 된 지 오래인 모양이다. 동우 옹이 한희에게 말했다.

"한희야."

"네, 할아버님. 하문하십시오."

"이런 일이 있을까 내 그리 신신당부를 했건만… 결국 사태가 이 지경에 이르렀구나."

할아버지는 아버지와는 달리 큰 소리를 치지도 화를 내는 것도 아니었다. 하지만 노인의 조용조용한 책망이 한희에게는 몇 배나 무겁게 느껴졌다.

"소자, 정말 죽을죄를 지었습니다."

"하지만 네가 잘못을 무르지 않겠다는 걸 보면 저 아이를 아내로 받기로 마음을 굳힌 모양이구나."

"송구스럽습니다. 이미 그녀와 약속을 하였습니다."

"약속이라……."

동우 옹이 이번에는 시연을 보며 말했다.

"처자는 그래, 한희의 아내가 될 수 있겠는가?"

질문이 조금 특이했다. 아내가 되겠는가도 아니고 될 수 있느냐니. 시연은 그런 생각을 하며 동우 옹의 말에 답했다.

"부족한 몸입니다만 노력하겠습니다."

다시 동우 옹이 말했다.

"부족하느냐 아니냐의 말이 아닐세. 선우 씨는 뭔가를 짊지고 있다 들었네. 그걸 버리고 한희의 아내가 될 수 있느냐

묻는 걸세.”

날카로운 질문이었다. 시연은 자신도 모르게 마른침을 꿀꺽 삼켰다. 눈 한번 마주친 적 없건만, 저 노인은 이미 자신의 속내를 알고 있는 모양이다.

하지만 들킬 수 없는 속마음이기에 시연은 마음을 굳게 먹고 말했다.

“결혼을 하게 되면 당연 지아비를 모시는 게 여인의 미덕이라 들었습니다. 할아버님의 말씀, 깊이 명심하겠습니다.”

동우 옹이 한참이나 시연을 바라보다 짤막히 한숨을 내쉬었다. 그 한숨이 무엇을 뜻하는지 한희와 시연 둘 모두 이해할 수 없었다.

동우 옹이 자신의 자식과 며느리 두 사람을 돌아보며 말했다.

“세상이 치세(治世)임을 알고 일제가 패망하여 도망쳤다 들었을 때 한희의 장래도 정해두었어야 하거늘 우리가 잘못한 게 아닌가 싶네. 보아하니 둘 사이에 곡절이 있고 또 장손도 저리 말하고 있으니 여기서는 우리가 한발 물러섬이 어떤가 싶네.”

한희의 아버지 상춘은 청천벽력 같은 동우 옹의 말에 얼굴이 시뻘게졌다.

“아니, 아버지, 그게 무슨 말씀이십니까?”

“내 말 아직 안 끝났네!”

동우 옹이 큰 소리로 아들의 말을 끊으며 말을 이었다.

“하나 본래 결혼이라는 게 ‘하겠습니다’ 하고 바로 하는 것이 아니지 않은가? 서로 예의를 갖추고 가문과 가문이 협의를 거쳐야 하는 게 예법이거늘 이런 식으로 정할 수는 없는 일일세. 그러니 여기서는 이렇게 하는 게 어떤가 싶네.”

동우 옹이 한희에게 말했다.

“장손.”

“예, 할아버님.”

“이미 결혼하겠다고 했으니 그 뜻은 존중하고 우리가 애써 물리지 않겠네.”

할아버지의 이 말은 허락이나 다름없었다. 하지만 단서는 있었다.

“단 지금 당장 부부 행세를 해서는 안 될 일이네. 정식으로 식을 올릴 때까지는 서로 깍듯이 예의를 지켜야 할 것이야. 내 말 무슨 뜻인지 알겠지?”

요컨대 결혼하기 전에는 동침하지 말라는 우회적인 표현이었다. 한희는 충분히 알아들었기에 할아버지의 말에 다시 고개를 조아렸다.

한희야 어차피 의리를 지키기 위해 하는 결혼이니 조부의 말에 따르겠다고 답했다.

“할아버님의 말씀 명심하겠습니다.”

동우 옹이 다시 시연을 보며 말했다.

“내 날을 받아 그 댁에 중매인을 보내도록 하겠네.”

본래 조선시대의 결혼 절차는 의혼이라 하여 중매인이 오가며 양가의 의견을 조율하고 궁합도 봐가며, 이를테면 선을 보는 과정이 있었다. 시연도 그런 절차를 알고 있었기에 동우 옹의 말에 고분고분하게 대답했다.

“알겠습니다.”

한희는 생각보다 간단히 집안의 허락을 얻어내고 나니 한시름 놓은 기분이었다. 물론 얼굴이 붉으락푸르락하고 있는 아버지나 폭풍 전의 고요가 뭔지 온몸으로 보여주고 있는 어머니 등 넘어야 할 산이 산더미 같았지만 말이다.

한희의 어머니 성씨부인이 말했다.

“날은 길고 할 이야기는 많으니 여기서 이럴 게 아니라 우선 여장을 푸시는 게 좋을 듯합니다. 한희야, 손님들을 사랑채로 모시거라.”

한희가 예, 하며 자리에서 일어났다.

한희와 손님들이 자리를 비키자마자 아버지 상춘이 할아버지에게 대들 듯 말했다.

“아버님! 어째서 결혼을 허락하신 것입니까? 용호헌양결은… 한희는 아직 어렵습니다!"

동우 옹이 아들을 보며 흠, 하고 짧은 소리를 내며 입을 열었다.

"그건 나도 알고 자네도 알고 장손도 알고 있을 터이네. 하나 그걸 알면서도 저리 이야기하는 것을 보면 둘 사이에 무슨 일이 있어도 단단히 있었던 것일세."

"그건 그렇지만……."

"게다가 남녀 간의 애정 문제라는 게 막는 것만이 능사가 아니지 않나. 어미는 여자라 잘 알 것일세."

성씨부인이 시아버지의 말에 깊은 생각에 잠겼다. 그 점에 있어서는 사실 시아버지와 의견이 같지 않았다. 아무리 보아도 한희와 시연 사이에 애정 선이 느껴지지 않았다.

그 순간 성씨부인은 동우 옹의 뜻을 깨달았다.

"시간을 끌자는 말씀이시군요?"

상춘이 부인을 쳐다본다. 동우 옹이 허허, 하며 고개를 연신 끄덕이고 성씨부인이 남편에게 설명을 이었다.

"아버님께서는 지금 당장 한희를 장가 보낼 생각이 없으신 거예요. 하지만 지금 이 자리에서 막는다면 한희가 고집을 부릴 가능성이 커요. 그러니 차라리 허락을 하고 결혼식 절차를 최대한 늦추어 시간을 벌자는 말씀이세요. 그동안 천천히 설득한다면 다른 길이 열리지 않겠어요?"

상춘이 무릎을 탁 쳤다.

"과연! 그런 수가 있었구려!"

동우 옹이 자리에서 번쩍 일어났다.

"알아먹었으면 그리 알아서 하거라."

부자지간에 며느리까지 끼어 그런 이야기를 주고받는지는 꿈에도 모른 채 한희는 철환과 함께 사랑채로 시연과 시열, 그리고 광호를 안내했다. 워낙 많은 사람을 거느리고 있는 집 안이라서인지 사랑채에는 방이 충분히 있었기에 각자에게 방 하나씩을 마련해 줄 수 있었다.

남매와 광호가 방으로 들어가는 것을 확인하고 한희는 철환을 배웅하러 대문 밖으로 나섰다. 철환은 아침 산보를 나갔다 이가장으로 온 터라 서당 문을 열러 가봐야 한다고 했다.

돌아가는 길에 한희는 최평헌을 만났던 이야기를 해주었다. 오래간만에 들은 형님의 소식에 철환은 눈가가 촉촉하게 젖어들었다.

그사이 이가장에서 일하고 있던 행랑어멈들이 다과를 차려 사랑채 대청으로 실어 날랐다. 시원한 식혜에 송화 가루를 굳혀 만든 다식이 정갈하게 담겨 있었다.

시열은 짐이랄 것도 없는 겉옷을 방에 벗어놓고 대청마루로 나와 다과상을 받았다. 처음 동생이 결혼한다는 소식을 들었을 때만 해도 불같이 성을 냈지만, 보면 볼수록 나쁜 결혼은 아닌 것 같았다.

시열이 가장 걱정한 것은 여동생이 정략으로 결혼하게 되는 것이었다. 특히 원심당의 간부 중 어느 한 집으로 팔리듯 시집가게 되는 것은 상상조차 하기 싫었다. 시연의 결혼 소식을 들었을 때 시열이 길길이 날뛴 것도 그런 것이라 지레짐작했기 때문이다.

하지만 이렇게 한희의 집에 와서 보니 나름 뼈대가 있는 집안이다. 아흔아홉 칸 저택은 아니지만, 서른 칸은 족히 되어 보일 기와집하며 거느리고 있는 식솔도 적지 않았다.

식혜와 다식 맛도 시열의 마음을 돌리는 데 일조했다. 원심당의 그것과 비교해도 부족함이 없는 역사가 느껴지는 맛이었다.

그때, 다른 방에서 광호가 모습을 드러냈다. 그도 위에 걸치고 있던 재킷을 벗고 와이셔츠에 양복바지 차림이었다.

광호와 시열 두 사람 모두 몸을 쓰는 직업(?)을 가지고 있는지라 근육이 탄탄하게 붙어 있었다. 조각 같은 몸매라는 말에 부족함없는 두 남자가 와이셔츠 차림으로 다과상에 앉아 차를 드니 한 폭의 그림이 완성된다.

그런 걸 아는지 모르는지 둘이 어색히 차를 마시다 문득 광호가 입을 열었다.

“아까 전까지는 씩씩거리더니만 이제는 성이 좀 풀린 모양
이네.”

정곡을 찔러서일까, 시열이 말없이 식혜를 들이켰다. 또다
시 한참 조용하다 이번에는 시열이 입을 열었다.

“너도 여기서 무술을 배웠냐?”

“아니. 최근에 한희 형에게 조금 배우긴 했지만, 대부분은
실전에서 배웠지.”

“그런가?”

다시 광호가 물었다.

“그런 너는? 너도 현문을 연 거냐?”

“현문? 혹시 선법을 말하는 거라면 아니다. 난 그저 호흡법
과 경(勁:발경)을 배웠을 뿐이지. 그러는 너야말로 선법을 얼
마나 배운 거지?”

“며칠? 그런 게 있다는 것도 최근에 알았으니까.”

광호의 대답에 시열이 아, 하는 탄성을 냈다. 그때, 사랑채
앞으로 마당쇠 차림의 남자 하나가 지나간다. 시열이 하던 이
야기를 갑자기 멈춘다. 비밀스러운 이야기라는 생각에 경계
를 한 것이다.

광호가 그런 시열의 생각을 눈치챘는지 식혜로 입술을 적
시며 말을 이었다.

“여기 오상촌 사람들은 어느 누구 할 것 없이 선법을 공부

하고 있어. 저 사람이 하인 같은 옷을 입고 있지만 그건 그냥 하는 일이 그럴 뿐이야. 제대로 붙으면 우리가 질걸.”

시열이 눈썹을 움직거렸다. 광호의 말에 반발심이 순간 든 것이다. 하지만 광호랑 이미 한번 싸워 비겼던 전적이 있어서일까, 그 말에 반박하기도 힘들었다.

“여기도 우리 원심당 같은 곳인가 보구나.”

시열이 이렇게 중얼거렸다. 광호는 원심당이 뭐냐고 물으려다가 그 안의 분위기를 떠올리고는 입을 닫았다. 흘끗 본 것뿐이지만 원심당은 비밀 결사 같은 느낌을 강하게 풍기고 있었다. 외부인이 물어볼 만한 일이 아니라는 뜻이다.

광호가 다른 이야기를 입 밖에 냈다.

“내가 듣기로는, 오상촌은 본래 일제시대 때 독립투사 같은 사람들이 모여 만든 마을이래. 항일투쟁을 준비해 왔는데, 그게 너무 오래 걸려서… 광복된 것도 모르고 지금에 이른 거야.”

시열은 광호의 이야기가 어딘지 블랙코미디처럼 느껴졌다. 하지만 웃는 게 실례 같아 묵묵히 이야기를 들었다.

마지막으로 시연이 방에서 나온 것이 그때였다. 옷매무새를 가다듬고 화장을 고치느라 시간을 오래 쓴 모양이다.

“남자들은 좋겠어요.”

나오자마자 오빠와 광호를 보며 한마디 한다. 시열이 고개를 갸웃하고, 광호가 되묻는다.

"뭐가요?"

"싸우고 나서도 친구가 되니까요."

"시답잖은 소리!"

시열이 한마디 했다. 그러고 보니 또 친구가 되지 못할 건 뭔가? 시열은 처음 싸웠을 때부터 광호가 은근히 마음에 들었다.

광호나 시열 모두 한 무리를 이끄는 수장이다. 그만큼 배포나 그릇이 컸다.

광호가 손을 내밀었다.

"그거 괜찮네. 친구합시다."

시열이 그의 손을 맞잡았다.

"뭐, 못할 것 없지."

철환을 배웅하고 한희가 돌아온 것이 바로 그때였다. 시열과 광호가 악수를 하고 있는 모습이 보였다. 웬일인가 싶어 두리번거리다 시연과 눈이 마주쳤다. 그녀가 배시시 웃었다.

"두 사람은 손잡고 있게 놔두고, 한희 씨, 오상촌 구경 좀 시켜줘요."

시열과 광호가 화들짝 손을 뺀다. 시연이 그 모습에 또 한 번 웃으며 한희를 끌고 나섰다. 한희는 뭐가 뭔지 모르겠다는 얼굴로 시연과 함께 이가장 밖으로 걸음을 옮겼다.

"이게 다섯 그루 뽕나무입니다. 오상촌(五桑村)이란 이름도 여기서 비롯되었습니다."

시연과 나란히 걸으며 한희가 마을의 풍광을 설명해 주었다. 시연은 여기가 정말 산속에 있는 계곡인지 믿기지 않았다. 너르게 펼쳐진 마을이며 켜켜이 쌓인 밭두둑, 논두렁, 소달구지 지날 길들까지 여느 시골 마을의 풍경과 크게 다를 게 없었다.

"마을 입구를 지키는 진법 때문에 사람들에게 알려지지 않은 모양이네요."

"그렇습니다."

시연이 갑자기 자리에 멈춰 서서 한희를 쳐다봤다.

"정말 날 아내로 맞이할 생각이긴 해요?"

"그게 무슨 말씀이십니까?"

"말투 말예요. 그게 어디 아내에게 하는 말투인가요?"

한희가 아, 하고 짤막히 탄성을 냈다.

"그렇지만 할아버지께서 아직은 부부 행세를 하지 말라 하셨습니다."

"말투까지 그러지 말라는 건 아닐 거예요. 저도 직장에서는 서방님을 부하로 대할 거예요. 하지만 단둘이 있을 때까지 그럴 필요는 없잖아요?"

말을 하는 시연의 뺨이 살짝 볼록하다. 애교인 건지 화를 내는 건지 그 경계쯤인 그녀의 표정에 한희는 절로 마음이 사르르 녹는 듯했다.

"알, 알겠… 알겠소."

시연이 방긋 웃었다. 그 미소가 어찌나 부드러운지 한희도 덩달아 얼굴에 미소가 떠올랐다. 그 순간 한희는 아차 싶었다.

여색을 조심하라던 웃어른들의 말씀은 거짓말이 아니었다. 시연의 한마디 한마디에 이렇게나 가슴이 제멋대로 들뜨니…….

한편 시연은 시연 나름 지금의 상황을 즐기고 있었다. 이 남편 될 남자는 어찌나 순진한지 반응 하나하나가 예상을 벗어나지 않는다. 이대로라면 쥐락펴락할 날이 얼마 남지 않았다.

한희의 할아버지 앞에서는 그렇게 대답을 했지만 시연은 한희를 이용해 만파식적을 찾을 생각으로 가득했다.

두 사람이 동상이몽이건 아니건 오상촌에서는 한희가 여자를 데리고 돌아다니는 것만으로도 평지풍파가 이만저만이 아니었다. 워낙 놀라운 풍경이기에 다가와 말은 걸지 못하고 그저 멀리서 흘끔흘끔 구경할 뿐이다.

그 시선이 워낙 따끔거렸기에 한희는 시연을 데리고 조금 한적한 곳으로 향했다.

오상촌은 크게 세 가문이 모여 만든 장소였다. 물론 한희의 중조부께서 기틀을 닦았다고는 하지만, 다른 두 가문도 결코 무시할 수 없는 역할을 했다.

그중 하나가 박철환 사숙의 박 씨 가문이었고, 다른 하나는 지금 오상촌을 떠난 설 씨 가문이었다. 세 가문은 백 년 가까이 호형호제하며 한 식구처럼 지내왔지만 지금은 설 씨 가문과 그 가솔들 자리가 비어 있다.

한희는 한적한 곳을 찾다 자신도 모르게 설가장(薛家莊) 쪽으로 걸음을 옮겼다.

사람이 빈 지 몇 해나 흘렀다고 설가장 담벼락에는 잡초가 무성했다. 사람 손이 닿지 않으면 집은 폐가가 되는 법이다. 한희는 씁쓰레한 얼굴로 설가장의 벽을 어루만졌다.

시연이 한희의 그런 감정을 읽고 조심스레 말을 꺼냈다.

"여기는 어디죠?"

"아, 설가장이오. 본래 오상촌의 세가 중 하나였는데 재작년 세상으로 한발 먼저 나갔소."

"설가……."

"설운백이라고, 나와 동기처럼 지내던 조카가 있는데 정말 영민한 인재였지요. 지금도 종종 그 아이가 생각나는구려."

시연이 그 말에 고개를 살짝 기울였다.

"설운백이라고요?"

"그렇소. 왜 그러시오?"

"아니요. 언젠가 들어본 이름이라서요. 설 씨는 희성이라 한번 들으면 기억이 오래 남잖아요."

시연은 이렇게 말하며 품에서 핸드폰을 꺼냈다. 검색이라도 해보려는 양이다. 하지만 이런 산골에 와이파이 존이 있을 리 없다. 그러기는커녕 3G망도 터지질 않는다.

바로 찾아보는 건 포기한 채 그녀는 설운백이라는 이름을 다시 한 번 기억에 새겼다. 그 이름을 어디서 들었는지가 애매했다. 특무 0과의 일을 하면서였는지 아니면 다른 곳에서였는지.

시연이 생각에 골몰하는 사이 한희가 주위를 살폈다. 사람이 없는 것을 확인한 한희가 그간 품었던 말을 꺼냈다.

"그런데 말이오."

"네?"

"지금까지 이런 걸 물어볼 기회가 없었소. 그때, 내 목숨을 구하기 위해 나와 결혼을 선언한 것은 정말 고맙게 생각하고 있소. 하나……"

한희는 자칫 말을 잘못했다가는 오해를 불러올 수도 있다는 생각에 천천히 생각을 더듬어 한마디 한마디를 찾아냈다.

"나와 결혼을 하고 싶어서 하는 건 아니지 않소? 그래도 괜찮은 게요?"

시연은 한희의 말에 담담히 답했다.

"나랑 결혼하고 싶지 않아요?"

"그런 이야기가 아니오. 나는 잘 모르지만 듣기에 바깥세상에서는 남녀가 서로 좋아해 사귀다 결혼을 한다고 들었소. 하나 시연 낭자는 그런 게 아니지 않소?"

"그럼 반하게 만들면 되잖아요."

시연의 말에 한희가 고개를 갸웃거렸다. 시연이 활짝 웃으며 다시 말을 이었다.

"내가 당신을 좋아하게 만들면 되잖아요. 그렇지 않아요? 순서야 바뀌면 어때요?"

한희는 당해낼 수 없다는 느낌을 다시 한 번 받았다. 어떻게 그녀의 말 한마디 한마디는 이다지도 설득력이 강할까?

"그럼 되겠구려."

한희는 몇 번이나 고개를 주억거렸다. 시연은 그런 한희가 재미있다는 듯 얼굴에서 미소를 지우지 못했다.

한희와 다른 세 사람이 오상촌을 떠난 것은 저녁밥까지 먹은 후였다. 본래 우리나라는 객에게 소홀함이 없는 게 가장 기본적인 예의 중 하나다. 그냥 객도 아니고 며느리에 사돈총각이다 보니 할 수 있는 최고의 상차림이 거듭 등장했다.

물론 워낙 물자가 적은 곳이라 채소에 나물이 대부분이었지만, 정갈하기가 여느 최고급 한정식 집에 비할 바가 아니었다.

시열은 전날까지 워낙 반대를 했던 터라 대놓고 찬성을 하지는 않았지만 더 이상 동생에게 결혼하지 말라는 소리는 하지 않았다. 여동생과의 대화를 숫제 피하며 광호와의 이야기에 열을 올렸다.

둘 다 워낙 싸움질을 좋아했던 터라 의외로 통하는 구석이 많아 오상촌을 떠날 무렵에는 십년지기 못잖은 사이가 되었다.

다음날.

한희는 한 주일 만에 다시 무차면사무소로 출근을 했다. 면사무소 입구에서 선배 남운진과 마주친 것이 오전 8시 15분의 일이다.

"어이, 한희!"

"선배님, 그간 무고하셨습니까?"

"무고했지. 너 하나 없다고 뭐 어떻게 될 것도 없는 동네 아니냐? 그나저나 서울 나들이 며칠 했다고 신수가 훤해졌다?"

“놀리지 마십시오.”

한희가 담담한 표정으로 운진의 말을 받았다.

면소 안으로 들어간 한희는 가장 먼저 화장실로 향했다. 소매에 끈을 넣어 접어 올리고는 대걸레를 빨았다. 9시, 개소 전에 사무실 전체를 청소하는 게 한희의 첫 번째 업무였다.

걸레질을 하는 사이 한 명 한 명 면소의 직원이 출근을 했다. 직속 선배인 고영식이 먼저 오고, 10분쯤 있다 김필석이 출근한다. 영식은 운진이 자기보다 먼저 와 있는 걸 보고는 종종걸음으로 손걸레를 들어 책상을 닦고 다녔다.

그사이 뒤쪽에서 필석과 운진이 이야기를 나눈다. 화제는 오늘 출근하게 될 새 면장에 대한 것이었다.

“어렸죠?”

운진이 먼저 말하고 필석이 이었다.

“어렸지. 20대 중반쯤 되려나?”

“에이, 아무리 고시 출신이라 해도 그 나이는 무리죠. 동안이라 보는 편이 맞지 않겠어요?”

“이쁘지?”

“그죠. 그래도 그 나이에 4급 대우면 기가 세지 않겠어요? 어지간한 남자들은… 무리죠.”

청소를 하던 한희는 복잡한 기분이 들었다. 아직 결혼식은 하지 않았지만, 날짜만 잡으면 되는 상태인지라 시연은 자신의 부인이나 다름없었다.

그런 그녀를 아무리 선배들이라지만 외간남자들이 이러쿵저러쿵 하는 게 떨떠름했다. 게다가 비밀로 하기로 한 터라 아무 말도 할 수 없으니 답답하기도 하다.

괜스레 한희가 대걸레로 두 사람 사이를 비집고 들어섰다. 책상에 걸터앉았던 운진이 다리를 휙 들어 한희의 걸레질을 돕고, 필석은 끼고 있던 낚시 잡지를 털어 펼쳤다.

"그런데 이 인사, 도대체 어떻게 된 거예요? 혹시 들리는 얘기 없어요?"

운진이 필석에게 물었다. 낚시 잡지를 막 펼치던 필석이 고개를 도리질 쳤다.

"몰라. 태백 시 쪽에서도 얘기 안 나오는 거 보면 더 윗선인 거 같아."

"강원도지사? 아니면 더 위요?"

"모르지, 나도. 내가 뭐 알간? 나나 너나 지방 공무원 아니냐."

"그야 그렇죠."

운진이 이렇게 말하며 면장의 의자 쪽으로 눈을 돌렸다.

"아, 환영 회식 해야겠죠?"

"해야지. 말단이 와도 했는데 면장님이 오셨으면 성대하게 해야지."

운진이 피식 웃었다.

"최형진 전 면장님 마지막 모습이 눈에 선하네요. 그 양반, 여기서 한적하게 있다 퇴직한다고 몇 번이나 별렀는데."

"그러게. 1년 남겨놓고 인사이동 있을 거라고 누가 생각이나 했을까?"

시답잖은 이야기를 돌리다 보니 9시 5분 전의 종이 울렸다.

"자, 그럼 오늘도 하루 버텨봅시다!"

운진이 박수를 짝 치며 자신의 자리로 돌아갔다. 면장이 갑자기 바뀌고, 아직은 골프장 건도 시끄러운 터라 무차면사무소의 분위기도 썩 좋은 편은 아니었다.

운진의 격려에 한희가 어깨에 힘을 줬다. 그때, 문이 열리며 정장 차림의 여자가 모습을 드러냈다. 새로 무차면장으로 임명된 선우시연 바로 그녀였다.

면장의 첫 출근에 직원들이 몸을 일으켜 마중했다. 그녀는 인사를 가볍게 받으며 가장 뒤쪽 자신의 책상으로 향했다.

나이는 어렸지만 오랫동안 한 부서를 맡았던 탓일까? 시연이 면장의 자리에 앉는 게 전혀 어색하지 않아 보였다.

다시 자리에 앉기 전에 한희가 흘끗 그녀를 훔쳐보았다. 하지만 시연은 직장에서는 철저히 상사로 있을 모양인지 한희의 눈짓에 아무런 반응도 보이지 않았다.

그 직후, 또 한 사람이 면사무소 안으로 들어왔다. 그는 다름 아닌 돌택군, 시연의 비서였다. 그가 시연 곁으로 다가가 그 뒤에 시립한다.

무차면사무소의 공무원들은 돌택군과 구면이었다. 그가 시연의 비서라는 것도 알고 있었다. 하지만 면장에게 비서가 있다는 것 자체가 난센스. 사람들은 그를 어떻게 대해야 할지 갈피를 잡지 못했다.

그때 시연이 말했다.

"어디 남는 책상 하나 있으면 저기 구석에 놔주도록 해요. 없으면 라면 상자나 그런 것도 괜찮으니 신경 쓰지 마요."

운진이 하하, 하고 어색하게 웃더니 시연에게 물었다.

"정말 라면 상자도 괜찮습니까?"

"그것밖에 없다면 뭐 상관없지 않겠어요? 그는 무차면사무소 직원이 아니니까요."

운진이 알겠다며 성큼성큼 비품실로 가더니 우당탕 잠시 소란을 피웠다. 잠시 후 그가 가지고 온 것은 정말 라면 상자였다. 그가 시연의 책상 바로 옆에 라면 상자를 내려놓았다.

그의 행동에 필석은 고개를 외로 꼬아 외면을 했다. 영식은 마른침을 꿀꺽 삼켰다. 운진의 행동은 누가 보아도 명백한 반항이었다.

물론 필석이나 영식이 운진의 마음을 영 이해 못하는 건 아니었다. 20대로 보이는 여자가 면장으로 불쑥 등장했으니 기분이 좋을 리 없었다. 고등고시를 패스했으면 중앙 부처에서 간부 노릇이나 하면 될 일이지 뭐 얻어먹을게 있다고 이런 시골로 온단 말인가?

텃세에 질투 섞인 아니꼬움까지 더해져 운진은 조금 과장 섞인 반항을 하는 중이었다.

하지만 그건 시연을 잘 모르기 때문에 하는 행동이었다. 애초에 그녀가 이곳에 온 이유는 한희 하나였다. 다른 사람이야 도통 안중에 없었다. 심지어는 돌택군까지.

그가 라면 상자에 앉아 근무를 하든 말든 관심없는 일이다.

한편 이런 자리가 가장 불편한 것은 운진도 택군도 시연도 아닌 바로 한희였다. 그는 서둘러 비품실로 향했다. 낡긴 했지만 책상을 본 기억이 있다. 그걸 빨리 내오려는 생각이었다.

운진은 그런 한희의 생각을 읽었지만 굳이 막지 않았다. 면장의 성질을 한번 긁어보려는 것뿐 정말 그녀와 싸울 생각은 없다.

그때, 택군이 운진에게 빙긋 웃었다.

"책상은 이걸 써도 상관없는데, 혹시 의자로 쓸 방석 같은 것은 남는 게 없을까요? 뭣하면 신문지 같은 것도 괜찮습니다만."

정말 아무렇지도 않다는 그의 말투에 운진은 어깨를 으쓱했다. 그 순간, 시연이 다시 입을 열었다.

"9시네요. 이제 업무를 시작하도록 하세요."

운진은 상대에게서 아무런 반응도 없자 맥이 풀려 버렸다. 그릇이 큰 건지 그런 척하는 건지……. 아무튼 이 싸움은 자신의 완패였다.

그사이 한희가 먼지 낀 책상과 의자 세트를 가져다 시연의 책상 근처에 세팅을 했다. 걸레로 닦고 나니 제법 쓸 만해 보였다.

시연이 그런 한희를 흘끗 본다. 저렇게 하는 건 자길 신경 써주는 것일 테다. 그렇게 생각하니 조금 기쁜 생각도 들었다.

4

아침나절, 서류 몇 장 발급해 주는 것으로 업무가 끝났나 싶었다. 한희는 새삼 지난 한 주의 일이 머리에 떠올랐다. 같은 공무원(?)이지만 극과 극인 세계다.

그때, 광호에게 문자가 왔다.

형, 손님 한 분이 찾아갈 거예요. 신경 써주세요. 제게 소중한 분입니다.

밑도 끝도 없는 문자 내용에 한희가 고개를 기울였다. 그와 동시에 한 남자가 면사무소로 들어왔다.

그와 눈이 마주치는 순간 한희는 어마어마한 예기(銳氣)를 느꼈다. 영식이나 다른 직원들도 그가 특이하다는 것을 느꼈지만 왜 그런 생각을 했는지는 몰랐다.

시연의 곁에서 차 시중을 들던 택군이 반보 나서며 시연의 몸을 살짝 가렸다. 택군이 흘끔 그 남자를 보더니 시연에게 눈치를 줬다.

"누군데?"

시연이 입을 뻐끔거려 조그맣게 묻고, 택군은 엄지를 추켜올리며 한마디 말을 꺼냈다.

"천조."

시연이 호, 하고 탄성을 뱉었다.

그 남자는 회색의 정장을 입고 머리에는 중절모를 쓰고 있었다. 반백의 미리킬을 단징히 빗어 님기고 영화배우처럼 깊은 눈으로 한희를 쳐다봤다.

그가 한희 앞으로 다가섰다. 한희가 그에게 말했다.

"무엇을 도와드릴까요?"

"당신이 이한희 씨?"

"그렇습니다만."

"듣던 그대로군요. 한복에 갓을 쓴 공무원이라니……."

한희는 광호가 조금 전 보내온 문자를 떠올렸다.

"혹시 광호의 지인이십니까?"

반백의 남자는 한희의 물음에는 답하지 않았다.

"이제 곧 점심시간이죠? 제게 시간을 내주시겠습니까? 가능하면 면장님도 함께 뵈었으면 합니다만."

그는 시연까지 지목을 하고 나섰다. 시연이 자리에서 벌떡 일어났다.

"그렇게 하죠, 천일우 씨."

그녀가 자신의 이름을 부르며 나서니 조금 놀란 얼굴을 했다. 이런 어린 아가씨가 설마 자기 정체를 알 줄이야! 광호가 지나가는 말로 언급을 해두긴 했지만.

시연이 택군을 돌아보며 말했다.

"자, 너는 그럼 또 내 대역이야."

택군은 시연을 보좌할 생각이었다. 상대가 상대니만큼 보디가드 노릇을 하려 했다. 하지만 시연이 그렇게 말하니 어쩔 수 없이 한희에게 그 역할을 양보해야 할 듯했다. 다행인 건 경호원 일이라면 한희 쪽이 몇 배는 더 잘해낼 거란 점이었다.

시연은 한희와 함께 천일우라는 남자의 뒤를 쫓았다. 면사무소 밖으로 나가니 이거 난리도 보통 난리가 아니었다.

검정 밴과 세단이 거리를 꽉 메우고, 검은 양복 차림의 남자 백여 명이 면사무소를 포위라도 하듯 서 있다.

남자들의 인상은 아무리 좋게 봐도 깍두기요, 다시 말하자면 건달 같아 보였다. 그들이 천일우의 등장에 일제히 허리를 굽혀 인사하니 그 위압감이라는 게 한두 마디로 표현할 정도가 아니었다.

누가 신고를 했는지 경찰차도 도착해 있었다. 하지만 경찰도 그 풍경에 질려서일까, 경찰차에서 나오지 않았다.

그런 그들 가운데 무차면 골프장 건설 반대 1인 시위를 벌이고 있던 환경운동가만 벌벌 떨며 피켓을 들고 있다. 그 풍경에 한희는 절로 쓴웃음이 나왔다.

"역시 광호를 알고 계시나 보오."

한희의 말에 시연이 대답이라도 하듯 조그맣게 말했다.

"광호가 모시고 있는 사람이야."

"아! 그럼 천조우엽이라는 곳의……."

"회장님."

시연의 설명에 한희가 고개를 끄덕였다.

"그리 말씀하시니 소개를 해야겠군요. 내 이름은 천일우요. 천조우협이라는 회사를 경영하고 있지요."

그가 악수를 청해왔다. 한희가 그의 손을 맞잡았다.

"이한희라고 하오. 경주 이 씨 월야공파 14대손이오."

"광호에게 이야기 많이 들었지요. 대단한 분이라 입이 마르도록 칭찬하더군요. 광호 그 녀석이 평소 광망해서 남에게

고개를 숙이는 일이 없는데 의형으로 모셨다니 가히 짐작할
만합니다."

"과찬이시오. 서로 성격이 맞아 호형호제하고 지낼 뿐이외
다."

천일우가 한희보다 반걸음 앞서 길을 안내했다. 한희는 그
가 용건 없이 이곳까지 오지는 않았으리라 생각해 시연과 함
께 잠자코 그 뒤를 쫓았다.

그 앞에 기다리고 있는 것은 검은색 리무진이었다. 어떻게
저런 걸 끌고 이 산속까지 왔는지 불가사의하게 느껴질 만큼
길게 개조된 차였다. 홍룡단의 리무진은 비교도 되지 않았다.

부하들의 호위를 받으며 천일우가 한발 앞서 차에 올라탔
다.

"가면서 이야기하지요."

어디로 가자느니 하는 이야기도 없다.

보통 사람이라면 어느 정도 겁을 집어먹을 만도 하건만, 한
희는 무서울 게 없었다. 다만 한희에게 한 가지 걸리는 것이
있었으니.

"점심시간은 한 시까지요."

천일우가 빙긋 웃었다.

"그전까지는 다시 데려다 드리리다."

그 약속을 받고 나서야 한희가 고개를 끄덕였다. 먼저 시연

이 차에 오르기 편하도록 자리를 내어주고 다음으로 한희가 차에 탔다.

칵테일 바와 긴 테이블, 그리고 푹신한 소파. 고급 요정을 방불케 할 내부가 한희의 시야에 가득 찼다. 천일우의 곁에 앉은 비서 격의 남자가 미리 골라둔 와인 병을 꺼내 디캔딩을 시작했다. 장미향이 내부에 가득 찬다.

"업무 중이라 술은 곤란하오."

한희가 내미는 잔을 거절하며 천일우에게 말했다.

"이제 본론을 듣고 싶소만. 만약 불법의 일을 부탁하려 한다면 아무리 광호가 모시는 분이라 하더라도 들어줄 수 없소."

천일우는 한희의 말에 알 수 없는 미소만 띤 채 시연에게 눈을 돌렸다.

"면장님이시라 들었습니다."

"예."

"광호가 당신에 대해서는 많이 이야기하지 않아 제가 개인적으로 조사를 해보았는데, 국정원 쪽에서 일하시는 것 같더군요."

"그렇습니다."

"혹시 골프장 건설 건 때문에 이곳으로 발령받아 오신 것입니까?"

이번에는 시연이 오묘한 미소를 띨 차례인 모양이다. 천일우가 다시 입을 열었다.

"실은 두 분께 소개해 드리고 싶은 사람이 있어 이리 모셔가는 것입니다. 멀지 않은 요릿집에서 기다리고 계시니 식사도 대접할 겸 시간을 만들어보았지요."

천일우의 인상은 투사라기보다는 온화한 문사 같았다. 키가 크고 균형 잡힌 몸매와는 달리 얼굴은 교수 같은 일이 어울릴 듯했다. 생긴 것보다는 자애한 눈매와 표정이 한층 그런 느낌을 더해준다.

예순은 족히 됐을, 수라장을 헤쳐 나온 사나이라는 생각은 전혀 들지 않았다. 하지만 한희와 시연 모두 그 앞에서는 경계를 풀지 않고 있었다.

시연이 그의 말에 답했다.

"이권 관계자에게 접대를 받는 것은 공무 윤리 규정에 위반됩니다."

"접대라고 말하면 섭섭하네요. 광호는 제게 아들 같은 녀석입니다. 아들의 의형과 그 아내 될 사람에게 밥 한 끼 사주는 게 어떻게 접대입니까?"

시연의 눈가가 살짝 실룩였다. '광호 도련님, 입도 싸시네' 하는 소리를 목구멍에 삼켰다.

"감사의 뜻도 더했습니다. 이한희 씨가 조언한 대로 지관을 고용해 풍수를 풀어보니 용맥이 두 군데나 발견되었지요. 모르고 그냥 파헤쳤더라면 좋은 결과는 나오지 않았을 거요.”

한희는 그의 말에 묵묵히 고개를 끄덕였다. 광호에게 대강은 들어 알고 있는 이야기다.

“그런데 그게 참… 일단 공사는 중지했지만 아직 몇 가지 문제가 더 있어서요. 세상에 겁대가리없는 놈들이 모인 게 우리 협객들이라는데, 사람 위에 사람 있고 하늘 위에 하늘 있다고 우리도 손을 못 대는 놈들이 있지요. 뭐, 뭐니 하는 대기업들 말이오. 이 골프장도 우리가 가진 지분이래야 1/3밖에 안 됩니다. 나머지는 모 기업이 지분을 가지고 있어요.”

시연은 이미 알고 있는 이야기였는지 가볍게 고개를 끄덕거렸다. 반면 한희는 지금 무슨 이야기가 오가고 있는 건지 얼른 이해가 가질 않는 모양이다.

“그래서 그 기업을 설득해야 하는데, 아시겠는지 모르겠지만, 그 기업이 기독교 계열이라 풍수니 하는 건 영 먹히질 않아서……”

천일우의 이야기를 시연이 받았다.

“오늘 만날 사람이 그쪽 사람인가 보군요.”

“예. 같이 설득 좀 해주십사 합니다.”

그의 말에 한희가 시연을 쳐다봤다. 골프장의 일은 물론 자신이 처음 상관하기 시작했지만, 지금 이 자리에서 결정권자는 시연이었다. 업무 시간 중이었으니 말이다.

"일단 만나는 보지요."

시연은 이렇게 답하며 한희를 쳐다보았다. 사실 시연은 골프장 건에 대해서 정확히는 아는 바가 없었다. 무차면장으로 부임하게 되면서 겉절이로 몇 장의 보고서를 읽은 게 전부다. 우엽개발과 정치가, 공무원들은 개발을 주도하고, 야당의 몇몇 위원과 환경시민단체들이 격렬한 반대를 하는, 우리나라 어느 곳에서건 흔히 볼 수 있는 대결이 이뤄지고 있다는 것 정도로 알 뿐이었다.

용맥이니 풍수니 하는 초자연적인 이야기가 나오니 시연은 이상하다는 생각을 하면서도 조금 흥미가 생겼다. 국정원 0과가 맡을 만한 일이다.

오래잖아 한희와 시연을 태운 리무진이 한적한 별장 같은 곳 앞에 멈춰 섰다. 간판을 내걸지 않았지만, 제법 근사한 요리가 완성되고 있는지 맛있는 냄새가 진동을 한다.

이 자리를 마련한 책임자가 현관에서 걸어나와 허리를 굽혔다. 그는 다름 아닌 광호였다.

"어서 오십시오, 큰형님!"

광호는 먼저 천우일에게 90도 인사를 하고 뒤이어 나오는 한희와 시연에게 목례를 했다. 딱히 살갑게 아는 척을 하지 않는 걸 보니 공식적인 자리라 삼가고 있는 모양이다.

세 사람은 광호의 안내를 받아 별장 안으로 걸음을 옮겼다. 계단에서는 은은한 향나무 향이 풍기고, 자질구레한 나무 장식 하나까지 섬세하기가 이를 데 없는 걸 보니 최고급의 산장인 모양이었다.

한희는 그 모든 사치가 거북살스럽게만 느껴졌지만 잠자코 시연의 반걸음 뒤를 쫓아 걸었다.

이윽고 내실 깊은 곳, 미닫이문을 열어 도착한 방에는 모두 세 사람이 기다리고 있었다. 그중 둘은 자리에서 일어나 천일우에게 인사를 했고, 다른 하나는 거들먹거리며 미소를 띠었다.

"이제야 오셨소? 기다리기 지겨워 목 좀 축였으니 너무 나무라지 마시오."

50대 중반쯤 되었을까 한 그를 보는 순간 한희는 눈살을 찌푸렸다. 그의 등 뒤에 떠돌고 있는 잡스러운 기운이 한희의 영안(靈眼)을 통해 선명하게 보이고 있었기 때문이다.

Chapter 15
장화홍련전 I

1

소개가 오갔다. 최희태라 자신을 소개한 대기업 측 중역은 상대가 면장에 9급 공무원이라는 말을 듣고는 대뜸 하대를 하기 시작했다. 시연을 향해 성희롱 조의 인사를 건네기도 했다.

미리 기다리고 있던 다른 둘은 최희태의 비서요, 천일우가 청해온 지관이었다. 비서의 이름은 이영출, 지관은 엄운장이다.

그렇게 첫 요리가 나올 때까지 한희는 최희태의 뒤를 떠도는 희끗한 빛 같은 것을 흘끗흘끗 쳐다보고 있었다.

시연이 한희의 시선을 따라 그쪽을 쳐다봤다. 처음에는 잘 모르겠더니 어느 순간 아지랑이 같은 것이 흘끗 어렸다. 시연이 한희에게 자그맣게 물었다.

"저거… 뭐야?"

"잡귀입니다."

"어쩐지."

시연이 부과장으로 있는 특무 0과는 본래 영적인 일을 전담하던 곳이다. 초자연적인 현상을 많이 보아와서일까? 그녀는 다른 사람들보다 영감이 강한 편이었다. 한희처럼 현문을 열어 영안을 갖게 된 것도 아니건만, 시연은 이곳의 어느 누구보다 먼저 최희태의 등 뒤에 떠도는 것을 보게 되었다.

최희태는 이야기를 하면서 가끔 오른쪽 어깨를 왼손으로 훑었다. 무의식적으로 하는 행동이었지만, 실은 잡귀가 그곳을 건드릴 때마다 손이 반응한 것이다.

한참 동안 최희태가 천일우에게 시시껄렁한 이야기를 던지더니 이윽고 한희의 시선을 눈치챈 모양이다. 불쾌한 눈초리로 한희에게 말했다.

"자넨 뭘 그리 보는 건가?"

한희는 묵묵히 최희태의 어깨 뒤쪽을 쳐다보았다.

"뭘 보냐고?"

다시 그가 말했다. 하지만 여전히 한희는 묵묵부답이었고,

덕분에 접대장 분위기가 급격히 가라앉았다.

중개 역을 맡고 있는 천일우가 나섰다.

"자자, 신경 쓰지 말고 술 한잔하시지요."

하지만 최희태는 이미 기분이 상한 모양이었다. 술잔을 한희에게 냅다 집어 던졌다.

"야, 이 어린놈의 새끼가, 어른이 말씀하시면 대답을 해야 할 거 아냐!"

술이 차 있는 술잔이 얼굴에 닿으려는 찰나, 한희가 손가락 두 개를 벌려 술잔을 잡았다. 그리고는 어떻게 한 건지 사방으로 흩어지는 술을 술잔 안으로 빨아들였다. 한희는 아무렇지도 않게 술이 가득한 술잔을 다시 탁자에 올려뒀다.

"죽을 날이 가까운 줄도 모르고 큰소리만 치는구려."

한희는 이렇게 말하더니 시연에게 나지막하게 말했다.

"눈을 마주치지 마십시오. 고양이인지 삵인지 모르겠지만… 자신을 본다 싶으면 씌게 됩니다."

시연은 호기심에 자꾸 잡귀 쪽을 흘끗거리다 한희의 말에 눈을 돌렸다.

한편, 최희태는 한희가 받아낸 술잔을 보자니 갑자기 술이 확 깼다. 두루마기에 갓을 쓴 꼴을 비웃을 때는 언제고 지금은 한희의 정체가 부쩍 궁금해졌다.

직접 묻기도 뭣해서 천일우에게 말했다.

“저 사람이 누구요?”

“아까 소개 드리지 않았습니까?”

천일우가 웃으며 답했다. 그도 지금 미소를 띠고는 있었지만, 조금 전 한희가 보인 한 수에 몹시 놀라는 중이었다.

“9급 공무원이라는 건 알겠습니다만…….”

그가 한희를 보며 말했다.

“죽을 날이 가깝다는 게 무슨 말이냐?”

한희는 그저 혀를 차며 고개를 저을 뿐이었다. 최희태가 눈살을 찌푸렸다.

“웬 풍수지리를 말하지를 않나, 용맥이 어떻고, 이제는 무당 같은 사람까지 데려온 거요?”

천일우는 그가 자신을 탓하는 듯하자 손사래를 치며 말했다.

“오해시오.”

“뭐가 오해란 말이오?”

그때, 한희가 자리에서 일어났다. 소매에서 부채를 꺼내 들더니 최희태의 어깨에 살살 부친다. 최희태는 이게 뭔 도깨비 놀음인가 하면서도 한희가 하는 양을 가만 지켜만 보았다.

나긋하고도 부드러운 바람이 최희태의 어깨를 감싸고, 그는 무슨 마사지라도 받은 후처럼 근육이 풀어지는 것을 느꼈다.

그때, 시연이 손가락질하며 하는 말이 들렸다.

"어, 없어졌네?"

한희가 부채를 접으며 말했다.

"소용없습니다. 또 붙을 거예요."

그리고는 한희가 천일우에게 말했다.

"이 자리는 영 내키지 아니 하오. 내가 도울 일이 있다면 훗날 광호를 통해 전해주시오. 내 직분을 넘치지 않고 의에 어긋나지 않는 일이라면 힘을 빌려 드리겠소."

천일우는 할 수 없다는 표정을 지었다. 속으로 최희태의 경망함을 탓해보았지만 이미 엎질러진 물이었다. 아니, 물인 것 같았다.

최희태가 한희의 앞을 막아섰다.

"자, 잠깐. 방금 뭘 어떻게 한 거냐?"

한희는 그의 말을 완전히 무시한 채 몸을 돌렸다. 최희태가 다시 입을 열었다.

"내, 내가 무례해서 그랬던 거라면 사과하겠네. 그러니 내 말을 들어주게나."

그제야 한희가 몸을 돌린다.

"예가 아니면 보지도 듣지도 말하지도 말라 하였소."

"미안하네, 미안해. 내 나이가 더 많아 그리 대했던 것이네."

"관례를 마치면 동자가 아니오. 사람 아래 사람 없고, 사람

위에 사람 없는 법이오."

최희태는 한희가 하는 말에는 전혀 동의할 수 없었지만, 당장 얻고자 하는 대답이 있었기에 일단 숙이고 들어가리라 마음먹었다.

"그 말이 옳네. 자자, 다시 자리에 앉게나. 여기 반찬이 식었네. 다시 세팅해 주게나."

한희가 소매를 털고 앉으며 말했다.

"아직 먹을 만하오. 어느 하나 정성이 들어가지 않은 음식이 없는데 어찌 이리 쉬 물리려 하시오?"

"그, 그, 알겠네. 자자, 그러지 말고 말해주게나. 내 어깨에 무슨 짓을 한 겐가? 내 어깨가 잘 움직이지 않은 게 벌써 몇 해일세. 자네가 부채질 한 번으로 오십견을 고쳐놓았으니 내 주치의보다 훨씬 낫네."

한희는 최희태를 잠시 바라보다가 다시 소매에서 부채를 꺼냈다. 그리고는 어깨의 가장 위 견정혈 언저리를 슬쩍 눌렀다. 최희태는 한희가 하는 꼴을 가만히 지켜보다 어깨가 인두에 지져진 듯 뜨겁자 윽, 하고 신음을 냈다.

"역시 기가 많이 허해졌구려."

한희는 다시 부채를 소매에 넣었다.

"기가 허해지다니, 내 철마다 지어 먹은 보약이 몇 첩인데……."

“밑 빠진 독에 물 붓기요.”

한희는 이왕 다시 자리에 앉은 것, 음식에 손을 가져갔다. 역시 서양 가락국수 같은 것보다는 한식이 좋았다.

최희태가 다시 뭐라 말하려는데 천일우가 한희와 둘 사이에 끼어들었다.

“최 사장님도 참. 아까까지만 해도 제가 소개시켜 드린 게 탐탁찮다고 하더니 지금은 다른 사람들은 안중에도 없습니까?”

천일우의 말에 최희태가 헛기침을 한다. 워낙에 건강에 관심이 많을 나이였다. 한 기업의 사장이다. 재산, 권력 어느 하나 부족함이 없지만 최근 건강에 적신호가 들어왔다. 그러던 중 한희에게서 희망을 보았으니 체통이고 뭐고 있을 게 없었다.

“우선 아까 하던 이야기부터 마저 합시다. 여기 지관이 보고했듯 지금 건설하고 있는 컨트리클럽에 용맥이 두 줄기나 흐르고 있습니다. 최 사장님이 풍수지리를 미신이라고 믿지 않으시는 건 저도 알고 있는 사실이지만, 조심해서 나쁠 것은 없지 않습니까? 일례로 홍콩의 대기업들은 빌딩을 지을 때 반드시 풍수사를 부른다고 합니다. 그냥 미신이라 일축하지 마시고… 설계만 조금 변경하면 될 일입니다.”

최희태는 천일우의 말에 조금 전과 똑같은 대답을 하려다가 문득 한희에게 생각이 미쳤다.

"그러니까… 한희 군이라 했던가? 자네가 생각하기는 어떠한가? 지맥이랄까, 그런 걸 정말 신경 써야 하는 것인가?"

최희태가 모르는 사실이 하나 있었다. 애초에 천일우가 지관을 불러 지맥을 조사하게 만든 장본인이 한희라는 점이다.

한희는 최희태의 물음에 어떻게 대답을 할지 잠시 고민에 빠졌다. 볼 수 없는 사람에게 보이지 않는 것을 설명한다는 게 쉬운 일은 아니다. 게다가 그 상대는 볼 생각조차 닫고 있으니.

천일우의 이야기에 따르면 최희태가 마음을 돌리지 않으면 공사가 원래 계획대로 진행되게 될 것이다. 그건 태백산의 용맥을 건드리게 되는 것이고, 최악의 경우 한반도의 동쪽 절반이 동해바다에 가라앉는다.

"지금 어디에 살고 있소?"

한희의 동문서답에 최희태는 어어, 하더니 엉겁결에 대답을 했다.

"회사 사택인데……."

"언제부터 거기 살기 시작했소?"

"아, 여기 골프장 건설이 본궤도에 오를 즈음이니 두 해쯤 되었네."

"어깨가 아프기 시작한 것도 그쯤 아니었소?"

그가 손을 꼽아보더니 고개를 끄덕였다.

"어, 그리고 보니 그렇구만. 어떻게 알았나?"

"이와 기는 서로 나뉘지 않으나 섞이지도 않는다[理氣不相離理氣不相雜]. 어쩌다 한데 섞였는지 모르지만 그런 곳은 꼭 말썽이 있게 마련이오."

멍한 얼굴로 최희태가 한희를 봤다. 그 말을 알아들은 사람이 하나 있었으니 바로 지관이었다.

"귀신이 붙었구만!"

지관의 말에 최희태는 헛, 하고 헛웃음을 터뜨렸다. 그러더니 금세 박장대소를 한다.

"하하하, 또 그 소리인가? 관사 근처 기숙사에 살던 직원들도 그딴 소리를 하더니만. 세상에 귀신은 무슨 귀신! 하나님의 집에 무슨 귀신이 있단 말인가? 괜한 소리 하지 말게."

그 순간 한희가 엄한 목소리로 최희태에게 말했다.

"오래잖아 사람이 하나 죽어나갈 것이오."

최희태가 눈살을 찌푸렸다.

"아니, 오십견을 어떻게 고친 건지 그거나 답할 것이지… 보자보자 하니까! 이보시오, 천 사장! 내가 미신 같은 거 질색하는 거 잘 알잖소? 이 점쟁이 같은 사람을 당장 보내시오! 아니면 내가 나갈 테니!"

완전히 기분 상한 모양이다. 한희는 그의 말을 듣자마자 다시 자리에서 일어났다.

"면장님, 돌아가시죠. 음기가 성해 육신에까지 파고들기 시작한 저런 사람과 한자리에 있는 것만으로도 좋을 게 없습니다."

시연이 한희의 말에 고분고분히 따랐다. 모르긴 몰라도 선법을 익힌 이 서방은 귀신까지도 보이는 모양이었다. 하긴 예로부터 도술을 익히면 반드시 도깨비나 잡귀 같은 것이 끼게 마련이고, 도사들의 주 수입원이 귀신을 쫓는 의식이었으니 한희가 못할 이유도 없었다.

"먼저 가보겠습니다. 다시 연락 주십시오."

한희가 천일우에게 고개를 꾸벅 숙였다.

"차를 내어드리겠습니다. 다시 데려다주겠다는 약속 지키기 힘들 것 같아 미안합니다."

"괜찮습니다."

한희가 이렇게 말하며 미닫이문을 열고 짚신을 신었다. 시연이 한희를 따라 밖으로 나오며 물었다.

"정말 사람이 죽어?"

한희가 고개를 끄덕였다.

"이제 곧 추분을 넘어섭니다. 음기가 성해질 때죠."

"지금까지는 괜찮았던 거 아냐?"

"집 밖에까지 잡귀가 따라나올 정도면 때가 무르익었단 얘기입니다. 여름이 아니었으면 벌써 송장 하나 치웠을 겁니다."

한희의 이야기에 시연은 몸을 부르르 떨었다.

"그거 무섭네."

"면장님은 제 말을 믿는 모양입니다?"

한희의 말에 시연이 웃으며 귀에다 대고 소곤거린다.

"색시가 서방 말을 안 믿으면 누구 말을 믿어요?"

깜짝 놀라 자라목을 움츠리는 한희를 두고 시연이 한발 먼저 밖으로 나갔다.

2

그 일이 있은 지도 며칠이 지났다. 그동안 있었던 일이래야 면장 환영식 정도였다.

면사무소의 새로운 풍경에 사람들이 종종 놀라곤 하는 것도 이제는 많이 진정되었다.

새로 온 면장이 어린 아가씨고 곁에서 젊은 남자가 차 시중을 들고 있다는 게 신기하긴 했지만 일일이 놀라기도 우스운 일이었다.

한희의 메신저에 고영식의 업무 지시가 떨어졌다.

야! 놀지 말고 가서 문서 정리나 해! 하여간 게을러 가지곤. 아직도 업무 파악이 안 돼? 매월 1일이 되면 파기 문서 정리해야 할 것 아냐! 어쩌다 이런 골통이 들어와 가지고 내 일이 줄지를 않아!

매도하는 말이 반은 되었지만 한희는 예, 하고 대답을 하며 자리에서 일어났다. 마침 민원인도 없고 하니 서류 정리를 하기에 좋은 시점이긴 했다.

뒷자리에 있던 운진이 물었다.

"왜 갑자기 일어나? 식사 시간 아직 안 됐어."

"파기 문서 정리하려고 합니다."

"아아, 맞다. 오늘이 1일이구나. 아직 잘 모를 테니까 내가 도와줄게."

"감사합니다."

운진이 한희와 함께 문서고 쪽으로 향했다. 그러던 운진이 흘끗 시연을 쳐다보았다. 저 여자, 전임 면장보다 일을 더 안한다. 그래도 그 사람은 도장이나마 자기 손으로 찍었지 지금은 비서인지 뭔지 하는 정체 모를 남자에게 시킨다.

한희가 문서고에 들어가 문서 절단기 전원을 켰다. 낡아서인지 무슨 공장 엔진 돌아가는 소리가 들렸다. 파기 연한을 넘겼을 법한 서류들을 꺼내는 한희와 뒤에서 일을 감독하는 운진. 그때 운진이 한희에게 물었다.

"한희 군, 새로 온 면장에 대해 어떻게 생각하지?"

"무슨 말씀이신지……."

"왜 온 걸까?"

행여 자신과의 관계를 눈치챈 건 아닐까 싶어 괜히 뜨끔했던 한희는 한시름 놓았다는 듯 편하게 대답을 했다.

"저도 모릅니다."

"이건 내 생각인데… 저 정도 미모면 분명 엉겨 붙는 남자가 한둘이 아닐 거야. 안 그래?"

"그렇습니까?"

한희가 짐짓 관심없다는 듯 말하자 운진이 한희의 어깨를 툭 쳤다.

"선비님이라 점잔 빼는 거야? 솔직히 예쁜 걸로 치면 지난번에 찾아왔던 아나운서 이런 여자보다 훨씬 낫지. 아무튼 중요한 건 그게 아니라 내 생각에 면장이 여기로 좌천되어 온 건 남자 문제야. 국장 급이랑 불륜이라도 있었던 게 아닐까 싶어."

한희는 운진이 그녀의 뒷담화를 하는 게 썩 내키지 않아 말을 돌렸다.

"군자는 남의 뒷이야기를 하지 않는 법입니다."

"괜찮아. 나는 군자 아니니까. 그게 아니면 이런 곳에 뭐하러 오겠어?"

"여기가 뭐 어때서 그렇습니까?"

"뭐가 어떻긴, 서울에서 차로 다섯 시간 넘게 걸리는 데가 어디 흔한 줄 알아? 한자는 다르지만 오죽하면 무차면 오지리겠어? 차도 없는 오지 마을이라잖아."

"백성이 서로 화합하고 끼니 거르지 않게 살면 거기가 바로 무릉도원입니다. 전 이곳이 좋은 마을이라고 생각합니다."

"나쁘다는 게 아니라……."

운진이 답답하다는 듯 고개를 저었다.

"너랑 이런 얘길 하는 내가 바보다. 아무튼 불가사의한 여자라니까."

"그건 그런 듯합니다."

한희가 마지막 문서의 절단을 마친 후 스위치를 껐다. 우당탕거리며 기계가 멈춰 서고, 더 이상 상사의 뒷담화를 하기 어렵게 되자 운진이 먼저 자신의 자리로 돌아갔다.

빠끔히 열린 문틈으로 시연의 옆모습이 보였다. 한희는 그녀를 보며 운진의 이야기를 되새겼다. 그렇게까지 미모를 칭찬하니 싫지만은 않은 기분이 들었다.

퇴근 후, 한희는 자신의 방 서탁 앞에 앉아 잠시 마음을 가다듬었다. 그가 길게 늘어진 소매에서 꺼내 든 것은 스마트폰. 밀어서 잠금 해제를 하고 쪽지를 보냈다.

　광호야, 하릴없으면 와보아라.

　말풍선에 적힌 문자가 날아간다. 보이지 않는 파발마지만 전달함에 한 치 틀림이 없다.

　예, 형.

　짤막하게 대답이 돌아오고 오래잖아 광호의 슬리퍼 끄는 소리가 들렸다.
　"왜요?"
　"이리 와서 앉아보아라."
　한희의 말에 광호가 고개를 갸웃하며 서탁 건너에 앉았다. 트레이닝복 바지에 면 티 하나였지만 나름의 멋이 느껴지는 게 광호는 광호였다.
　"엊그제의 일 때문이다."
　"아! 형, 정말 미안해요. 그 녀석이 그따위로 나올 줄은……. 일우 큰형님도 공사 현장 떠나기 전에 꼭 자리를 마련해 형에게 사과한다고 했어요."
　"그리하실 것까지는 없다. 그보다 그 최 아무개라 하는 사람은 누구냐?"

"대룡 CC 사장이에요."

"대룡 CC?"

"예. 대룡 컨트리클럽. 이번에 골프장 건설하면서 생긴 회사인데요, 거의 이름뿐인 유령회사죠. 대기업 자회사예요. 서류상으로는 연관이 없지만 그 최희태라는 사람이 XX사 회장의 사위거든요. 우엽건설이 시공사로 선정되어 건설 총책은 맡고 있고, 대룡 CC는 발주처라고 할 수 있죠. 지분은 3:1이고요. 우리가 1."

한희가 흐음, 하고 신음을 냈다.

"왜요?"

"아니다. 요컨대 크게 장사를 하는 집안의 사위라는 말이지?"

"그렇죠. 그 회사, 가전제품에서 빌딩까지 안 만드는 게 없잖아요. 놀이동산에 아무튼 우리나라 땅에서 거기 제품 하나 안 쓰고는 살기 힘들죠."

"원한도 많이 졌을 테고. 누가 저주라도 건 건가, 아니면 그냥 모르고 구입한 걸까."

광호도 이틀 전 회동에서 한희가 했던 말과 행동을 이미 알고 있었다. 귀신에 씌웠느니 하는 얘기인 모양이다.

광호는 일전 현문을 열 때 영안(靈眼)으로 잡귀들을 본 적이 있었다. 한희의 말이라면 무조건 믿었을 테지만, 직접 보기까지 했으니 의심의 여지가 없었다.

"뭘 신경 쓰고 그래요? 그런 싸가지없는 놈들은 좀 당해봐야 해요."

"그럴 수는 없구나. 비록 나를 괄시했다고는 하지만, 그 집 식솔들은 무슨 죄가 있겠느냐? 사람 목숨보다 중한 건 없는 법이다."

한희의 말에 광호가 할 수 없다는 듯 자신이 알고 있는 걸 털어놓았다.

"사실 거기서 귀신 나온단 얘기는 전에도 좀 돌았어요. 최 사장이 그렇게 화를 내고 날뛴 것도 이유가 있다니까요. 몇 번인가 역술인이니 하는 사람들이 들락거렸거든요. 최 사장이야 기독교를 믿는 사람이라 성질을 내며 쫓아냈지만요."

"그런 일이 있었구나."

한희가 고개를 끄덕였다. 지기(地氣)에 끌려온 잡귀가 사람에게 붙어 다른 땅까지 나올 정도면 그 땅에 음기가 성한 지도 제법 오래된 것이다. 신기가 좀 있는 사람이라면 충분히 느끼고도 남을 일이다.

"근데 그 집 사람들은 기가 워낙 센지 귀신 들리거나 하는 일이 없어요. 오히려 소문은 바로 옆에 있는 기숙사 쪽에서

돌고 있죠. 술을 먹고 오다가 처녀귀신을 만났느니 하는 얘기
가 나오더라고요."

"조사해 본 것이냐?"

"그 기숙사에 우엽개발 사람도 지내고 있어요. 그래서 건
너 건너 들은 얘깁니다. 만덕 형님도 알고 있을 걸요?"

한희는 잠자코 광호의 이야기를 듣고 있었다. 그때, 방문을
똑똑 노크하는 소리가 들렸다.

"한희 씨."

시연의 목소리였다.

"들어오시오."

문을 열고 들어선 시연이 손에 들고 있는 것은 작은 보자기
였다. 벌써부터 음식 냄새가 풍겨져 들어온다.

"도시락이에요. 광호 도련님도 있었네?"

시연의 미소에 한희가 자리에서 일어나 그녀가 들고 온 짐
을 받아 들었다.

한편 광호는 도련님 소리가 거북살스러운지 고개를 외로
꼬았다. 광호는 딱히 그녀가 싫은 건 아니었지만 순순하게 받
아들일 수가 없었다.

"뭘 이런 걸 준비해 왔소? 나는 생쌀 한 줌이면 끼니가 충
분하다고 늘 말하지 않았소?"

"그게 어디 사람 먹는 음식이에요?"

시연이 방긋방긋 웃으며 밥상을 가져왔다. 그러더니 밥상으로 앞을 가리며 시연이 뒷발로 광호를 툭툭 밀쳤다. 자리 좀 비켜달라는 신호다. 하지만 광호는 모르는 척 그 자리에 버티고 앉아 상차림을 돕겠다고 나섰다. 부엌에서 수저에 젓가락을 가져오고 앞접시도 챙긴다.

시연이 눈을 흘겼지만, 광호는 뻔뻔했다.

그녀가 가져온 삼단 찬합이 밥상에 펼쳐졌다. 치라시 초밥이 한 층에 반찬 네 가지가 한 층, 과일 후식이 한 층이었다.

"매번 이렇게 챙겨주니 정말 감사하구려."

"뭘요. 밥 한 끼 가지고 챙겼다고 하면 오히려 부끄러워요."

옆에서 듣던 광호가 툭 한마디 끼어들었다.

"만드는 건 택군이더만요. 택군이 투덜거리는 소리가 제 방에 그대로 들립디다."

그 한마디에 방 안 공기가 5도쯤 낮아졌다. 시연이 호호, 웃으며 화제를 바꿨다.

"그런데 광호 도련님은 왜 여기 와 계신 거죠?"

한희가 답했다.

"내 상의할 일이 있어 잠시 불렀소."

"무슨 일이죠?"

"최 아무개라는 전에 만난 사장 일 말이오. 사람이 죽어나

갈지도 모르는데 모르는 척할 수는 없지 않소?"

"아아! 신경 쓸 것 없어요. 그런 사람은 좀 당해봐야 해요."

시연의 대답에 광호가 뜨끔해한다. 자기가 한 소리랑 똑같다. 한희도 그게 재미있어서인지 빙긋 미소를 지었다. 시연만 한희의 미소를 이해하지 못해 머리를 기우뚱했다.

"그 사람이야 무례하다지만 그 아랫사람들이 무슨 죄가 있겠소? 게다가 그가 고집을 꺾지 않고 자칫해 용맥을 파괴한다면 큰일 아니오."

시연도 한희에게 지금 골프장 건설 이면에 용맥 문제가 끼어 있다는 걸 대강이나마 들은 바가 있었다. 그녀가 고개를 끄덕거렸다.

"설득하려면 은혜를 입히는 것도 좋죠."

시연의 말은 계산이 많이 섞여 있다. 광호가 그녀의 말에 동감을 표하려다 입을 다물었다.

"일단 식사를 합시다. 시연 낭자가 애써 차려준 음식이 식으면 미안하지 않소?"

한희는 이리 말하며 젓가락을 손에 들었다. 시연이 방긋 웃으며 한희의 앞 접시에 치라시 초밥을 담아주었다. 광호는 또 입술을 삐뚤빼뚤했다.

한희는 밥이며 반찬 어느 것 할 것 없이 싹싹 비워냈다. 후

식을 먹을 즈음 시연이 말을 했다.

"오빠가 내일 홍콩으로 떠난대요."

"형님이 말이오?"

시연이 한희에게 고개를 끄덕해 보이며 말했다.

"쉴 만큼 쉬었다고 업무에 복귀한다더군요."

"오누이의 정도 제대로 나누지 못하고 벌써 가시는구려. 그럼 환송회라도 열어야 하는 것 아니오?"

이번에는 광호도 적극적이었다.

"그러게요. 시열이가 간다니 좀 섭섭하네요."

광호는 요 며칠간 시열과 한 번 술잔도 나누고 해서 완전히 친구 사이가 되었다. 나이도 한 살 차이밖에 나지 않는데다가 둘 다 무술을 좋아하고 특기가 쌈질이다 보니 친해질 만도 했다.

광호가 다시 말했다.

"형, 환송회는 제게 맡겨주세요. 제가 또 서울에서 한때 반주(飯酒)의 제왕 소리를 듣고 살았습니다."

한희가 빙긋 미소를 지었다.

"알겠다. 섭섭지 않게 잘 부탁하마."

"예, 맡겨만 주세요. 빨리 준비해야겠네."

시연이 그렇게 눈치를 줘도 엉덩이 딱 붙이고 있더니만, 광호가 자리에서 벌떡 일어나 자신의 방으로 슬리퍼를 끌고 갔다. 시연이 그의 등 뒤에 혀를 내밀었다.

하지만 딱히 방 안에 둘만 남았다고 해서 별다를 것도 없었
다. 한희가 포도 한 알갱이를 입안에 넣고는 맛있소, 한마디
를 더할 뿐이었다.

시연이 방 안을 돌아보며 화제를 찾았다.

"아, 하다못해 TV라도 하나 놓지 그래요?"

"돈이 없소. 지난 봉급은 며칠 치라 얼마 되지 않아 집세로
다 나갔고."

"…방은 어떻게 구했어요?"

"집에서 가져온 금 부스러기를 썼소. 집이야 없으면 곤란
하지만 TV야 급한 게 아니잖소."

"그래도 이게 어디 사람 사는 집이에요? 옷걸이에는 똑같
은 한복만 잔뜩 걸려 있고."

시연의 말에 한희가 슬쩍 웃었다.

"어머니가 힘들게 길쌈해 주신 의복이오. 똑같다고는 하나
내 그것으로 충분하오."

"아!"

시연은 말실수를 한 게 아닐까 싶어 한희의 안색을 살폈다.
하지만 한희는 개의치 않는 눈치였다. 한희가 다시 말했다.

"그런데 시연 낭자, 흠흠, 이제 곧 결혼을 할 사이이니 내
좀 부탁할 일이 있소."

시연이 한희를 쳐다봤다.

"무슨 일이요?"

"그, 좀 무례할지도 모르지만……."

한희가 시연에게 머뭇거리며 말했다. 시연은 그가 쉽사리 말을 꺼내지 못하며 우물쭈물하는 게 영 어색했다. 숙맥이기는 해도 우유부단, 답답한 사람은 아니다. 얼마나 대단한 일이기에 저리 뜸을 들이는 걸까?

"전에 약조했던 대로 사람들이 있는 곳에서는 무례하게 굴지 않겠소. 회사에서는 상사로 깍듯이 모시고."

한희가 잠시 운을 뗴었다가 다시 말했다.

"좀 무례하게 느껴지더라도 참아주시오."

시연은 한희의 말에 갑자기 귀밑이 화끈거렸다. 아직 밤은 아니지만 밖은 어둑어둑하다. 좁은 원룸 안, 남녀가 단둘이 있는데 남자가 무례한 짓(?)을 하겠다고 공언한다.

두근거리는 가슴을 진정시키며 시연이 한희를 물끄러미 쳐다보았다. 그가 자신의 눈을 똑바로 쳐다본다.

"무례한 것… 괜찮아요."

시연이 조그맣게 말했다. 한희가 흠흠 연신 헛기침을 하더니 드디어 무례한 짓을 한다.

"이보시오, 시연."

시연은 슬쩍 눈을 감았다. 그런데 한희가 갑자기 엉뚱한 소리를 하기 시작했다.

"기분 나쁘지 않소?"

"…예? 뭐가요?"

"그, 이름을 막 부르지 않았소? 아직 식을 올린 것도 아닌데 아녀자의 이름을 함부로 부르자니 쉽지 않구려. 하나 시연은 나를 서방이라 부르는데 시연 낭자 이리 말하는 것도 이상한 것 같고……."

한희의 말에 시연은 배시시 미소를 지었다. 이 남자도 내가 싫은 건 아닌가 보네. 그냥 의리 때문에 결혼하겠다는 건 아닌가 하는 생각이 문득 든다. 괜찮은 기분이었다.

물론 상상했던 섬씽은 아니었지만.

"그렇게 해요, 서방님."

"알겠소, 시연. 하지만 걱정 마시오. 일터에서는 내 면장님이라 깍듯이 부름에 실수가 없을 것이니."

"네, 네."

시연은 어쩐지 웃음이 멈추질 않았다. 만약 만파식적이라는 업이 없었더라면, 그래서 이 남자를 만났더라면…….

생각을 멈췄다.

가정법은 늘 허망하다.

　반주의 제왕이라 불렸다는 말은 거짓이 아닌 모양이다. 물론 광호의 왼팔, 오른팔 격인 호십병(虎十兵) 중 넷이 인근에 있었기에 가능한 일이긴 했다. 호십병들은 무차면으로 온 광호와는 달리 여전히 서울에서 일하는 중이었지만, 마침 큰형님 천일우를 따라 넷이 와 있었다.

　광호의 전화 한 통에 네 명이 달려들어 장소를 물색하고 빌리는 등 일사불란한 환송연을 준비했다.

　장소는 무차면에서 한 시간 거리, 태백 시의 가장 큰 룸살롱 특실이었다. 시연이 있고 하니 대놓고 여자들을 섭외하지는 않았지만, 부드러운 분위기를 위해 몇 명 정도는 파티에 참가(?)할 예정이었다.

　대형 밴까지 빌려 광호가 사람들을 초청하기 시작한 것이 오후 8시를 막 넘긴 때였다.

　생각도 못하고 있던 시열은 광호의 초대에 흔쾌히 부하들과 함께 밴에 올랐다. 여전히 한희와는 서먹했지만, 그래도 얼굴이 좀 익어서인지 제법 말도 나누고는 한다.

　"홍콩으로 가신다 들었소."

　"어, 그러네."

　"건승하시길 바라오. 나도 여기서 나름 도울 길을 찾고 있소."

“아아······.”

뭐 이 정도의 짤막한 대화뿐이었지만.

한편, 홍룡단의 인사들이라고 전부 시열처럼 뻣뻣한 사람만 있는 건 아니었다. 가장 나이가 많은 장만국 같은 사람이야 묵묵히 시열의 뒤를 지켰지만, 이제 갓 스물을 넘긴 위일지나 한창 놀 나이인 스물다섯 예범 같은 사람들은 룸을 빌렸다는 말에 벌써부터 들뜬 모양이다.

사람들이 모두 타고 광호까지 앞좌석 조수석에 앉고 나니 밴에 시동을 걸었다. 어둑어둑한 산길이라 속도가 영 나질 않았다.

바로 그때, 갑자기 운전수가 브레이크를 밟았다. 스키드 마크가 길게 그어지며 매캐한 고무 탄내까지 난다.

“뭐야?”

조수석의 광호가 버럭 소리를 질렀다. 운전사 역시 호십병 중 한 명인 육항(六港). 본명이야 따로 있겠지만 간이 작을 리 없는 놈이다. 그런데 운전대를 움켜쥐고 고개를 숙인 걸 보니 뭔가 친 모양이다.

“사람이냐?”

광호가 다시 물었다. 육항이 고개를 끄덕였다. 뒷자리에 있던 홍룡단원들이 눈살을 찌푸린다. 하필이면 오늘 같은 날······.

그때 한희가 말했다.

"차가 덜컥이지 않았다. 착각일지 모르니 한번 살펴보지 그러느냐?"

광호에게 하는 말이었다. 광호가 고개를 끄덕이며 밴에서 내렸다. 차 밑이며 뒤쪽을 보았다. 50여 미터 뒤쪽까지 보았지만 뭔가를 친 흔적은 없었다.

고개를 갸웃하며 광호가 밴이 있는 곳으로 걸어갔다. 그때, 멀지 않은 곳 도로변에 한 사람이 엄지를 들고 서 있었다. 히치하이킹이라기에는 어둔 밤, 너무나 한적한 도로였다.

광호가 짜증 섞인 한마디를 했다.

"이 빌어먹을 영감탱이! 차를 세울 거면 얌전히 세울 것이지 왜 차에 치인 척하고 지랄이셔?"

광호가 발작을 하며 성질을 부리는 상대는 다름 아닌 호길동이었다. 그가 허허 웃으며 말했다.

"집안 어르신에게 하는 말버릇하고는. 나에게 산독공(散毒功)을 배울 때는 좀 고분고분하더니만. 이래서 검은 머리 짐승은 거두지 말랬지. 아차, 넌 노란 터럭 짐승인가?"

그사이 한희가 차에서 내려섰다. 운전을 하던 육항은 여전히 운전대를 잡고 심호흡을 하는 중이다.

"차는 왜 세운 거요?"

"놀러 간다기에 나도 데려가라고."

"한동안 안 봐서 속 시원하다 했더니만 갑자기 나타나서는!"

길동이 광호를 무시하며 한희에게 한 걸음 다가섰다.

"한희 선비, 오랜만일세. 그간 잘 지냈나?"

"며칠이나 되었다고 오랜만이라고 하시오."

한희가 웃으며 하는 말에 길동이 농담조로 대꾸했다.

"사별 삼 일이면 괄목상대라, 선비와 사흘 넘게 떨어졌으니 오랜만에 본 게 아니면 뭐겠나?"

광호는 이 찰거머리 같은 산신령을 버려두고 갈 자신이 없었다. 차에 고개를 들이밀어 말했다.

"불청객 하나 추가해야 할 것 같네. 다들 자리 좀 좁혀줘."

홍룡단장이자 오늘의 주인공 선우시열이 차창 밖을 내다보았다. 누군가 했더니 원심당에 함께 왔던 그 중년인이다.

다들 자리를 잡고 육항이 다시 차 시동을 걸었다. 광호가 또 한마디 해 길동을 걸고 넘어졌다.

"아니면 미리 전화를 주든지 할 것이지, 누가 그런 식으로 히치하이킹을 하냐고!"

길동도 할 말이 있는 모양이었다.

"나한테 뭐라 그러지 마. 난 분명히 엄지 세우고 있었어. 저 녀석이 날 무시하고 지나가니까 앞을 막아선 것뿐이야."

뒷자리에 있는 사람들은 뭐가 어떻게 돌아가는지 잘 몰랐다. 하지만 광호나 한희는 길동의 행동 방식을 잘 알았다. 엄지를 들고 서 있다가 육항이 무시하고 지나가니 그대로 차 앞에 뛰어든 것이다.

신통력으로 죽지 않고 살아 있기는 하지만, 그가 산신령이라는 걸 모르는 육항의 입장에서는 사람을 쳤다고밖에는 생각할 수 없었다.

그사이 길동과 그를 모르는 홍룡단 사람들이 통성명을 하고 있었다.

"나는 호길동이라고 합니다. 여기 태백산에서 작은 일을 하나 하고 있습니다."

일전에 인사를 주고받은 시열을 뺀 나머지가 길동에게 이름을 밝혔다. 길동은 한 명 한 명 좋은 이름이라 칭찬을 해주었다.

시열과 시연은 이 남자의 정체가 궁금해졌다. 처음 만난 날은 한희나 광호에게 정신을 집중하느라 길동에까지는 신경이 미치지 못했다. 하지만 어떤 의미에서는 광호보다 훨씬 신비에 싸인 인물이 길동이었다.

시연이 길동에게 물었다.

"그런데 무슨 일을 하고 계신 거죠?"

"신랑이 설명해 주지 않았습니까?"

길동이 한희를 흘끗 보며 이렇게 되물었다.

“자세하게는 답해주지 않았어요.”

“그냥 이 근처 풀이니 나무, 바위에 들짐승, 날짐승이니 하는 걸 관리하고 있습니다.”

“산지기 같은 일인가 보네요.”

“산지기라… 정말 그렇군요. 하하하!”

길동이 웃으며 너스레를 떨었다. 광호는 옆에서 산신령, 하고 외치고 싶어 입이 근질거렸다.

고래로 사람들 모여 노는 모습은 크게 다를 것 없다. 신라 시대 포석정도 이름은 근사하지만, 결국 술 마시고 노래 부르며 춤추던 곳이다. 무슨 정(情) 앞에 CLUB 네 자 붙였다고 용도가 달라지지는 않는 모양이다.

포석정에는 남산의 산신이 나타나 춤을 추어 어무상심무(御舞詳諶舞)라는 춤이 만들어졌다는데, 클럽 정(Club 情)에는 태백산 신이 여자 아이돌 춤으로 주흥을 돋우는 중이다. 나이 마흔 훌쩍 넘긴 아저씨가 엉덩이를 씰룩이는데 뭐가 좋다고 사람들이 꽥꽥 소리를 질러댔다.

“자! 그럼 나 광호가 보여 드립니다! 눈까풀로 병 따기!”

손을 번쩍 들며 광호가 맥주병을 들어 올렸다. 거꾸로 잡더니 눈까풀에 날카로운 병마개를 가져간다. 호십병 중 육항과 칠권(七拳)이 매달려 말렸다.

“형님! 또 왜 이럽니까?”

“봐, 인마. 이젠 할 수 있어! 니들 기공 알아, 기공? 경기공이라고 피부를 단단하게 하는 게 있어.”

광호가 말을 하다 말고 맥주병을 확 잡아당겼다. 펑 소리가 나며 병마개가 열리고 술이 분수처럼 솟았다.

“봐, 인마! 되잖아!”

사람들이 놀라 환호성을 질렀다. 하지만 그것도 잠시, 그의 눈에서 피가 주르륵 흘러내렸다. 병을 따긴 했지만 눈도 같이 찢어진 것이다.

두 호십병이 휴지를 뜯어 오고 호들갑을 떨며 난리가 났다. 시열과 홍룡단원들은 박장대소를 터뜨렸다.

“그럼 나도 하나 합니다!”

홍룡단원 예범(禮梵)이었다. 그는 광호가 딴 맥주병을 받아 들고는 병 주둥이 근처에 입을 가져갔다. 호흡을 가다듬고 병 주둥이를 노려보더니 흐흡, 하고 재빠르게 숨을 들이쉬었다.

그 순간, 병 안에 있던 맥주가 분수처럼 쏟아져 예범의 입으로 뿜어졌다.

피를 닦던 광호가 어, 하고 소리를 쳤다.

“그거 어떻게 한 거야?”

“빨리 마시면 돼요.”

“호오, 나도 배울래!”

광호가 맥주병 하나를 들고 예범의 흉내를 냈다.

왁자지껄하며 시간을 보내는 사이 한희도 시열과의 거리를 제법 좁힐 수 있었다. 시열은 자신의 여동생이 한희 곁에 얌전히 앉아 있는 걸 보며 복잡한 심경이 되었다.

"자, 한 잔 받아."

한희가 공손히 두 손으로 시열의 술을 받았다. 이전이라면 모를까, 부모님의 허락까지 떨어진 지금은 시열이 손위처남이나 마찬가지였다.

"자네… 시연이 지켜줄 수 있지?"

"물론입니다."

"말로만 하지 말고. 아니, 시연이 성을 뺏을 수 있겠어? 선우시연 말고 김시연, 박시연 아무거나 괜찮으니까 다른 성 줄 수 있어?"

술이 거나해 꼬부라진 혀로 시열이 하는 말에 한희는 아무런 대답도 하지 못했다.

시연이 한희를 대신해 답했다.

"오빠, 취했어? 내가 왜 성을 바꿔? 난 선우시연이야."

"시끄러! 뭐가 좋다고, 이 성이!"

"그러는 오빠나 바꾸지 그래? 당주야 사촌오빠들한테 이으라고 하면 되잖아. 아니면 방계에서 이어받아도 상관없는 거고."

시열이 술을 한 잔 급히 들이켰다.

"그놈들이 뭘 안다고! 선우 씨가 가지고 있는 무게를 방계 놈들이 어떻게 알아? 사촌? 엿이나 먹으라고 그래. 선우 씨가 무슨 권력이라도 되는 줄 알아? 이건 저주야, 저주!"

한희는 묵묵히 그의 말을 들었다.

발해가 망한 지 천 년이 넘었다. 지금 선우 씨가, 시연이 짐 지고 있는 업보는 그 세월만큼이나 무거웠다. 단지 선우라는 성을 가지고 태어났다는 이유만으로 그녀의 꿈은 하나로 단정 지어진 것이다. 다른 것은 생각조차 할 수 없다.

한희는 그녀의 무소불위에 가까운 권력을 흘끗 보았다. 스물일곱의 나이에 4급 대우의 5급 공무원이 되어 있고, 말 한마디로 면장을 갈아치웠다. 그녀가 국가고시를 보았을 리 없다. 원하면 어디 자리, 어느 장소에라도 갈 수 있는 것이다. 그런 것들을 표정 하나 바꾸지 않고 해내는 것이 선우 씨의 힘이다.

하지만 정작 선우 씨는 세상 밖으로 나올 수조차 없다. 하나의 일을 천 년 넘게 처리하지 못한 죄로.

아직 자세한 것은 알지 못했지만, 한희는 그들이 가진 한을 어렴풋이나마 알 것 같았다.

한바탕 엉덩이춤을 추며 술집 여종업원과 노래를 부르던 길동이 한희와 시열 사이로 비집고 들어온 것이 바로 그때였다.

"아따, 칙칙하게 뭔 꼴이여. 자자, 술이나 마시게!"

그러잖아도 술을 들이붓던 시열이 또 한 잔 양주 섞은 맥주를 입안에 쏟아붓는다. 한희는 주도를 지키며 작은 양주잔 하나를 입가에 가져갔다.

"이래서 내가 굳이 여기 낀 거야. 내 재미있는 소식 하나 가르쳐 줌세. 그에 앞서서, 부외자는 다 재워볼까?"

호길동이 손뼉을 딱딱 하고 두 번 쳤다. 그 순간, 룸 안에 있던 사람 중 몇이 픽하고 고개를 숙였다. 술을 따르던 여종업원 하나는 술병을 놓치며 고개를 푹 꺾었다.

광호에게 어깨동무를 하며 코러스를 넣던 육항과 칠권이 그 자리에서 앞으로 고꾸라지고 우당탕 테이블 하나를 엎었다. 시연의 옆쪽에서 살뜰히 그녀를 챙기던 돌택군도 마찬가지로 잠이 들었다.

깨어 있는 것은 시열과 시연, 광호와 한희 네 사람뿐이었다. 시열은 자신의 부하들까지 잠드는 모습을 보고는 술이 확 깼다. 길동에게서 멀어지며 경계의 눈빛을 띠었다.

"도대체 정체가 뭐요?"

길동은 시열의 말에 그저 웃을 뿐, 그때 광호가 버럭 성질을 냈다.

"이 노망난 영감쟁이! 왜 남의 술판에 깽판을 놔?!"

"시끄럽다, 인석아. 그래도 내 니가 한희 선비 형제라 재우지 않은 거야. 이 자리에 낄 수 있는 걸 영광으로 알아."

말은 그렇게 했지만 광호도 거의 신령계의 인물이나 다름없었기에 길동은 굳이 그를 잠재우지 않은 것이다.

"자, 광호 말마따나 술판 깨면 안 되니 빨리 이야기하고 끝내지."

한희는 사실 처음 길동이 이 자리에 낀다고 할 때부터 그가 무슨 할 말이 있을 거라는 것을 눈치채고 있었다.

"만파식적에 대한 것이오?"

한희가 물었다. 시연과 시열의 눈이 화등잔만 하게 커졌다. 광호도 조금 술이 깬 듯 길동의 건너편에 털썩 주저앉았다.

"그렇다면 그렇고 아니라면 아니네."

시연이 처음 한희에게 만파식적에 대해 물어보았을 때 한희는 계속 친구를 언급하며 발언을 피했다. 그 친구라는 게 처음에는 광호라고 생각했는데 이제 보니 길동을 이야기하는 모양이다.

이제 길동이 만파식적에 대해 이야기하니 시연은 가슴이 다 두근거렸다.

시열 역시 시연과 마찬가지였다. 술잔을 손에서 내려놓고 길동을 뚫어져라 쳐다보았다. 이 남자가 뭘 하는 사람인지는 모르지만 손뼉 하나로 열 명 가까운 사람을 잠재울 수 있는 기인이다. 그가 하는 말이 시시할 거라고는 생각되지 않았다.

하지만 길동은 얼른 말을 꺼내지 않았다. 가장 먼저 발작한 것은 남매가 아니라 성질 급한 광호였다.

"기다리다 늙어 죽겠네! 빨리 말해보소!"

"또 너냐? 여기서 만파식적과 관계없는 사람을 하나 꼽으라면 너야, 너. 차분히 좀 있어."

"왜 관계없다는 거요? 나도 동해……."

말을 하던 광호가 갑자기 입을 다물었다. 시연과 시열 남매는 광호를 흘끗 보았다 다시 길동에게 눈을 돌렸다. 동해가 어쨌다는 건지 궁금하기는 했지만 만파식적에 대한 이야기에 비하면 아무것도 아니었다.

"그렇게들 쳐다보니 영 부담스럽구만. 내가 발견한 건 그렇게 대단한 게 아냐. 그게 어디 있다거나 그런 얘기가 아니니까 너무 기대하지 말라고."

그리 말하며 길동이 맥주 한 잔을 쭉 들이켰다.

"그 만파식적이란 게 대단한 보물이긴 하지만, 없다고 또 못사는 건 아니야. 그러니까 지금으로부터 천백 년쯤 전에, 서력으로 하면 900년대지. 신라는 그때 이미 천 년 가까이 나라를 유지하고 있느라 세력이 쇠할 대로 쇠했어. 그 조상 되는 문무왕 같은 인물이 만파식적이니 하는 보물을 안겨준 것도 그래서야.”

길동이 한희를 봤다.

“자네도 점복(占卜)쯤은 볼 줄 알지?”

“주역을 읽고 진법을 조금 배운 정도요.”

“옛 사람들이야 오죽했겠나? 한 나라의 흥망성쇠쯤이야 꼭 점쟁이가 아니라도 누구나 알았지. 그래서 나라가 망할 때쯤 되면 점쟁이들이 나서서 온갖 사술(詐術)을 행했지. 저기 중국의 오두미교니 황건이니 하는 것도 다 그런 무리 아니었나?”

지루한 역사 이야기에 광호가 다시 한 번 발작할 때쯤, 길동이 다시 입을 열었다.

“신라가 망한 건 토호 세력들 때문이었지. 이를테면 군사력에서 밀린 거야. 생각을 해보게. 내 나라가 힘이 약해 망할 지경에 이르면 어떻게 할 텐가? 그냥 손 빨고 당하나? 어림없는 소리지. 어디다가 도움을 청해야 할 것 아닌가.”

딴에는 그랬다. 한희가 고개를 끄덕였다.

“그것도 맞는 말이구려. 애초에 신라가 통일을 할 때도 부족한 힘을 외부에서 빌렸다 배웠소.”

“그렇지! 당 고종이 병사를 보내주지 않았다면 신라가 통일을 하는 게 어디 당키나 했겠나? 한창 궁예가 세를 불릴 때 똑같은 생각을 한 사람이 있었던 거야. 이이제이(以夷制夷)라고 해야 하나? 또다시 외세를 끌어들일 생각을 했지.”

묵묵히 있던 시열이 입을 열었다.

“그때 끌어들인 게 발해입니다. 해동성국이라 불리던 동방의 강대국.”

“자네들이 발해의 유민이라 했지? 그래서 잘 알고 있구만.”

시열은 고개를 끄덕여 그렇다고 답했다.

“그럼 혹시 그때 신라가 도움의 대가로 무엇을 발해에 주었는지 아시는가?”

역사를 모른다 해도 문맥상 충분히 알 만했다. 시연과 시열은 침묵을 지키고, 한희는 다른 생각에 잠겨 있느라 대답은 광호가 하게 되었다.

“그게 만파식적?”

길동이 고개를 끄덕였다.

“만만파파식적이라는 보물이었지. 하지만 이미 세월이 흐르고 한 번 잃어버렸다 되찾느라 신통력도 얼마 남지 않았어. 그게 아니라 처음의 힘을 온전히 가지고 있었다면 피리를 부는 것만으로 궁예니 견훤이니 하는 토호들을 전부 무찔렀겠지.”

선우 씨 남매는 이미 알고 있는 이야기인 모양이다. 역사책 어디에도 남아 있지 않았지만, 그들 남매에게 저 이야기는 주

박처럼 가문에 전해지고 있었다.

"그럼 여기서 문제. 피리는 제대로 발해로 넘어갔네. 그런데 왜 발해는 움직이지 않았을까?"

시열이 말했다.

"움직이지 않은 게 아니오. 다만 당시 신흥국으로 떠오르고 있던 요를 견제하느라 큰 도움을 주지 못했을 뿐이지."

"요나라라고 해봤자 발해의 변방국 중 하나였지. 그나마도 당나라랑 싸우느라 별반 힘도 없었고. 자네가 말한 건 역사의 앞에서나 내세울 만한 이야기일세."

시열은 길동의 말에 수긍할 수 없었다. 애초에 발해사에 대해 상경 선우 씨보다 더 잘 알고 있는 사람이 누구란 말인가?

대 씨(大氏)들을 도와 발해를 건국하는 데 어느 누구보다 큰 공을 세운 게 바로 상경 선우 씨다. 고구려 시절부터 상경의 터줏대감으로, 고구려의 네 나라 중 하나인 우가를 다스렸던 세도가이기도 하다.

길동이 시열의 기분을 눈치챘다. 말을 보탰다.

"내가 말하는 역사의 앞이라는 건 인간사를 말하는 걸세. 하나 고대사는 인간사만으로는 풀 수 없는 부분이 많아. 애초에 만파식적이란 게 뭔가? 용왕이란 천신이 준 선물 아닌가? 그런 보물이 국가 간 세력 싸움의 선물로 오갔네. 그걸 자네는 인간 역사만으로 설명할 수 있다고 보는가?"

선우 씨, 그리고 그들을 중심으로 한 원심당이 지금 애를 먹고 있는 것도 따지고 보면 만파식적의 정체 때문이다. 신이 준 물건을 찾으라니! 아무리 조상의 명령이지만……

"그때 발해가 나서지 않은 건 백두 산신 때문이었네."

길동의 입에서 새로운 인물이 등장했다. 한희는 예전 서해 용궁에서 백두 산신의 이름이 한 번 언급됐던 일을 기억해 냈다.

길동이 말을 이었다.

"나도 그때 구체적으로 무슨 일이 있었는지는 잘 모르네. 단지 백두 산신께서는… 아무튼 그분은 어떤 일 때문에 크게 진노를 하셨지. 내가 이번에 알아낸 것이 바로 이걸세. 백두 산신께서 화를 낸 이유는 발해가 만만파파식적을 받은 것과 깊은 관계가 있네."

"화산 폭발!"

한희의 곁에 앉아서 조용히 듣고 있던 시연이 한마디 꺼냈다. 시열이 그녀의 말을 받았다.

"거란에게 발해가 힘없이 무너진 데 화산 폭발이 한몫했다는 이야기는 나도 알고 있소."

길동이 고개를 끄덕끄덕했다.

"산신이 노하면 어디 화산뿐인가? 지진에, 아무튼 그 해가 끝이 없지. 백두 산신쯤 되시는 분이면. 만파식적이 사라진

게 그쯤일 게야. 나도 그 안에 얽힌 이야기까지는 잘 모르네."

시열은 길동의 이야기가 꿈처럼만 들렸다. 실존한다는 만파식적을 찾으러 홍콩의 흑사회와 싸운 게 엊그제 일이다. 거기서 나온 게 백두 산신이라니? 그의 말에 따르면 백두 산신을 만나 그에게 물어봐야 답이 나올 모양이다.

자조석인 웃음으로 시열이 말했다.

"이제는 산신령 얘기까지 나오는 겁니까? 그 산신령을 도대체 어디 가서 찾습니까?"

그 말에 한희와 광호가 쓴웃음을 지었다. 눈앞에 있다는 말을 차마 입 밖에 낼 수 없으니 표정 관리나 하는 수밖에.

"신령은 어느 산에나 있네. 정성을 다해 만나길 원한다면 꼭 불가능한 것도 아닐세. 자네는 아직 현문을 열지는 못했지만 내공은 제법 깊지 않나?"

시열은 아무런 대답도 하지 않았다. 무슨 결정적인 제보라도 되나 싶었는데, 기껏 나온 게 백두 산신이 만파식적에 대해 알지도 모른다는 신화에나 끼어들 듯한 이야기다.

"그냥 술이나 마십시다. 잠든 동료들을 깨워주십시오."

시열이 이리 말하며 다시 술잔을 손에 쥐었다. 길동은 잠자코 그의 말대로 사람들을 깨웠다. 애초에 길동이 이야기를 한 상대는 한희였다.

한희는 시열과는 달리 백두 산신의 이름을 마음속 깊이 새겼다.

골프장의 용맥을 막는 것도 중요하지만, 이 또한 따지고 보면 동해 용왕의 분노가 원인이다. 동해 용왕을 달래기 위해서는 만파식적이 필요했다. 동시에 그건 시연이 짐 진 숙명을 풀어주는 것이기도 했다.

멈췄던 노래방 기계가 다시 작동한다. 뻗어 있던 사람들이 하나둘 정신을 차리며 '내가 왜 이러고 있지?' 해댄다. 언제 그랬냐는 듯 술을 붓고 노래를 부르며 춤을 춘다. 시열과 시연은 길동의 기술이 정말 신기하게만 느껴졌다.

길동이 두 손을 흔들며 다시 노래방 기계 쪽으로 달린다. 술집 종업원들이 춤을 추며 그를 맞았다.

그를 보던 시연이 나지막이 한희에게 물었다.

"아까 어떻게 한 거예요, 그거? 혹시 최면술 같은 거예요?"

시연의 물음에 한희가 고개를 끄덕였다.

"비슷한 거요."

"대단해요. 기록으로만 봤을 뿐인데. 유리겔라가 생각나네요. 그도 집단 최면술에 능했다고 하던데. 서방님 친구들은 하나같이 초능력자들이네요."

시연의 말에 한희가 어색하니 웃었다. 언젠가는 길동의 정체를 말해야 할 때가 올지도 모르지만 지금은 잠자코 입을 다물었다. 그녀에게 거짓말을 하는 게 쉬운 일은 아니었지만, 자칫 천기누설의 죄를 그녀가 받을지도 모를 일이다.

그때 광호가 분위기를 바꾸려 큰 소리를 낸다.

"자자! 한희 형, 그리고 시연, 흠흠, 형수! 결혼 날짜 잡을 일만 남겨둔 사람들이 왜 그렇게 서먹해요? 이리 와서 커플 송이라도 해봐요!"

시연이 빙긋 웃으며 자리에서 일어났다. 쑥스러워하는 한희의 손목을 잡아 무대 쪽으로 끌고 갔다.

광호가 마이크를 넘기며 시열의 옆에 앉았다.

"피차 떨떠름한 거 같은데, 그래도 두 사람 축하는 해줘야겠지?"

광호는 시연이 썩 마음에 들지 않았지만, 시열의 여동생이니 좋은 사람일거라 인정을 해주기로 마음먹었다. 반대로 시열도 시연의 결혼을 순순히 축하해 주기 어려웠지만 광호 같은 좋은 친구가 형으로 모신 사람이니 나쁘지는 않을 거라 자신을 다독였다.

동병상련인지 오월동주인지 광호의 말에 시열은 고개를 끄덕이며 건배를 받았다.

4

다음날.

시연은 지끈거리는 골치를 짚으며 출근길에 올랐다. 원룸에서 면사무소까지는 걸어서 10분이 채 걸리지 않는다. 9시가 다 되어서야 그녀는 무거운 몸을 이끌고 방을 나섰다.

시연은 원룸의 2층 1, 2호를 빌렸다. 3, 4호는 이미 광호가 선점한 후였다. 한희가 얻은 5호와는 그래서 거리가 제법 되었다. 벌써부터 출근했을 서방의 집을 흘끗 보고는 계단 쪽으로 걸음을 옮겼다.

붉은색 리무진이 없는 걸 보니 오라버니는 이미 출발한 모양이다. 어젯밤 남자 여섯이 택군의 방에 한 덩이로 뭉쳐 잠들었는데 어떻게 새벽에 깨서 출발한 건지.

눈부신 햇살을 눈에 담고 나니 술기운이 조금은 가시는 듯했다. 그녀는 어젯밤 길동이 한 이야기를 떠올려 보았다.

시연은 시열과 달랐다. 시열은 어린 나이에 만파식적을 찾아 전 세계를 떠돌기 시작했다. 수련을 마친 직후부터이니 10년을 훌쩍 넘긴다. 현실주의자가 된 것도 그 탓이다.

반면 시연은 한희의 능력을 몸소 체험하면서 인간 세상을 초월한 어느 것이 있다는 것에 확신을 갖게 되었다. 길동이라는 남자가 말한 백두 산신, 그를 찾는 게 꼭 불가능한 건 아닐지도 모른다는 생각을 하게 된 것이다.

시열이 백두 산신이라는 말에 냉소한 것은 어디까지나 찾을 방법이 없다고 단정 지었기 때문이다. 하지만 시연은 실낱 같은 희망을 가지고 있었다. 바로 한희였다.

시연은 한희와 이 일을 빨리 상의하고 싶었다. 그리고 더 빨리 그와 결혼식을 올리고 싶었다. 그를 사랑해 미칠 지경이라서가 아니라 좀 더 그가 자기 가문의 일에 집중하게 만들고 싶어서였다.

그런 자신이 조금 비겁하게도 느껴졌지만, 시연은 애써 기분을 바꾸며 면사무소로의 걸음을 서둘렀다.

과하게 먹지도 않을뿐더러 술에 거의 취하지도 않았다. 한희는 오늘도 정자세로 자리에 앉아 업무를 처리하고 있었다.

이제는 제법 워드에도 능숙해졌다. 분당 타수가 150타를 넘어서며 서류 처리에도 속도가 붙기 시작했다. 하지만 영식의 구박은 전혀 줄어들 줄을 몰랐다.

면장이 출근한 시간은 9시 종을 친 직후였다. 숙취 때문인지 조금 흐트러진 모습이었다. 한희의 옆에 앉아 있던 선배 영식이 그녀의 모습에서 눈을 떼지 못했다. 그가 조그맣게 중얼거렸다.

"커피라도 타드려야겠네."

영식이 자리에서 일어났다. 하지만 그의 바람은 이뤄지지 못했다. 언제 출근해 거기로 갔는지도 모를 돌택군이 탕비실에서 나와 꿀차를 대령 중이다. 그 모습에 영식은 옹알이 같은 소리를 입안에서 웅얼거렸다.

그때, 면장이 한희를 불렀다.

"한희 씨, 이리로 와봐."

"예, 알겠습니다."

한희가 책상 앞에 서자 시연이 나지막이 물었다.

"한 가지 궁금한 게 있어."

"말씀해 보십시오."

시연은 주위를 두리번거렸다. 낚시 잡지를 무릎 위에 몰래 펼쳐놓고 보고 있는 필석을 제외하고 두 사람이 이쪽을 보고 있다.

시연은 말을 하는 대신 메모지에 글자를 적었다.

어제 호길동이라는 사람이 이야기한 백두 산신, 만날 수 있을까?

시연이 메모지를 쭉 찢어 한희에게 주었다. 한희가 으음, 하고 신음을 삼켰다.

"저도 지금은 뭐라 대답하기가 힘들 것 같습니다."

"나중에는?"

“일단 길동에게 물어봐야 답이 나올 것 같아요.”

“그래?”

시연은 물끄러미 한희를 쳐다보았다. 아예 안 된다고 하지 않는 걸 보면 희망이 없는 건 아니었다.

“그럼 한번 조사해 봐.”

그때, 갑자기 영식이 나섰다.

“그 일은 제게 맡겨주십시오.”

영식이 의자를 뒤로 돌려 의욕 가득한 눈으로 시연에게 말했다.

“한희보다는 제가 훨씬 일에 익숙합니다. 인터넷 조사이건 발로 뛰는 거건. 게다가 태백시청에 친구들도 있습니다. 어떤 일이건 잘할 자신이 있습니다.”

시연이 빙그레 미소를 지었다.

“그래요? 그것참 든든하네. 그럼 영식 씨도 일을 맡아줘.”

“예, 알겠습니다! 뭘 조사하면 되는 겁니까?”

일당백의 기세로 영식이 가슴을 펴고, 시연은 여전히 웃는 얼굴로 명령을 내렸다.

“산신령 좀 찾아줘.”

“…네?”

되묻는 영식에게 시연이 다시 말했다.

“산신령 말이야. 몰라? 금도끼 은도끼, 뭐 이런 데에 나오는 산신령.”

“아, 예. 산신령 말씀이죠.”

“살고 있는 곳이나 아니면 연락할 수 있는 방법도 괜찮아. 혹시 핸드폰 있으시면 번호 따오고.”

운진이 풋 하고 웃음을 터뜨렸다. 필석도 잡지에서 눈을 떼 면장과 영식을 번갈아 보았다. 영식은 쩔쩔매며 어쩔 줄을 몰라 하고, 시연은 태연한 눈으로 명령을 내렸다.

“알았지?”

“…저… 그게 진짜 그 산신령 말입니까?”

“당연히 진짜지. 가짜를 찾아 내가 어디다 쓰겠어?”

“농담… 이시지요?”

시연이 미간을 찡그렸다.

“내가 업무 시간에 장난으로 지시하겠어?”

“아닙니다.”

영식은 식은땀을 흘렸다. 그를 향해 시연이 다시 미소를 지었다.

“그럼 잘 부탁해. 한 주일 정도면 충분하겠지? 보고서 양식 갖춰서 정식으로 해줘.”

비록 웃음 짓고 있지만 시연의 말투는 진지했다. 농담으로 받아야 할지 말아야 할지 영식은 한참이나 고민에 잠겼다.

“가만히 서 있는 걸 보니 시간이 너무 많은가 보네. 이번

주 금요일까지 해와."

분명 자신을 놀리고 있는 것 같은데, 영식은 어쩔 수 없이 시연에게 예, 하고 맥 빠진 대답을 했다. 그때 시연이 미소 띤 얼굴로 말했다.

"기대하고 있을게."

영식은 그녀의 웃음에 자신도 모르게 옛, 하고 강한 대답을 하고 말았다. 선배 운진의 웃음소리가 들렸지만 영식은 어쩐지 이 일이 중요하게 느껴졌다. 제대로 해내 시연의 눈에 들고 싶은 게 영식의 본심이었다.

한편, 시연이 영식을 놀리는 것을 보며 한희는 자신도 모르게 옆자리에 앉은 택군을 바라보았다. 비품실에서 썩을 대로 썩은 책상은 낡아 뒤뚱거리고, 의자도 높이가 맞지 않았기에 택군은 영 어중 띤 자세로 앉아 있었다. 무차면사무소의 공무원도 아니면서 그가 이곳에 있다는 것 자체가 이상한 일이었지만, 면장의 명령이고 보니 다들 쉬쉬하고 있다.

한희는 인천공항에서 특무 0과의 일을 도울 때 시연이 어떻게 사람을 부리는지 충분히 보아왔다. 택군이 어떤 취급을 받는지도. 아마 영식이나 다른 선배들도 비슷한 꼴이 되겠지. 그런 생각을 하니 괜스레 한숨이 나왔다.

자리로 돌아온 한희는 길동에게 핸드폰 문자를 보냈다.

저녁때 괜찮으면 찾아와 주시겠소?

전송 버튼을 누르며 한희는 실소를 지었다. 산골에서만 자란 딸깍발이가 스마트폰도 제법 다루고 있다. 웹인지 뭔지 하는 것도 몇 개 받아 유용하게 쓰고 있는 중이었다. 그중 가장 우스운 것은 지금 쪽지를 보내고 있는 상대가 산신령이라는 점이었다.

뭐 그 산신령이라는 게 서해 용왕과 인터넷 친구이니 핸드폰을 쓰는 게 이상할 것도 없지만.

오래잖아 답장이 왔다.

내 찾아가리다.
알겠소. 연락 기다리겠소.

고풍스러운 문자를 마치고 한희는 자신의 책상에 다시 눈을 돌렸다. 영식이 부지런히 인터넷을 뒤지는 모습이 곁눈으로 보였다. 길동이라도 소개시켜 줘야 하나? 이런 생각이 문득 든다.

그때 다시 핸드폰이 가볍게 떨렸다. 문자가 온 모양이었다. 한희가 슬쩍 보니 발신자 이름에 하트가 뿅뿅 있다. 어제 술자리에서 시연이 바꿔놓은 모양이다.

한희는 누가 볼까 황급히 문자를 열었다.

일 끝나고 뭐 할까요?

문자는 단둘뿐인 공간이라 그런지 시연이 애인 행세를 하
고 있었다.

좀 만나야 할 사람이 있소.
누구?

징징거리며 핸드폰이 연신 문자 수신음을 낸다. 한희 뒤쪽
에 있던 운진이 흠흠, 하고 헛기침 소리를 냈다. 짧은 기침 두
마디 안에는 '문자질 작작 해라'의 일곱 자가 함축되어 있었
고, 한희는 핸드폰을 무음 모드로 바꿔 주머니에 넣었다.

일이 끝난 후 한희는 집으로 곧장 향했다. 요즘 천조우엽의
큰형님 천우일이 이 근방에 있어서일까, 광호가 집을 비우는
일이 잦았다. 오늘도 불이 꺼진 걸 보니 그쪽으로 간 모양이
다.
집에 돌아와 소세를 마친 후 한희는 서탁 앞에 앉았다. 서
탁에는 서류가 놓여 있었다. 제목조차 없이 A4지에 적당히

인쇄해 둔 석 장가량의 문서였다.

한희는 그것이 누구 솜씨인지 금세 알아챘다.

"광호 아우… 일 처리는 정말 깔끔하구나."

그 서류는 다름 아닌 광호가 남긴 것이었다. 지도가 한 장에 지도와 같은 위치로 보이는 곳의 위성사진이 하나, 그리고 나머지는 몇몇 사람의 연락처였다.

광호가 조사해 둔 것은 다름 아닌 최희태의 사택, 그리고 같은 부지에 위치한 사원 기숙사였다. 시열의 환송연 때문에 흐지부지된 이야기를 밤사이 조사해 둔 모양이다.

연락처는 그 기숙사에 살고 있는 우엽개발 사람들의 것인 듯했다. 광호가 따로 리스트를 만들어둔 것으로 보아 그의 이름 석 자가 통할 수 있는 사람일 테다.

한희는 오늘 밤에라도 그곳으로 가 조사를 해봐야겠다고 마음먹었다.

그때, 문밖에서 사람들의 대화 소리가 들렸다. 하나는 시연의 목소리고 다른 하나는 길동이었다. 어쩌다 둘이 한곳에서 마주친 모양이다. 어차피 길동을 만나려는 건 시연이 낸 숙제, 백두 산신을 만나는 방법을 묻기 위해서였다. 한희가 문을 열어 두 사람을 안으로 들였다.

탁자를 사이에 두고 세 사람이 마주 앉았다. 그곳에서 시연이 길동을 흘끗 쳐다봤다. 개량한복을 입은 중년의 남자와 한희 두 사람 사이의 관계를 가늠하기 위해서였다.

한희는 그를 친구라고 불렀는데, 오상촌 출신은 아닌 것 같았다. 그렇다면 세상에 나온 후로 만난 상대라는 얘긴 데……

그때 한희가 먼저 입을 열었다.

"먼 길 오시느라 수고하셨소. 지난밤에는 잘 들어갔소?"

"수고는 무슨 수고. 워낙 미주를 마신 탓에 숙취도 없었다네. 역시 양주는 21년산은 돼야 한다니까."

"마음에 들었다니 광호도 기꺼워할 거요."

"그 녀석이 퍽이나 그러겠네. 그나저나 나는 왜 보자고 한 건가?"

한희는 시연을 보며 입을 열었다.

"다름이 아니라 연회에서의 일 때문이오."

"역시 그 얘기구만."

길동은 예상을 했다는 듯 고개를 끄덕거리더니 시연에게 말했다.

"미안하지만 찬물이라도 한 잔 내줘요. 얘기가 길어질 테니."

한희가 몸을 일으키려 했다.

"물이라면 내가 내오겠소."

하지만 시연이 한발 빨리 엉덩이를 떼었다. 오가는 얘기로 봐서는 한희가 그를 부른 건 시연 자신 때문이다. 만파식적에 대한 정보를 듣는데 물 한 잔 떠오는 일 정도가 뭐가 힘들까?

"제가 가져올게요."

워낙 오지 마을 청정지대에 수원이 지하수였기에 수도꼭지에서 나오는 찬물도 여느 샘물 못지않았다. 길동이 한 잔 벌컥 들이켜더니 크 하고 목젖을 긁는다.

"한희 선비, 내 궁금해서 묻는데, 이 낭자와 정말 결혼할 겐가?"

시연이 그의 물음에 눈살을 찌푸렸다. 왜 여기서 그 말이 나오는 건지.

"물론이오."

한희의 대답에 길동이 다시 생뚱맞은 질문을 했다.

"둘이 하나가 되어서 결코 헤어지는 일이 없을 텐가? 그녀가 자네의 운명 모두를 감당하게 할 각오가 되어 있나?"

시연은 길동의 이야기가 지나치게 거창하다는 생각을 했다. 하지만 정작 한희도 덩달아 심각한 얼굴을 지으며 얼른 대답을 하지 못했다.

"그건……."

"잘 생각하고 답하시게. 요즘 시대의 부부라고 하는 것이 그 인연이 백지장만큼 얇네. 물만 묻어도 찢어지는 게 부부란 말일세. 하나 내 자네 성격을 대강이나마 알아서 하는 말일

세. 자네가 의리를 중요하게 생각하고 인연을 가볍게 여기지
않는다는 건 내 익히 알고 있네. 하나 그녀도 그런 각오가 있
을까 모르겠네."

끼어들 틈이 생겼다는 생각에 시연이 입을 열었다.

"저도 요새 사람은 아니에요."

길동이 시연의 눈동자를 바라봤다. 그 눈빛에 시연은 심장
이 다 오그라들었다. 온실 속의 화초는 아니었건만, 그런 그
녀가 보기에도 길동의 눈빛은 가공스러운 것이었다.

한희가 소매를 턴 것은 바로 그 순간이었다. 파르륵, 하는
소리와 동시에 시연을 뒤덮고 있는 가공스러운 기운이 씻겨
나간다. 한희가 타박하는 소리로 길동을 야단했다.

"내 집에서 재주를 자랑하려 하시오?"

"미안하네. 단지 그녀를 시험해 보고 싶었네. 신령계의 일
을 받아들일 만한 인재인지."

길동은 그래도 한희의 표정이 풀리지 않자 시연에게 거듭
고개를 숙였다.

"겁을 준 건 미안하외다. 부디 괘념치 말아주시오."

시연은 뭐가 뭔지 모르겠다는 얼굴로 두 사람을 번갈아 쳐
다보았다. 길동이 다시 입을 열었다.

"나는 이 태백산 신령계를 다스리고 있는 태백 산신이오.
이름자는 따로 가진 적 없고 홍길동이라는 이름도 얼마 전에

나 만든 게요."

시연이 길동을 물끄러미 바라봤다. 이건 또 무슨 개밥 반주로 양주 까는 소리인지.

"본디 인세에 내 이야기를 하고 다니는 건 금기 같은 것이나, 여기 한희 선비와 한 몸이 될 사람이니 특별히 알려주는 것이오."

"…웃자고 한 말이 아닌가 보네요."

"물론이오."

시연이 한희를 쳐다봤다. 진지한 표정으로 살짝 고개를 끄덕이며 그가 말했다.

"지금까지 이야기하지 않은 건 천기누설을 할 수 없기 때문이었으니 부디 이해해 주시오."

"정말 이 사람이 산신령이에요?"

"그렇소."

시연은 길동을 다시 쳐다보았다. 백학선에 도사건을 질끈 매고 구름 타고 돌아다닐 사람… 으로는 결코 보이지 않았다. 어느 쪽이냐면, 무술깨나 익힌 사람이 중년쯤 되어 시골로 밭 갈러 내려온 느낌에 가까웠다.

한희가 첨언했다.

"참고로 사람이 아니라오."

"사람이 아니라니요?"

"백 살 넘게 먹은 호랑이요."

"…호랑이라고요?"

점입가경의 소리에 시연은 머리가 어지러울 지경이었다. 그녀가 길동을 쳐다보니 사람의 모습은 온데간데없고 한복 차림의 호랑이 한 마리가 떡하니 정좌를 하고 있었다. 곰방대까지 꺼내 물고 있는 게 어찌나 어울리는지 놀랄 틈도 없었다.

"이건 할아버지 유품으로, 금연한 지 40년이 넘었다오."

호랑이가 곰방대를 들며 너스레까지 떨었다.

시연은 지금까지 특무 0과에서 맡았던 어떠한 초자연 현상 사건들보다 지금 눈앞에 펼쳐진 광경에 더 놀라고 있었다. 놀라는 정도가 아니라 거의 전율의 경지였다. 평생 그녀를 그렇게 놀라게 만든 건 고조부 선우암 정도가 전부였다.

호랑이로 변한 길동은 덩치가 배 반쯤 더 커졌다. 좁은 한희의 방이 한결 더 좁게 보인다. 물론 원래의 모습으로 완전히 변화하면 방 안에 뉘일 곳조차 없을 정도였기에 지금은 반쯤만 변한 모습이지만 이것만으로도 시연은 길동의 기세에 압도되고도 남음이 있었다.

"숙녀께서 놀란 것 같으니 다시 사람의 모습을 하겠소."

길동이 이렇게 말하며 다시 원래의 모습으로 변했다. 눈앞에서 작아지며 다시 인간의 형상으로 화하는 것을 보자니 시연은 영화 속에 들어온 것 같은 착각이 들었다.

"이제 믿겠소?"

길동이 물었다. 시연은 고개를 끄덕였다. 믿고 말고 할 수준의 이야기가 아니었다.

"내 생각이 맞는다면 두 사람은 내게 백두 산신을 만날 방법을 묻기 위해 나를 찾은 것일 게요. 안 그런가, 한희 선비?"

한희가 고개를 끄덕였다.

"그렇소. 시연이 백두 산신을 만나고 싶어하오."

길동이 시연을 쳐다보았다. 시연이 머리를 주억거리며 말했다.

"그럴 수 있다면 만나고 싶어요. 만날 수 있는 방법을 가르쳐 주세요."

"역시……"

길동이 말을 끌고, 한희가 그사이 그에게 물었다.

"백두 산신에 대한 이야기는 호 형이 먼저 꺼내지 않으셨소? 분명 무슨 방법이 있기 때문에 한 말 아니오?"

"있기야 있네만."

길동이 다시 말을 끌며 얼른 대답을 않는다. 시연은 곁에서 간절한 표정으로 마른침을 삼켰다. 한희가 그녀를 흘끗 보며 다시 길동에게 말했다.

"만파식적을 찾는 일은 비단 선우 가문의 숙원일 뿐 아니라 우리에게도 의미가 있는 일 아니오? 동해 용왕을 진정시킬 방법은 내 보기에 그것 하나뿐이오."

시연은 갑자기 나온 동해 용왕의 이름에 잠시 한희를 쳐다보았다. 그때 길동이 입을 열었다.

"나도 그건 알고 있네. 그 방법도 일러달라면 못할 것 없고."

시연의 얼굴에 화색이 돌았다. 드디어 방법을 찾은 것이다. 반면 한희는 여전히 침착한 표정으로 길동의 말을 경청하고 있었다. 간단한 일이라면 길동이 저리 뜸을 들일 리 없다. 어떤 시련이 앞을 가로막을지 한희는 벌써부터 몸이 긴장하기 시작했다.

"백두 산신께서는… 동북아 산신들의 수장 격이신 분이네. 한때 그 다스리는 곳이 동으로는 캄차카 반도에 남으로는 오키나와, 북과 서로 바이칼 호에 서장에까지 이르셨지. 저 멀리 티벳과 인도의 경계가 되는 히말라야의 열여섯 산신과도 동등한 힘을 갖추고 계셨다네. 하나 시대가 변하고 인심이 변하면서 그 힘도 많이 쇠퇴하셨지. 그래도 여전히 군소 신들 중에는 손꼽히는 분일세."

"만나 뵙기 어렵다는 말이오?"

한희가 묻고, 길동은 신음을 삼켰다.

"그게 어렵다면 어렵고 또 쉽다면 쉽달까."

“그 방법이란 걸 말해보시오.”

한희가 재촉하니 길동이 그제야 입을 열었다.

“그분께서 만나보고 싶게 만들면 되네.”

길동의 대답에 시연과 한희는 공히 실망하는 표정을 지었다. 길동의 대답은 다시 말하자면 그 대단하시다는 백두 산신께서 먼저 만나자고 연락을 해 올 때까지 기다리라는 것이다.

“그렇게 실망하는 표정 짓지 말게. 불가능한 얘기라면 내 입 밖에 내지도 않았을 걸세.”

길동은 자신의 앞에 놓인 빈 물 잔을 들어 한희의 서탁 한가운데 올려놓았다.

“이렇게 하면 되네.”

얼른 이해가 가지 않아 한희가 되물었다.

“컵을 놓는 행위를 말하는 게요?”

“아니, 이거 어디서 본 것 같지 않나?”

길동이 다시 컵을 들고는 손으로 빙글빙글 공중에 원을 그렸다. 한희는 그제야 아! 하는 소리를 냈다.

“제사를 말하는 게요?”

“그렇지!”

시연도 길동의 손동작에서 깨달은 바가 있었다.

“신을 만나려면 접신 의식을 하면 되는구나!”

자신의 머리가 왜 이렇게 단단히 굳어버린 건지 시연은 애먼 앞머리를 손가락으로 감아 말았다.

"하지만 그게 쉽질 않아."

길동이 다시 입을 열었다.

"워낙 높으신 신이다 보니 아무 무당이나 그분을 부를 수 있는 게 아니야. 그나마 예전에는 백두 산신께 주기적으로 기도를 올리는 무당 가문이 있었는데 일제시대를 지나면서 모두 사라졌다네. 그 피를 이은 사람이 아니고는 접신 의식 자체를 할 수가 없을 거야."

길동의 이야기를 듣던 시연은 문득 눈앞에 있는 이 사람(?)이 산신령이라는 사실에 생각이 미쳤다.

"길동 씨, 그러니까 태백 산신인 당신을 만나는 것처럼 하면 안 되나요?"

그녀의 말에 길동은 고개를 저었다.

"나야 워낙 돌아다니는 걸 좋아하는 데다 한희 선비와 인연이 닿아 이런들 어떠하리 하며 얽혀 지내는 거지만 대개 신들을 만나기 위해서는 매개자가 필요하네."

시연이 아랫입술을 살짝 깨물었다.

"백두 산신의 무당을 찾아야 하는 거군요."

"제사의 절차나 그러한 것들은 나중에 내가 가르쳐 줄 수 있네만, 그 무당의 피를 이은 사람이 어디에 있는지는 나도 모르네."

무당을 찾을 일을 고민하는 시연을 보던 한희가 길동에게
말했다.

"당신이 직접 소개해 주면 안 되겠소?"

길동이 고개를 저었다.

"감당할 수 없는 일이네. 서해 용왕을 뵈었을 때도 그분께
서 자네를 만나려 하셨기에 가능했던 게지, 내가 언감생심 사
람을 소개해 줄 수 있었겠나?"

한희가 입을 다물고 시연이 끼어들었다.

"아까부터 용왕 얘기를 하던데… 진짜 용왕 말이에요? 용
궁에 산다는?"

그녀의 물음에 한희가 고개를 끄덕였다.

"그렇소."

"용궁에 갔다 온 거예요?"

또 한 번 그렇다고 고갯짓하니 시연은 입을 쩍 벌린 채 말
을 잇지 못했다.

정보를 모두 알려준 후 길동은 볼일이 있다며 한희의 집을
떠났다. 나중에 한상 가득 무차면 근처 서낭당에 제수 음식을
봉양하기로 약속한 후에야 한희는 길동을 떠나보냈다.

시연과 둘이 저녁을 먹은 후 한희는 또 다른 용건을 입 밖
에 냈다.

"오늘쯤 최희태의 집에 가보려 하오."

"아! 그 귀신이 나온다는……."

"점괘를 뽑아보니 오늘 음기가 성하여 반드시 괴이한 일이 있을 것 같소."

한희의 이야기를 듣던 시연이 몸서리를 친다.

"귀신이라니… 무섭겠죠?"

"모르겠소. 상대에 대해 전혀 알 수가 없으니. 일단 오늘 만나보면 어떻게 해야 할지 정할 수 있을 것 같소."

"퇴치하겠다는 말이죠?"

한희는 시연의 물음에 음, 하는 신음을 냈다.

"본디 공자께서도 괴력난신에 대해서는 말하지 말라 하셨잖소. 음지에 사는 그들과는 상관하지 않는 것이 가장 좋소."

"그럼 왜 상관하려는 거죠? 사람이 다칠까 봐 그러나요?"

"그것도 있소만……."

한희가 시연에게 자신이 겪은 일을 간단히 이야기했다. 동해 용왕이 골프장 건설 건에 끼어들어 용맥을 손상하려 한다는 것이나, 용맥이 끊어지면 자칫 한반도 절반이 물에 잠길 수도 있다는 등, 길동과 만나 끼어들게 된 신령계의 큰 사건에 대한 이야기였다.

시연은 조금 전 길동과 한희가 했던 이야기를 떠올렸다. 이해가 가지 않는다 했더니 이면에 그런 다툼이 있었던 것이다.

"그럼 지난번에 루시를 지키다 입었던 상처도 신령계의 싸움 때문이었던 건가요?"

"그렇소. 동해 용왕이 내게 경고한 것이오."

이야기를 모두 들은 시연은 뭔가 석연치 않다는 눈치였다.

"어째서… 동해 용왕이 만파식적을 찾는 걸까요? 그가 신라왕에게 선물한 지 천 몇 백 년이 흘렀는데 이제 와서 왜 갑자기……."

"그건 나도 모르오. 애초에 갑자기인지 어쩐지도 알 수 없지 않소? 하나 길동이 말했듯 백두 산신과 동해 용왕, 그리고 발해와 통일신라의 멸망, 이런 사건들이 하나로 이어진 것 같다는 느낌은 지울 수가 없소."

시연도 한희의 말에는 동감이었다. 그녀가 지금까지 알고 있던 것은 어디까지나 인간 역사의 이면에 숨겨진 얘기뿐이다. 하지만 이 땅에는 인간계 말고도 신선계라는 또 하나의 세계가 있었던 것이다. 한희같이 선법을 익힌 사람들은 그 경계선을 타고 있는 셈이다.

이야기를 듣던 시연이 갑자기 한희의 팔에 자신의 팔을 끼워 넣었다. 팔짱을 끼고는 머리를 톡 기댄다.

그녀의 행동에 한희가 얼굴을 붉혔다.

"왜, 왜 이러는 것이오?"

"이제 곧 부부가 될 사이에 뭐가 부끄러워요?"

시연이 웃으며 하는 말에 한희가 쩔쩔매며 말했다.

"할아버님이 하신 말씀을 벌써 잊었소? 아직 부부로 행동하는 건 천부당만부당한 일이오."

"이 정도는 요새 초등학생도 해요."

시연은 여전히 한희의 팔을 부여잡았다.

"난 지금 기분이 아주 좋아요. 우리 가문이 천 년 넘게 헤매도 실마리조차 찾지 못한 게 만파식적인데, 서방님을 만나고 나서 갑자기 수많은 정보가 모이기 시작했잖아요. 기분 때문인지 모르겠지만 피리를 찾을 날이 얼마 남지 않은 것 같아요."

"그, 그……."

한희는 자신에게 꼭 붙어 있는 시연이, 그리고 그녀의 품에서 풍겨오는 방향(芳香)이 어지러워 말을 잇지 못했다.

"그보다 오늘 어찌할지 이야기하는 게 좋을 것 같소. 시연도 함께 가시겠소?"

"최 사장이라는 사람 집에요?"

"그렇소."

"가죠, 뭐. 한번 보고 싶어요. 어떤 귀신이 살고 있는지. 저도 귀신 한둘 정도는 본 적이 있어요. 한 번은 서울에 뱀파이어가 나타난 거예요. 트란실바니아 쪽에서 수입해 온 고가구에 잠들어 있던 모기가……."

시연은 뭐가 즐거운지 한희에게 자기가 경험했던 이야기를 재잘거렸다. 반면 한희는 시연의 이야기는 듣는 둥 마는 둥 하고 그녀가 딱 붙어 앉아 있는 것만 온통 머릿속에 떠올랐다.

그런 한희를 살려준 사람이 있었으니.

"형, 내가 준 서류 봤어요?"

노크도 않고 방 안으로 쳐들어온 광호였다. 한희가 깜짝 놀라며 시연에게서 팔을 빼고, 시연도 기댔던 몸을 일으켜 살짝 틀어 앉았다.

"미, 미안……."

광호가 어색하니 몸을 돌리려 했다. 한희가 그런 그를 불러 세웠다.

"서류는 잘 보았다. 괜찮다면 우리와 함께 그 최 아무개란 사람의 집으로 가자꾸나."

"아, 알았어요. 차 돌려놓을 테니까 천천히 와요."

광호가 떠나고, 한희가 두루마기를 몸에 걸쳤다. 그리고 시연에게 손을 내밀었다.

"험한 밤이 될 것이오. 좀 더 활동하기 좋은 옷으로 입는 게 좋을 것 같소."

시연은 빙긋 웃으며 한희의 손을 잡았다.

"네, 서방님."

최희태의 저택에 도착한 것은 저녁 9시가 거의 다 된 때였다. 광호의 자가용이 시동을 멈추며 밝게 치켜떴던 눈을 감는다. 한희는 고개를 돌려 최희태의 집이라는 곳을 올려다보았다.

편마암 정원석이 좌우로 시립해 계단을 이루고, 그 위에 지은 집은 아마 색 지중해 풍의 저택이었다. 분명 사택이라 들었는데, 어느 부잣집의 별장 같은 느낌이 강했다. 회사의 간부, 사장 본인이 사적으로 유용하기 위해 지은 모양이었다.

한희는 그곳에 내려서자마자 머리가 쭈뼛 서는 것을 느꼈다.

"허허, 생각했던 것 이상이로고."

따라 내리는 시연과 광호도 왠지 모를 감각에 등덜미가 오싹했다. 광호가 말한다.

"형, 근데 퇴마 의식은 할 줄 아는 거예요? 어디서 무당이라도 불러와야 하는 것 아녜요?"

그의 물음에 한희는 씩 웃을 뿐이다. 시연이 한희 곁으로 다가와 소매를 잡았다.

"여기 정말 뭐가 나올 것 같아요."

"걱정하지 마시오. 외인인 우리보다는 여기 살고 있는 사람들을 먼저 노릴 테니까."

한희가 먼저 저택의 계단을 올랐다. 초인종을 누르자 인터폰의 화면에 불이 들어오며 가정부 같은 여자가 모습을 드러냈다.

"누구세요?"

"안녕하시오. 저는 경주 이 씨 월야공파 14대손 이한희라고 하외다."

가정부는 한희의 소개에 단 한 마디로 답을 하고는 인터폰을 끊어버렸다.

"안 사요."

한희가 다시 초인종을 누른다.

"뭘 팔겠다는 게 아니라… 문 좀 열어주시오."

"안 산다니까요. 자꾸 귀찮게 굴면 경비를 부르겠어요."

가정부는 야심한 밤에 갓 쓴 한복 차림의 남자가 초인종을 누르니 영 수상하게만 생각한 모양이다. 그때 광호가 한희 뒤에서 큰 소리를 냈다.

"사장님한테 용무가 있어 그러니까 어서 문이나 열어봐!"

"어마!"

가정부가 놀라 소리를 치며 다시 인터폰을 껐다. 곧바로 호각 소리가 들리며 몇몇 사람이 저택 옆쪽을 돌아 나타났다. 정말로 경비를 부른 모양이다.

한희는 시작부터 일이 꼬여간다고 느껴 눈살을 찌푸렸다.

그때, 그가 고개를 돌려 저택의 지붕 쪽을 쳐다봤다.

열두어 살쯤 될까? 두 명의 소녀와 눈이 마주쳤다.

Chapter 16
장화홍련전 II

1

별이 반짝이는 검은 하늘과 융화되어 잿빛으로 빛나는 그
녀들은 한 마리 커다란 곰 인형을 좌우에서 안고 있었다. 쌍
둥이로 보일 만큼 닮았지만, 한쪽이 다른 한쪽보다 키가 조금
더 컸다. 자매가 아닐까?

한희와 눈이 마주친 그녀들은 빙긋 미소를 지었다. 둥근 지
붕에 아슬아슬하게 앉아 있지만 조금도 두려워하지 않는다.
그럴 수밖에. 그녀들은 살아 있는 사람이 아니었으니까.

경비들이 한희와 광호, 시연 세 사람을 둘러쌌다.

"무슨 일입니까?"

20대 중, 후반 혹은 30대 초반쯤으로 보이는 신체 건강한 사내들이다. 모두 다해 네 명이 검은 양복을 입고 있었다. 허리춤에 삼단봉이 감춰져 있고, 겨드랑이에는 가스총으로 보이는 물건이 덜렁거린다.

"내 이 집에 볼일이 있어서 왔소."

"그러니까 무슨 일이냐고요."

경비 중 리더인 듯 보이는 남자가 위압적으로 나왔다. 그는 지금 한희의 옷차림을 위아래로 훑어보고 있었다. 지금 시대에 평소 한복을 입는 사람은 한복 연구가와 한복 마니아, 그리고 점쟁이 정도다.

"최희태라는 사람을 불러주시오. 그와 이야기할 것이 좀 있소."

"약속은 되어 있습니까?"

"그건 아니오만……."

"돌아가십시오. 사장님께서는 당신 같은 사람들을 만날 시간이 없습니다."

정중한 말투였지만, 이미 행동에는 예의가 눈곱만치도 남아 있지 않았다. 덩치를 앞세워 한희를 계단 아래로 밀어내려 했다.

한희의 눈썹이 움찔 흔들렸다. 하지만 싸우러 온 것도 아니고 해서 일단 한발 물러서리라 마음을 먹었다. 광호의 대형이

라는 사람을 통해 미리 연락을 하든지 하는 게 더 나은 방법
인 듯 생각되었다.

시연과 광호는 한희의 결정에 따라 잠자코 계단 아래로 내
려왔다. 만약 광호가 나서거나 시연이 자신의 권력을 이용했
더라면 이 문을 지나는 것 정도는 아무것도 아니었지만, 먼저
나서지는 않았다.

경비 넷은 세 사람을 노려보며 현관문 앞을 굳게 지키고 서
있었다. 한희가 흘끔 고개를 돌려 뒤를 돌아봤다. 여전히 두
소녀는 옥상에 앉아 한희 일행을 내려다보고 있었다.

세 사람은 아무 소득 없이 광호의 차에 올라탔다. 뒷좌석에
있던 시연이 한마디 투덜거렸다.

"그냥 뚫고 들어가지 그래요?"

"악인도 아닌데 어찌 그러겠소? 불청객인 우리가 물러서는
것이 순리 아니겠소?"

광호가 그런 한희에게 말했다.

"제가 전화 한 통 할까요? 일우 형님 통해서 연락하면 될
텐데."

"그냥 전화로 하기에는 예의에 어긋나는 일 같구나. 내 너
희 대형을 직접 만나 부탁해 보겠으니 자리를 마련해 주거
라."

광호는 이럴 때의 한희가 조금 답답하게 느껴졌지만, 그게

또 형이란 사람이니 어쩔 수 없었다.

"예, 그럴게요."

광호는 조금 쌀쌀해진 밤공기를 생각해 차의 히터에 손을 가져갔다. 아직 엔진 여열이 있으니 곧바로 히터를 돌려도 될 것 같았다. 열쇠를 돌려 차에 시동을 걸었다.

바로 그때였다.

"비키거라!"

한 남자가 사택 현관 앞에서 큰소리를 치기 시작했다.

"오늘은 그냥은 못 물러난다. 오늘이 며칠인지 알고 있느냐? 천하의 음기가 성해져 성한 사람도 병들어 죽기 십상인데, 음택지에 양택을 지어놓고 잘도 떵떵거리는구나!"

차에 타고 있던 세 사람이 무슨 일인가 쳐다보니 오십쯤 되었을까? 수염에 한두 가닥 흰 터럭이 섞인 한복 차림의 남자가 부채를 털고 있었다.

하지만 입고 있는 한복은 어딘지 중국 냄새가 났다. 부채도 제갈공명이 즐겨 들었다는 백우선(白羽扇)이다.

"저거 진짜 도사네요."

광호가 웃으며 중얼거렸다. 다분히 놀리는 투가 섞여 있었지만 한희는 흠, 하는 낮은 콧소리를 낼 뿐이었다.

지금 한희가 걱정하는 것은 그의 실력이 저 귀신들을 상대할 수 없을까 하는 점이었다. 괜히 귀신을 설 건드려 놓았다가는 호미로 막을 일을 가래로 막게 될지도 모른다.

시연은 한희가 자꾸 위쪽을 흘끗거리자 자신도 따라 저택의 지붕을 바라보았다. 지붕마루 부근에 희멀건 것이 두 개 흐릿하게 보였다.

"저게 귀신이에요?"

광호가 깜짝 놀라 시연을 따라 위쪽을 보았다. 한희에게 배운 운기법으로 영신의 눈을 뜨니 소녀 모습의 귀신이 또렷하게 보였다.

그 둘에게 한희가 말했다.

"함부로 보지 마시오. 광호, 너도 영안을 감거라. 음지의 일은 본래 관여하지 않는 게 좋은 법. 괜히 아는 척을 했다가는 큰 재앙을 부르게 된다."

시연과 광호는 고개를 끄덕이며 지붕에서 눈을 떼었다. 한희가 시연에게 다시 말했다.

"보이지 않는 것을 자꾸 보려 하면 보이게 되오. 그것이 나중에는 헛것인지 실상인지 구분할 수 없게 되고, 사람들이 그를 일컬어 귀신 들렸다 하는 게요. 신내림을 받아 무당 일을 하려는 게 아니라면 억지로 보려 들지 마시오."

시연이 고개를 끄덕였다.

"알았어요."

그들이 차 안에서 이런 이야기를 주고받는 사이, 경비들이 무당 차림의 사내를 에워쌌다.

"이 아저씨 또 왔네. 꺼지라고 했잖아요!"

경비 하나가 험악하게 군다. 그의 말투를 보니 이 중년의 남자, 단골손님인 모양이다.

"꺼지라니! 이놈! 원시천존, 태상노군, 태상도군이 노하신다! 도가에 몸담은 지 언 30년, 세속의 대가를 바라는 것도 아니요, 그저 이 집에 낀 액운이 걱정되어 찾는 객에게 꺼지라니!"

"필요없다니까 그러네. 하나님을 모시는 집에서 굿하고 돈 받아먹으려 드는 게 사기꾼이지 무슨 도사란 거요?"

"돈은 필요없다 하지 않았나! 돈은 내가 받는 게 아니라 신께 기도를 드릴 때 복채가 필요한 것이다."

"근데 진짜 이 사람이!"

경비 하나가 손바닥을 들어 위협하며 다가섰다. 도사 차림의 남자가 고리눈을 부라렸다.

"허허, 내 오늘은 실력 발휘를 해야겠구나!"

도사가 백우선을 털며 내려놓고, 머리에 쓴 음양 무늬의 도사건(道士巾)을 벗어 곱게 개었다. 두루마기가 파르르 떨리며 그가 태극권의 기수식을 펼쳤다.

"너희가 미워서 이러는 것이 아니다. 이 집에 끼친 액운이 결코 작지 않아 그런다."

손으로 원을 그리며 하는 몸동작은 제법 절도가 있었다. 야마분종이니 백항량시니 하는 동작을 취하는 사이 경비가 덤벼들었다. 한바탕 싸움이 시작되었다.

중년의 도사는 처음에는 제법 무술 같은 동작을 펼치고 있었다. 일대일의 싸움인데다가 정말 수련을 하긴 한 모양인지 경비병 한 명 정도는 상대하고도 남았다.

차 안에서 그 꼴을 보고 있던 광호가 끅끅 웃음을 참고 있다. 한희가 광호에게 점잖게 한마디 했다.

"그러지 말고 나가서 싸움을 말려야겠다. 젊은 사람들이 나이 든 사람과 주먹다짐을 하는 걸 어찌 지켜보고만 있겠느냐?"

"형, 잠깐만요. 이거 기회일지도 몰라요."

"무슨 말이냐?"

"저 도사가 저렇게 난동을 피우니 집 내부에서 사람이 나올지도 모르잖아요. 그 자리에서 말만 잘하면 우리도 들어가서 상황을 볼 수 있을 거예요. 최 사장이랑 안면이 없는 것도 아니고."

광호의 말이 듣고 보니 그럴싸하다. 한희는 아직 어느 한쪽이 크게 유리할 것 없이 고만고만한 다툼이고 다칠 일도 없어 보여서 좀 더 상황을 지켜보기로 했다.

제법 태극권 같던 도사의 무술이 어느샌가 뭐라 유파를 종

잡을 수 없는 주먹질로 변해갔다. 가끔 발차기까지 섞였다.

젊은 경비도 나름 싸움깨나 한다는 사람인데, 이런 아저씨 한 명 해치우지 못하니 약이 오른 모양이다. 기합까지 내지르며 주먹다짐을 해댔다. 한 대 치고 또 받으며 두 사람의 싸움은 점입가경에 이르렀다.

늦은 저녁 시간이다 보니 싸움하며 외치는 함성이 크긴 컸다. 집 내부에도 충분히 들릴 듯하다.

한희와 두 사람은 차에서 내렸다. 보닛에 기대어 팔짱을 끼고 있는 광호와 한희, 그 곁에 선 시연까지 그들은 세계 삼대 구경거리 중 하나—싸움 구경—를 견식 중이다.

경비들이 초조해진다. 이제 와 끼어들어 뭇매질을 할 수도 없고, 그렇다고 저대로 뒀다가 동료가 얻어터지기라도 하면 그도 개망신이다. 조금 전 찾아왔던 도사 같은 놈(?) 일행은 그런 속도 모르고 대놓고 쌈 구경을 하는 중이다.

"협협! 타앗!"

괴성을 지르며 중년인이 두 손으로 장풍을 날렸다. 파고들어 내뻗는 수장(手掌)에 경비가 가슴팍을 얻어맞는다. 경비는 컥컥 숨이 막히는 소리를 내며 1미터나 날아 바닥에 나둥그라졌다.

광호가 풋 하고 웃음을 터뜨렸다. 하지만 한희는 한발 나서 자빠진 경비를 앉혀 세웠다. 그리고는 타박하듯 도사에게 한마디 했다.

"문외인에게 발경을 넣으면 어쩌시려 그러오?"

한희가 경비의 등을 쓰다듬으니 쿨럭 짙은 가래를 쏟아내며 간신히 숨을 돌렸다.

한편 막상 장풍(?)을 날린 도사는 나자빠지는 경비를 보며 깜짝 놀랐다. 뭔가 오랜 수련의 결과물 같은 게 몸에서 번쩍 번갯불을 쏟아내듯 터져 나간 것 같은데 그게 어떤 감각인지 기억나지 않는다. 한마디로 순전히 우연에서 비롯된 공격일 뿐이었다.

하지만 본래 아저씨들에게서 허풍과 큰소리를 빼면 남는 건 술로 나온 아랫배뿐이다.

"허허, 이 도사의 무서움을 이제야 알아본 것이냐? 썩 비켜서고 이 집의 주인에게 안내하거라! 내 이 장풍보다 몇 배나 무서운 것이 이 안에 있다 하지 않았느냐!"

경비 셋은 동료의 몸이 날아가는 것을 목전에서 보고는 살짝 겁을 집어먹었다. 돈 받고 입구나 지키는 일을 하면서 무슨 충성심이 있을까만, 그 몇 푼 안 되는 돈이나마 받으려면 그냥 보낼 수는 없는 일이었다.

한 사람이 허리춤에서 삼단봉을 뽑고, 다른 둘이 가스총을 꺼냈다. 여차하면 도사를 기절시키려 이를 질끈 물었다.

일촉즉발의 상황. 하나 이 상황을 해결한 것은 전혀 의외의 인물이었다.

현관문이 덜컥 열리고, 남자 하나가 소년을 둘러업고 뛰쳐나왔다.

"차를, 차를 빨리 대령해라! 우리 건이가, 현건이가 죽는다!"

따라서 이 집의 운전수도 밖으로 튀어나와 차에 시동을 걸었다. 사람들은 한눈에 아이를 업고 있는 남자가 누군지 알 수 있었다. 바로 이 집의 주인인 최희태 그였다.

2

최희태의 외동아들 최현건은 올해로 다섯 살이다. 그 아비가 그 늦둥이 아들을 얼마나 아끼는지 소년은 그야말로 왕자와 다름없는 생활을 하고 있었다.

눈에 넣어도 아프지 않을 아들이 갑자기 졸도해 게거품을 물고 있으니 최희태가 슬리퍼에 실내복 차림으로 둘러업고 뛰는 것도 당연한 일이다. 그 엄마가 외투를 들고 쫓아 나오고, 운전사니 가정부 너나 할 것 없이 거의 제정신이 아니었다.

밖에 있던 경비들이 경례를 하며 물러섰다. 그사이 운전사가 차에 가 시동을 걸었다. 그런데 휠 돌아가는 소리만 들릴 뿐 시동이 걸리지 않았다.

"빨리 빨리! 뭐하는 거냐? 차 정비 안 했어?!"

최희태가 발을 동동 구른다. 하지만 운전수의 안색이 파랗게 질릴 뿐 엔진이 살아날 생각을 않았다. 분명 최희태가 퇴근한 게 한 시간 전의 일이다. 그때까지만 해도 잘 움직이던 차가 왜 갑자기 말썽을 피우는지…….

"너 이 자식! 우리 애 잘못되면 죽을 줄 알아!"

애먼 운전수만 계속 욕을 얻어먹는 중이었다. 그때였다. 앞에서 경비와 싸우고 있던 도사가 어느새 의관을 다시 갖추고 최희태 앞에 나서서 버럭 소리를 쳤다.

"병원에 간들 무슨 소용일까! 역귀가 여기 붙었구나!"

최희태가 그를 쳐다봤다. 매일 찾아와 소란을 피우는 도사가 있다는 보고는 이미 들었다. 평소라면 미친놈 한마디로 쫓아버렸겠지만, 애가 아프니 귀가 팔랑거렸다.

"역귀라니? 그게 무슨 말이냐?"

"무슨 말은, 한국말 모르느냐?! 저 아이가 아픈 건 병이 아니라 역귀 탓이니라!"

그 소란을 한 걸음 떨어진 곳에서 지켜보던 광호가 한희에게 나지막이 물었다.

"정말이에요?"

한희는 대답을 하기에 앞서 영안으로 아이의 몸을 살폈다.

저 도사가 진짜배기인지 아닌지는 모르겠지만.

한희가 고개를 끄덕였다. 역귀가 폐로 들어가 심장을 누르고 앉아 있다. 병원에 가서 소생술을 하고 요양을 해 체력을 되돌린다면 역귀가 자연스럽게 떨어질지도 모르지만 최악의 경우도 생각해 봐야 했다.

"에이, 차는 어떻게 된 거냐? 아직도 시동이 안 걸려? 119에 다시 전화 해 봐! 왜 이렇게 다 굼뜬 거야?!"

아들 현건이 등에서 깔딱깔딱 할 때마다 최희태의 마음이 급해졌다. 그의 눈에 건너편 길가에 주차된 하얀 컨버터블 세단이 보였다. 그 차의 주인인 듯한 남자가 보닛에 기대어 있는 게 보인다.

"이보게, 내 기름 값은 넉넉히 줌세! 우리 좀 태워주지 않겠나?"

그때, 도사가 다시 나섰다.

"소용없대도 그러네. 다시 안으로 들어가 눕혀놓아라. 내가 치료해 주겠다!"

최희태는 도사의 이야기를 무시하려 했지만 자꾸만 귀에 인이 박여왔다. 만약 정말로 도사가 한 말이 사실이라면 병원에 가더라도 변변한 치료도 못 받을 게 뻔했다.

평소 독실한 신도로 귀신같은 것은 믿지도 않았는데, 요새 계속 주위에서 그런 얘기를 듣다 보니 자신도 모르게 마음이 약해졌다.

흘끗 도사를 돌아보니 벌써 소매를 뒤적거려 붓과 종이를 꺼내 들고 있었다.

"정 믿지 못하겠다면 지금 이 자리에서 치료한다!"

그가 손바닥만 한 황지에 닭 피로 부적을 적어 내려갔다. 무술 솜씨는 그저 그랬지만 부적 쓰는 손놀림 하나만큼은 달인의 경지였다. 순식간에 복잡한 부적이 완성된다.

한희는 그가 적는 부적을 보았다. 괘효가 제법 살아 있지만 몇 부분이 법도에서 벗어나 있다. 손놀림이 화려한 것에 비교하자면 부적의 효과는 그저 그럴 것 같았다.

하지만 그건 어디까지나 한희 같이 괘효와 역술, 진식 같은 음양오행술에 조예가 있는 사람들이나 알아볼 수 있는 부분이었고, 이곳에 있는 대개의 사람들은 그의 화려한 붓놀림에 마음을 빼앗긴 지 오래였다.

최희태의 아들 현건은 눈까지 까뒤집으며 아버지의 등에서 경련을 하고 있었다. 그 아비가 이러지도 저러지도 못하는 사이, 도사의 부적이 떡하고 현건의 등짝에 달라붙었다.

한희의 영안에는 역귀의 모습이 빤히 보였다. 부적에서 풍기는 더러운 피 냄새에 몸을 부르르 떨지만, 그 정도에 물러날 리 없다. 최희태 아들은 여전히 몸을 부르르 떨고만 있었다.

도사가 뭐라 주문을 외우기 시작한 게 그때였다. 한희는 그 주문을 듣자마자 노자 도덕경의 한 구절이라는 것을 알았다. 중국어로 읊으면 성조가 특이해 그 몇십 자의 말은 정말 주문처럼 들렸다.

한희는 그 소리에 눈살을 찌푸렸다. 어디선가 주워들은 모양인데 역귀를 쫓을 만한 주문은 아니었다. 광호가 마침 그 점을 물어왔다.

"형, 저걸로 정말 퇴치할 수 있어요?"

시연이 대화에 끼어들었다.

"지금까지 도사나 무당이란 사람치고 진짜 실력있는 건 거의 못 봤는데… 내가 있던 곳에서도 가짜가 대부분이었고."

한희가 말했다.

"마음을 담아 한 자 한 자 외우면 말에도 힘이 실리는 법. 허황된 주문이라 하더라도 말소리에 담긴 힘이 능력을 발휘하는 일이 없지는 않지만… 저건 무리인 것 같구나."

광호가 비웃음을 던졌다.

"역시, 어째 좀 엉터리 같더라니."

한편, 어설픈 부적에 주문까지 외우니 소년의 가슴에 붙어 있던 역귀가 갑자기 날뛰기 시작했다. 현건이 통증을 참지 못하고 고래고래 소리를 질렀다. 무슨 영화 엑소시스트의 한 장면이라도 되는 양 비명 소리인지 욕설인지 모를 소리를 토해

냈다.

최희태가 도사에게 버럭 성질을 부렸다.

"이 사이비 도둑놈아! 그만해! 내 아들 죽겠다!"

"마음 굳게 먹게! 악령과 싸우는 중이니 이제 곧 끝날 터!"

도사가 부적 한 장을 더 써 소년의 등에 떡하니 붙였다.

더는 보다 못한 한희가 기를 바늘처럼 응축해 소년의 가슴에 날려 보냈다. 무술에 있는 침투경과 비슷한 수법으로 겉에는 상처를 남기지 않고 역귀의 목 줄기만 꿰뚫도록 했다. 사람의 귀에는 들리지 않는 비참한 비명을 지르며 역귀의 몸이 사방으로 흩어졌다.

본래 귀신이나 유령 같은 것들은 음기가 쌓여 이뤄진 것이다. 양기가 쌓여 만들어진 세상의 만물과는 서로 간섭할 수 없었지만, 기만큼은 둘 모두가 만지고 느낄 수 있었다. 주먹질로는 귀신을 팰 수 없지만 장풍으로는 칠 수 있단 얘기다.

역귀가 죽고 나니 현건의 몸도 급격히 안정을 되찾았다. 기침을 몇 번 하고 진한 피가래를 뱉어내더니 금세 호흡이 원래대로 돌아왔다. 눈까지 까뒤집으며 경련을 하던 몸도 안정을 되찾고, 표정도 한결 편안한 얼굴을 하고 있었다.

도사가 그때 외쳤다.

"갈(喝)!"

현건이 눈을 번쩍 뜬 게 공교롭게도 그 순간이었다. 옆에 있던 현건의 엄마가 아들의 어깨를 잡았다.

"건아! 괜찮아?"

"엄마……."

둘러업고 있던 최희태도 깜짝 놀라 아들을 앞으로 안았다.

"건아!"

"아빠, 여기가 어디야?"

"이놈아! 깜짝 놀랐잖아!"

한시름 돌리고 나니 최희태는 도사라며 나선 남자를 새삼 바라보았다. 장비수염이 제멋대로 자란 초로의 남자가 인자한 미소를 짓고 있다.

지금까지 무당이니 점이니 도사니 부적이니 전부 사기에 미신이라 생각했던 최희태지만 그를 무시할 수가 없었다. 어떻게 자식의 생명을 구한 사람을 무시할 수 있단 말인가?

"정말 고맙습니다!"

최희태가 도사 앞에 고개를 꾸벅 숙였다. 아들을 받아 안은 그의 아내도 곁에 나란히 서서 머리를 숙였다. 도사는 꺼끌꺼끌한 자신의 수염을 어루만지며 허허 웃음을 웃었다.

"인연이 닿아 다행이지, 아니라면 아들의 목숨만 헛되이 잃을 뻔했네그려."

"그 말이 맞습니다. 아차, 내 정신 좀 보게! 이름이 어떻게 되십니까?"

"없을 무 자에 암자 암 자를 써서 무암(無庵)이라 하네. 집이 없다는 뜻이지. 무릇 도사라 하면 거처조차 버릴 수 있어야 하는 법 아닌가."

"맞는 말입니다."

최희태는 고개를 끄덕거리다 조금 전 하얀 세단의 주인을 떠올렸다. 경황중이라 얼굴도 제대로 보지 못했는데 생각해 보니 낯이 익었다.

흘끗 돌아보니 천우일에게 소개를 받은 천조우엽의 간부 단광호가 아닌가. 그리고 한희와 시연 두 사람도 최희태가 익히 알고 있는 사람들이었다.

최희태는 얼마 전 한희를 만난 날을 떠올려 보았다. 귀신이 어쩌고 하는 소리가 기분 나빠 그를 홀대했었다. 하지만 집에 돌아와서도 완전히 싹 나아 휙휙 돌아가는 어깨를 볼 때마다 한희를 생각하곤 했다.

그때 한희도 귀신 이야기를 하며 어깨 병을 고쳤는데, 지금 보니 그게 거짓말은 아닌 모양이다. 괴질에 걸려 죽어가는 아들을 순식간에 낫게 만든 도사가 눈앞에 있으니 말이다.

"광호 씨라 했던가?"

"안녕하십니까?"

대형의 손님이니 광호도 소홀할 수는 없는 일. 고개 숙여 최희태에게 인사를 했다. 최희태가 광호의 인사를 건성으로 받으며 한희에게 말했다.

"이 도사님을 자네가 데려왔나?"

한희는 고개를 저었다.

"우연히 이곳에서 만난 것이오. 하나 여기 온 이유는 나와 같은 것 같소. 이 땅의 음기를 잘 다스리지 않는 한 그 댁에는 우환이 끊이지 않을 게요."

최희태는 고개를 돌려 무암도사를 보았다. 그리고 조금 전까지 간질 발작을 하던 아들에게 눈을 돌렸다. 아내의 몸에 꼭 안겨 잠투정을 부리고 있다. 몸이 부르르 떨렸다. 만약 잘못해 아들이 죽기라도 한다면…….

결국엔 최희태의 마음이 꺾이고 말았다.

"다들 안으로 들어오시게. 무암도사님도 안으로 들어오십시오. 이야기라도 나누어봅시다."

무암이라 자신을 소개한 도사가 합장을 하며 고개를 숙였다. 곁에 내려놓았던 서류 가방을 손에 들고 최희태의 뒤를 쫓았다. 그리고 한희와 광호, 시연도 그 집에 발을 들여놓았다.

현관문이 굳게 닫히고, 뒤늦게 온 119 구급대원들만 애먼 경비들에게 된소리를 들었다. 정승집 개들의 큰소리에 구급대원들은 억울한 표정으로 발길을 돌릴 뿐이었다.

본래 사택(社宅)이라 함은 회사의 소유로 그 직원들이 두루 사용할 수 있는 집을 말한다. 주로 이용하는 지위에 따라서 어느 정도 고급스럽고 또 평범할 수는 있었지만, 여기 최희태의 집은 최고급 저택에 가까웠다.

방이 열 개가 넘고 거실도 셋이나 되었다. 그중 가장 큰 거실은 거실이라기보다는 무슨 홀을 보는 느낌이었다.

그 넓은 홀 한편에 소파 세트가 있고, 격자 유리로 만든 벽 너머로 정원과 계곡의 경치가 담겨 있다. 모던한 디자인의 상들리에가 버드나무 줄기처럼 천장을 수놓아 얼마나 많은 돈이 이 저택에 들어갔는지를 방증하고 있었다.

그 거실에 들어서자마자 도사가 버럭 소리를 질렀다.

"요망한 것들! 물러나라!"

태극반(太極盤)을 들어 방위를 가늠하며 백우선을 흔들어 댄다. 백우선 자루 끝에 달려 있는 방울이 요란하게 울렸다. 한쪽 벽을 장식하고 있는 십자가며 벽에 걸어놓은 최후의 만찬 그림이 잠자코 도사의 하는 양을 지켜보고 있다.

최희태의 아내는 도사가 하는 짓이 영 마음에 들지 않았지만, 아들의 목숨을 구해준 사람이다 보니 한마디 불만도 말하지 못했다. 최희태가 그 도사에게 가만히 물었다.

"우리 집이 도대체 어쨌다는 겁니까?"

"잡귀투성이야, 투성이! 사방에서 썩은 시체 냄새가 진동을 해!"

도사가 가방에서 부적 한 뭉텅이를 꺼내 사방으로 흩어 뿌렸다. 누런 종이가 어지럽게 사방에 날려 흩어졌다.

최희태 집에서 일을 하고 있던 식모와 정원사 같은 사람들이 좋은 구경거리 났다며 거실에 모여들었다. 둥글게 모인 십여 명의 사람을 배경으로 도사가 난리굿을 벌이고 있었다.

"을숙 방향에 또 하나 잡귀가 있으렷다!"

그가 손가락질을 하니 거기 서 있던 아주머니들이 아이쿠 하며 좌우로 흩어졌다. 몇 걸음 도사가 걸어가 부적을 한 장 벽에 척하니 붙이고는 뭐라 중얼중얼 주문을 외운다. 손에 든 방울을 요란스럽게 흔들고는 버럭 소리를 쳐 귀신을 쫓았다.

구경꾼들 중에는 한희와 광호, 시연도 있었다. 광호와 시연은 도사가 하는 꼴이 재미있다며 그쪽을 시선으로 좇고 있었지만, 한희는 전혀 다른 곳을 보았다.

모두의 시선이 한쪽으로 쏠린 상태로 한희 혼자 다른 곳을 보니, 자연 그 행동이 튀어 보였다. 최희태가 뒤늦게 그것을 눈치채고는 가만히 한희 곁으로 다가갔다.

한희가 지금 서 있는 곳은 정원이 훤히 내려다보이는 창가였다.

"뭘 보는 건가?"

한희가 돌아보니 최희태였다. 다시 시선을 밖으로 돌리며 말했다.

"아무것도 아니오."

최희태는 뒤쪽 도사가 하는 걸 관조했다.

"역시 괜히 들인 것 같아. 자네도 저 짓을 내 집에서 하려 했던 건가? 아들도 그냥 저절로 발작이 가라앉은 걸 텐데. 차라리 병원에 데려가 정밀 검진을 받게 할 것을……. 쯧쯧, 내가 미쳤지."

자조 섞인 혼잣말을 듣던 한희가 창밖을 보며 천천히 운을 뗐다.

"정말 아무 일 없었소? 내가 들은 이야기만 해도 여럿인데."

"뭐? 귀신 말인가? 가끔 그런 소리를 하는 놈들이 있지만 그야 다 심약해 나오는 것 아닌가? 여기가 아직 개발이 되지 않아서 그런 거야. 저길 보게. 저기가 컨트리클럽 본 건물이 들어설 자리야. 이쪽은 나중에 저 임시 주택들 헐어서 전부 클럽 하우스를 지을 거고. 상위 1퍼센트를 위한 콘도미니엄이지. 다 들어서고 나면 귀신이고 뭐고 하는 얘기 나오지도 않을걸."

말을 하던 최희태가 산 쪽을 가리켰다. 희뿌연 것이 펄럭이는 모습이 어둠에 잠겨 어슴푸레 보인다.

"저걸 보게. 꼭 귀신같지 않나? 측량을 위한 표식이지만.

다 귀신이란 게 저런 걸 보고 심약한 사람들이 지어낸 얘기 아닌가?"

한희가 천천히 고개를 끄덕였다.

"대개는 그러하오. 공자께서도 괴력난신을 논하지 말라 하신 게 다 사람을 현혹시키는 이야기기 때문 아니겠소?"

"그러니까 말이네."

한희가 최희태에게 불쑥 물었다.

"그런데 천주를 믿는다고 들었소만."

"천주? 아, 크리스천이지."

"그도 신 아니오?"

"어디서 잡귀와 하나님을 비교하나?"

최희태가 성을 내고, 한희는 입을 다물었다. 듣기에 서학을 공부해 천주를 믿는 자들은 그 절개가 대단하여 죽음조차 달게 받는다 들었다. 좋게 말하면 절개지만 고집이기도 했다. 그의 성질을 건드릴 필요는 없었다.

"기분 나빴다면 미안하외다. 내가 하려는 말은 그렇듯 인간의 눈에 보이지 않는 것들이 있기도 하단 말이오."

한희의 이야기에 최희태가 침음한다. 그들이 대화를 나누는 사이에도 도사의 퇴마 의식은 무르익어 가고 있었다.

그 순간, 한희가 고개를 뒤로 휙 돌렸다. 심상치 않은 기운을 느낀 것이다. 아니나 다를까!

퍼펑—

거실을 장식했던 유리들이 화약이 폭발하기라도 한 듯 터져 바닥으로 흩어졌다. 벽면의 유리창 일곱 장이 한 번에 깨져 비산하고, 벽에 긴 손톱 자국 같은 것이 갑자기 생겨났다.

퇴마 의식을 구경하던 사람들이 비명을 지르며 사방으로 흩어졌다. 무암도사는 방울을 세차게 흔들며 주문을 영창했지만, 거실의 기현상들은 쉽사리 가라앉지 않았다.

"빠, 빨리 없애줘요! 저게 뭔지 모르지만 빨리요!"

안주인인 최희태의 아내가 도사에게 외쳤다. 무암도사가 부적을 벽 사방에 붙여댄다. 하지만 붙이는 족족 부적이 재가 되어 바닥에 떨어졌다. 괜히 벽지에까지 불이 옮겨 붙어 화재가 날 뻔한 것을 운전사가 몸을 던져 꺼뜨렸다.

최희태도 얼굴이 사색이 되었다.

"이, 이게 무슨……."

"이런 일이 지금까지 없었단 말이오?"

한희가 묻고 최희태는 고개를 저었다.

"없었네! 없었어!"

한희 곁으로 광호와 시연이 다가왔다. 시연이 지금 일어나고 있는 일을 한마디로 정리해 줬다.

"폴터가이스트."

그 소동이 잠잠해진 것은 그러고도 10분이 지나서였다.

무암도사가 비 오듯 흐르는 땀을 훔쳤다. 거친 숨을 내쉬며 소파에 털썩 주저앉았다. 탈진한 탓이다.

응접실의 소파에는 무암과 최희태, 그리고 한희네 세 사람 이렇게 모두 다섯이 자리를 잡았다. 최희태의 아내는 무섭다며 아들을 데리고 침실로 올라갔고, 다른 가정부들도 자신들의 방으로 갔다. 여기에 못 있겠다며 짐을 싸 나간 사람도 한 명 있을 정도였으니 조금 전의 소동이 가공스럽긴 했던 모양이다.

"도사님, 고생하셨습니다."

최희태는 무암도사에게 고개를 꾸벅 숙였다. 지금까지 유령 얘기에는 콧방귀도 안 뀌던 사람이었지만, 지금은 무암에게 기댈 수밖에 없었다.

동사무소에서 일하는 9급 공무원 한희와 도복을 그럴싸하게 차려입은 무암도사 두 사람 중 누가 지금 더 필요로 할지 머리를 굴린 최희태는 무암을 선택했다.

기실 그건 한희가 원하는 바이기도 했다. 애초에 한희는 선비였지 퇴마사가 아니다. 사람이 상할까 걱정돼 와보긴 했지만, 먼저 나서서 귀신과 싸울 생각은 없었다.

반면 무암은 한희를 경쟁자로 보고 있었다. 옷차림으로 보아서는 분명 동업자 같은데, 왜 아직까지 가만히 있는 건지 아리송했다. 일단은 나서지 않으니 무암은 이 기회에 최희태와 정식으로 계약을 맺어야겠다고 마음먹었다.

"고생은 무슨 고생이겠소? 도문에 들어 노군의 가르침을 받았으니 이제 억조창생을 위해 그 힘을 써야지요."

현대어로 해석하자면, 도사가 되어서 노자 도덕경 좀 읽었으니 이제 재능 기부 좀 해야겠다는 뜻이다.

최희태가 무암을 새삼 바라보았다. 만약 지금 같은 일이 터졌을 때 이 도사가 없었더라면 어쩔 뻔했을까? 우왕좌왕하다가 잘못된 선택을 하기가 십상일 것이다.

다행히 이 도사는 도력이 제법 있는 모양이다. 아내는 다니는 교회 목사님과 상의를 해보자고 하지만, 평소 목사가 귀신 같은 건 믿음이 약해서 그렇다고 이야기했던 걸로 보아 이 문제에 도움이 되지 않을 것 같았다.

무암도사에게 최희태가 말했다.

"도사님, 이제 어떻게 해야 합니까?"

무암도사가 옳다구나 계약 얘기를 꺼내려는 순간, 반대쪽에 앉아 있던 젊은 여자가 선수를 쳤다. 바로 선우시연 그녀다.

"그보다 먼저 지금까지 이곳에서 일어났던 일을 이야기해

주시죠."

사실 이 자리에서 심령 현상을 다루는 전문가를 꼽으라면 무암과 시연을 같이 이야기할 수밖에 없다. 특무 0과의 주요 업무가 심령 현상 관련이니 말이다.

최희태는 지금까지 이곳 사택과 주변의 기숙사들에서 일어났던 일을 머릿속에 떠올려 보았다. 새삼 생각하자니 제법 많은 일이 있었다.

"그러니까, 처음에 이 집에 이사를 왔을 때 일이네. 아침에 일어나 보니 아줌마 하나가 거품을 물고 저기 부엌간에 쓰러져 있었지. 미끄러운 바닥이라도 밟고 자빠져 머리가 깨졌나 했는데, 그 아줌마는 귀신을 봤느니 하며 소란을 피웠어. 당연히 일도 그만두었고."

시연이 다시 물었다.

"그 귀신이라는 게 어떤 종류인가요? 남자? 여자? 아니면 어린아이?"

"소녀라고 했네."

그 순간, 갑자기 응접실 천장에 달려 있던 스팟 조명 중 하나가 팡 소리를 내며 꺼졌다. 시연은 오싹한 생각에 한희 곁으로 몸을 기댔다. 최희태도 기분이 썩 좋지 않은 듯 천장의 등을 노려보고는 다시 말을 이었다.

"정원사 한 명도 무섭다고 일을 그만두고, 뭐 초반에는 간

간이 그런 일도 있었지만 요 근래 들어서는 잠잠해졌지. 아내
는 신앙이 부족해 그렇다며 더 열심히 기도를 다니고, 또 아
줌마들도 아내에게 감화되어 종교를 갖게 되었고. 그러고 나
니 더 이상 여기에는 귀신 이야기가 나오지 않았어.”

시연이 음, 하고 콧소리를 내고는 혼잣말조로 말했다.

“고용주들이 질색을 하니 아마 보고도 못 본 척 보고를 안
했을 테고.”

최희태가 시연의 말에 신음을 삼켰다. 그런 낌새가 있던 것
도 사실이다.

한편, 주도권을 뺏긴 무암이 시연의 말꼬리를 잘랐다.

“소녀 귀신이라면 대개 어미 잃은 고아가 많소이다. 그 무
덤을 찾아 위령제를 해주면 물러나게 마련이오. 다행히 내 위
령제 의식을 알고 있으니 소녀의 넋을 달래줘 보겠소.”

무암의 호언장담에 최희태가 안도의 한숨을 내쉰다.

“그리해 주면 나도 고맙겠습니다. 혹시 필요한 물품이 있
거나 하면 언제든지 말씀하십시오. 지금 당장에라도 모두 준
비하겠습니다.”

무암이 고개를 저었다.

“서두른다고 쌀이 밥이 되겠소이까? 본시 위령제는 귀신의
힘이 너무 강할 때는 위험할 수가 있으니 동틀 무렵이나 해질
무렵 하게 마련이오. 내 지금부터 조용한 곳에서 심신을 정화

해 도력을 축척할 터이니 그사이 최 사장은 위령제에 쓸 물품을 준비해 주시오. 혹시 이 집에 내가 기거할 청정한 장소가 있소?"

최희태가 곧바로 대답을 한다.

"그거라면 걱정 마십시오. 별채가 있으니 거기서 지내시면 될 것입니다."

무암이 고개를 끄덕거렸다.

"그렇다면 좋구려. 대신 사람들이 함부로 그곳에 얼씬거리지 못하게 해주시오. 내가 안에서 무얼 하는지 절대 훔쳐보아서도 안 되오."

"알겠습니다."

그 후로도 무암은 최희태에게 몇 마디 조언의 말을 해주었다. 집의 풍수지리가 잘못되어 잡귀를 끌어들이기가 쉽다느니 창을 어디로 뚫느니 하는 얘기가 대부분이었다.

잠자코 듣고 있던 한희가 무암에게 말을 건넸다.

"그런데 무암도사, 위령제는 동틀 무렵 지낼 생각이시오?"

라이벌(?)의 질문에 무암이 긴장을 했다.

"물론일세."

"인시(寅時:새벽 3시쯤)가 좋을 듯하오만."

"그때는 너무 음기가 성하네."

"요즘 동틀 시간이면 진시도 넘을 터인데 귀신들이 돌아다니겠소?"

진시라면 아침 7시였다. 무암은 한희의 지적에 눈살을 찌푸렸다.

"자네가 태어나기도 전부터 위령제를 지내왔네. 지금 공자 앞에서 문자 쓰려는 겐가?"

"그건 아니오만."

"보아하니 어디서 토정비결 몇 자 읽고 주역 몇 페이지 외운 모양인데, 알량한 재주를 자랑하고 싶다면 시장통에나 가보게나. 아까 보지 않았나? 여기에는 사람 목숨을 노리고 있는 진짜 귀신이 살고 있단 말일세. 자네 같은 아마추어들이 나설 곳이 아니야."

광호가 발끈해 나섰다.

"누가 아마추어라는 거야?"

워낙 눈빛이 눈빛인지라 무암이 살짝 쪼그라든다. 하지만 억지로 용기를 내어 그가 광호에게 외쳤다.

"이노옴! 내가 누군 줄은 아느냐?! 내 정체를 밝히지 않으려 했는데, 이 몸이 도방(道房)에 소속되어 있는 것을 알고도 그렇게 까불 테냐?!"

무암은 광호가 한희를 형이라 부르는 것을 보고는 한희와 마찬가지로 자신의 라이벌이라 생각했다.

이쪽 업계가 넓고 잡다하다면 잡다했지만, 그중에서도 사람들이 고개를 숙이고 들어가는 게 도방이다. 도방은 말 그대로 도를 추구하는 사람들의 집단이다. 도방 출신의 도인이다 하면 절대로 괄시하지 못하는 게 이 판의 암묵적 룰이었다.

하지만 광호는 깡패였고, 한희는 속세와 담을 쌓은 사람이었다. 시연은 도방을 알고 있었지만, 원심당에 비교하자면 새 발의 피인 세력이다.

세 사람이 모두 뜨뜻미지근한 반응을 보이니 무암이 오히려 무안해한다.

한희가 다시 입을 열었다.

"위령제를 지낼 때 견학해도 괜찮겠소?"

무암이 한희를 보며 엄하게 말했다.

"방해하지 않겠다고 약속하겠나?"

"물론이오."

"그럼 그러하게. 후학에게 본을 보이는 것이 선배의 도리 아닌가."

한희가 고맙다는 고갯짓을 하고 다시 물었다.

"위령제는 언제 지낼 생각이시오?"

무암이 그 질문에 잠시 생각을 한다. 원래는 며칠 정도 머물면서 인맥도 쌓고 지친 몸도 쉬고 할 예정이었는데 이 라이벌들이 영 껄끄러웠다. 빨리 위령제를 지내고 떠야겠다는 생각이 강하게 들었다.

"벌써 귀신이 날뛰기 시작했는데 시간이 어디에 있나? 지금 당장 하지 못하는 게 안타까울 뿐이지. 내일 아침에 지내도록 하세."

뒤이어 무암이 최희태에게 말했다.

"오늘 새벽닭이 울기 전에 모든 준비가 끝이 나야 하니 서둘러 주시오. 그리고 이 사람들에게도 방을 하나 내주든지 해주셨으면 하오. 선배로서 후배를 챙기지 않아서야 어디 도방의 체면이 서겠소?"

최희태가 고개를 끄덕였다.

"알았습니다."

최희태는 한희와 다른 두 사람에게도 별채 하나를 내주었다. 한희야 그렇다 쳐도 시연은 그 나이에 5급 공무원인데다가 무차면의 면장이기도 했다. 전에 그런 식으로 보낸 것이 최희태로서는 조금 아쉬운 차였다. 이번 기회에 관계를 만회할 생각이 있었기에 방도 밤참도 좋은 것으로 준비했다.

작은 방 하나에 거실이 있는 별채는 여느 펜션 같은 느낌이었다. 통나무로 지어서인지 은은한 나무 냄새가 방 안 가득했다.

"그럼 편히 쉬세요."

다과를 준비하기 위해 왔던 아줌마가 인사를 하며 떠나고,

한희와 광호, 시연은 거실의 소파에 앉아 별채 안을 살폈다.

"손님용이네요, 딱."

시연에 이어 광호가 비꼬는 투로 말했다.

"무슨 사택을 자기 집처럼 쓰는 건지. 이래 놓고 경비는 전부 회사 경비로 청구할 것 아냐. 이런 놈들 때문에 부자가 욕먹는 거라니까."

곁에서 듣고 있던 시연이 한마디 했다.

"깡패한테 그런 소리를 들을 정도는 아닐 텐데?"

"깡패, 깡패하지 마쇼. 우리 천조우엽은 다르니까."

"다르긴 무슨. 광호 도련님도 술장사, 여자 장사 하고 있잖아요?"

시연의 발언에 광호는 한희의 눈치를 봤다. 다행히 한희는 시연의 말을 듣는 둥 마는 둥 하고 있었다.

막 시연이 광호에게 한마디 더 쏘아주려는 찰나 한희가 두 사람 사이를 중재하고 나섰다.

"두 사람은 어떻게 만나기만 하면 그리 다투시오? 그만들 하고 일찍 쉬는 게 좋을 게요. 내일 아침에 크게 싸움이 벌어질 테니."

광호가 한희를 바라봤다.

"형, 우리끼리 있으니까 이제 좀 속 시원히 말해줘요. 이 집에 귀신이 있는 거죠?"

한희가 고개를 끄덕거렸다.

"아까 너도 보지 않았느냐?"

"그 지붕에 있던 애들 말이죠?"

"그렇다."

"여자애들 같던데……."

이번에는 한희가 머리를 가로저었다.

"그렇게 보이지만 애들은 아니야. 본디 귀신이니 영혼이니 하는 것들은 바람이 투영되게 마련이라 생김새만으로는 알 수 없어. 하지만 내가 받은 느낌으로 어린아이는 아닌 것 같았다."

이번에는 시연이 한희에게 물었다.

"아까 그 도사 괜찮을까요?"

"뭐가 말이오?"

"괜히 위령제라고 지내다가 사고 치는 것 아닌가 몰라요. 조금 전에도 부적들을 던지고 방울로 소란을 피워대다가 귀신의 성질을 건드린 것 아녜요?"

거실에서 있었던 폴터가이스트를 말하는 것이었다.

"조금 전 귀신이 소란을 피운 건 무암도사 때문이 아니었소."

"그럼요?"

한희는 잠시 뜸을 두었다가 입을 열었다.

“나 때문이오.”

그 대답은 시연과 광호 두 사람 모두에게 의외로 느껴졌다.

“형 때문이라고?”

“서방님 때문이라고요?”

한희가 고개를 끄덕였다.

“그때 그 거실 안에는 우리를 포함해 모두 열네 명이 있었지만, 그중 둘은 사람이 아니었소. 모습을 드러냈는데도 짐짓 모르는 체하니 내 눈을 끌어보겠다고 소란을 피운 게요.”

광호가 물었다.

“귀신을 잡으려고 온 것 아닌가요?”

그 물음에 한희는 그저 고개를 저을 뿐 아무런 대답도 하지 않았다. 답답하다는 듯 시연이 다시 한희의 의중을 캐물었다.

“어쩔 거예요? 귀신이 사람을 다치게 할지도 모른다면서요.”

한희는 두 사람의 질문에 뜸을 들이더니 천천히 답했다.

“흐르게 할 거요. 여기 엉켜 있는 음유한 기운이 제 물길을 만나 잘 흐를 수 있게.”

시연과 광호는 멍해졌다. 무슨 소리를 하는 건지 전혀 알아먹지 못하겠다.

광호는 조용히 탁자 위에 있는 리모컨을 집어 텔레비전을 켰다. 뭐가 어떻게 되건 형이 알아서 하겠지. 자기는 애초에 재미있는 구경을 하러 왔을 뿐이다. 귀신 사냥이라니, 흥미가 없을 리 없었다.

시연도 더 이상 한희를 귀찮게 하지 않았다. 몇 시간이 지나면 알 일이었으니까.

자연 사람들의 눈이 텔레비전으로 모였다. 마침 뉴스 시간인 모양이다. 뉴스에서 내년에 있을 지방선거에 대한 이야기가 한창 흘러나오고 있다.

광호가 한마디 툭 한다.

"뽑아놓으면 뭐해. 자기들 이익이나 챙겨먹기 바쁜데."

시연은 정치에는 관심없다며 심드렁한 반응이었다. 한희가 광호에게 말했다.

"내 검정고시를 볼 때 민주주의의 꽃은 선거라 들었다."

"이론상으로야 그럴지 모르겠지만 전부 다 썩었어요."

아무래도 광호는 직업이 직업이다 보니 정치가들의 더러운 이면을 많이 본 모양이다. 시연은 또 한 번 깡패가 할 소리는 아니라는 말을 하려다가 한희에게 한마디 들을까 싶어 참았다.

그때, 기억 속에서 그간 잊고 있던 일이 갑자기 생각났다.

"아참! 서방님!"

"왜 그러시오?"

"그때 그 사람 얘기 기억나요? 설운백인가 하던."

"운백 말이오? 내 오상촌에서 시연에게 이야기했지 않소,
어린 시절부터 함께 자란 친구 같은 조카라고."

"맞아요, 그 사람. 그 사람 이름을 어디서 봤는지 이제야
기억이 났어요."

마침 뉴스에서 흘러나오고 있는 것은 열세에 몰려 있는 진
보 계열 야당 연합에 대한 것이었다.

"한편, 야당 세력을 한데 모은 것은 불혹의 정치가 노한신
인데요, 노 총재가 과연 이번 지방선거에 어떤 영향을 미칠지
는 지켜봐야 할 것 같습니다. 40대 기수론을 반세기 만에 다
시 들고 나온 이 젊은 정치가가 깨끗한 이미지로 지난 보궐선
거에서 완승이라는 쾌거를 이뤘지만 일각에서는 그 효과가
계속 이어지기는 어려울 것이라는……."

시연이 화면에 손가락질을 한다.

"저 사람!"

한희가 텔레비전으로 눈을 돌렸다. 노한신이라 소개한 젊
은 정치가가 참모들에게 둘러싸여 지방의 시장을 시찰하는
그런 화면이었다.

"노한신이라는 사람 말이오?"

"아니, 옆을 잘 봐요. 저기 저 젊은 사람."

한희가 그녀의 말을 듣고 보니 과연 젊은 남자 한 명이 비서처럼 노한신의 뒤를 쫓고 있었다. 하지만 1초도 흐르지 않아 화면이 바뀌는 통에 제대로 보지 못했다.

"저 남자가 설운백이에요. 노한신은 내후년에 있을 대선에서 가장 대권에 가깝다는 평을 듣고 있는 사람이에요. 작년인가? 설운백이라는 젊은 참모를 영입한 후로 사분오열되어 있던 야권을 통합해 몇 번에 걸친 보궐선거에서 승승장구해 오고 있죠."

한희는 얼마 전 운백에게 받았던 편지를 떠올렸다. 어떤 사람을 만나 모시고 있다는 얘기를 들었다. 시연의 이야기와도 일맥상통하는 바가 있었다.

"나중에 사진을 보여줄게요."

"머리를 자르고 양복을 입고 있어서 그런지 잘 모르겠소. 아무튼 그게 운백이 맞는다면 내 한번 찾아가 봐야겠소. 오랫동안 만나지 못해 쌓인 그리움이 이만저만이 아니구려."

"원하신다면 자리를 마련해 볼게요. 선우 씨는 정계랑 관계가 깊거든요."

이러쿵저러쿵 이야기를 나누는 사이 밤이 깊어졌고, 시연은 먼저 방에 들어가 잠을 청했다. 한희와 광호도 거실에 있는 소파에 몸을 기대어 밤을 지새우기로 했다.

평소보다 늦은 잠자리였건만, 한희가 눈을 뜬 것은 평소와 같은 새벽 4시 반쯤이었다.

4

한희가 눈을 떠 처음으로 본 것은 두 소녀였다. 머리가 폭포수처럼 흘러내려 얼굴을 간질인다. 허공에 뜬 채로 그녀들은 한희를 가만히 바라만 보고 있었다.

주르륵 소녀들의 눈에서 눈물이 흐른다. 붉은색의 피눈물이 방울져 한희의 얼굴로 떨어졌다. 한희는 잠자코 그녀들을 바라보았다.

"보이시… 나요?"

소녀 중 한 명이 물었다.

"우리가……."

다른 한 명이 말했다. 한희는 그녀들의 말에 아무런 대답도 하지 않았다. 얼굴을 간질이는 머리칼에도, 얼굴로 떨어지는 핏방울에도 작은 반응조차 보이지 않았다.

"보이시나요?"

소녀가 다시 물었다. 다른 소녀가 한희에게 손을 뻗었다. 하지만 한희는 목석처럼 가만히 앞을 볼 뿐이었다. 그러기를 잠시, 한희가 기지개를 켜며 말한다.

"개운하구나."

그 팔이 소녀들의 손을 통과하고, 몸을 가르며 흡사 그녀들이 없는 듯 상체를 일으킨다. 영계와 현실계가 한데 뒤엉키고 서로를 스치며 작은 스파크를 일으켰지만 한희는 그 어느 것에도 신경을 쓰지 않았다.

소녀들의 표정에 실망이 스친다. 몸을 돌려 어둠 속으로 사라졌다. 길게 늘어진 발꿈치의 하얀 실이 완전히 사라질 때쯤이야 한희가 흘끗 그쪽을 돌아보았다.

"서로 섞여서는 안 될 것들이건만……."

바로 그때, 한희 등이 머물던 별채에서 그리 떨어지지 않은 또 한 채의 별채에서 비명 소리가 터져 나왔다. 그 소리가 얼마나 섬뜩하고 또 선연했는지 제법 떨어진 저택 본채에까지 불이 켜졌다.

같은 거실에서 자던 광호가 몸을 일으키고, 시연도 눈을 비비며 가운 차림으로 방에서 나왔다.

"뭐야?"

광호가 창가로 다가갔다. 시연은 한희 곁에 가까이 섰다.

"무슨 일이에요?"

시연에게 한희가 웃으며 말했다.

"별것 아니오. 별채의 도사께서 귀신이라도 본 모양이구려."

사람들이 무암도사가 묵는 별채로 몰려들었다. 한희 일행은 창밖으로 그곳의 모습을 지켜보고 있었다. 무암도사는 식은땀을 줄줄 흘리면서도 애써 태연한 척 손을 휘휘 저었다. 잘 들리지는 않았지만 태도로 봐서는 아무 일 아니니 신경 쓰지 말라는 투 같았다.

"저 사람이 정말 귀신을 물리칠 수 있을까요? 내가 보기는 사기꾼에 가까운 것 같은데. 도방 출신이라는 말도 믿어지지 않고."

시연이 묻는 말에 한희가 신중하게 답한다.

"무턱대고 남을 의심할 필요는 없지 않소. 우선 하는 양을 지켜봅시다. 하나 어제 준비해 오라던 물건을 봐서는 아주 근본이 없지는 않은 것 같소."

"복숭아 나뭇가지가 귀신을 쫓는다는 얘기는 들었어요."

"복숭아 나뭇가지나 수은, 납, 숯 섞인 황토, 정안수, 양초 이 모두가 정화의 힘을 가지고 있으면서 동시에 오행상극의 상징적인 물품이라오."

"오행이요?"

시연에 이어 광호가 말했다.

"그 오행 말이에요? 월화수목금인가? 예전에 지하철 광고에서 많이 봤는데. 대부분 약 파는 데긴 했지만."

"금수화목토(金水火木土)를 말하는 거라면 맞다."

"그러니까 그거요."

시연이 다시 입을 열었다.

"복숭아나무는 그럼 목(木)이겠네요?"

"그렇소. 납은 금(金), 황토는 말 그대로 토(土), 그리고 정안수와 양초가 각기 수(水)와 화(火)를 상징하고 있소."

광호가 별채 쪽을 보며 말했다. 어느새 구경꾼들도 자신의 방으로 거의 다 돌아간 후였다.

"그거 그냥 약 팔기 위해 만든 사기 같은 거 아녜요? 정력제에서부터 별의별 약이 다 오행설을 따라 만들었다 그러던데. 무슨 옥구슬 같은 것에도 오행설이니 붙어 있고."

시연이 한희를 대신해 설명했다.

"오행은 고대 동양의 인식론 같은 거예요. 상생과 상극을 통해 큰 순환원을 만든다는 만물유전(萬物流轉)의 정신이 깃들어 있기도 하고. 그걸 이용해 장사해 먹는 사람이 많은 것도 사실이지만."

광호가 어깨를 으쓱한다. 장풍도 쏠 수 있게 된 주제에 오행은 못 믿겠다는 표정이다. 그런 광호가 다시 한희에게 물었다.

"그런데 수은은 왜 거기에 껴 있는 거죠?"

"수은은 금생수(金生水)라는 변화의 핵심을 담고 있는 물질이지. 각각의 사물이 물(物)을 대표한다면 수은은 변(變), 즉 변화를 뜻한다. 변화는 곧 기운이니 기(氣)를 상징하기도 해서 예전부터 내가 공부를 할 때 수은을 이용하기도 했지. 물론 그것이 속세에 잘못 전해지며 수은의 독에 죽은 사람도 부지기수였지만.”

시연이 아는 체를 한다.

“진시황도 불로장생을 꿈꾸면서 수은으로 만든 단약(丹藥)을 너무 먹어서 수은 중독으로 죽었다는 얘기가 있죠.”

“나도 그런 이야기를 들은 적이 있소.”

이야기를 듣던 시연이 자기도 모르게 하품을 했다. 그녀에게 한희가 다정한 목소리로 말했다.

“아직 이른 시간인데 좀 더 자는 게 좋지 않겠소?”

시연의 얼굴이 붉어졌다.

“네, 알았어요.”

왜 갑자기 귀뿌리까지 발개졌는지 시연 스스로 생각해도 이해하기 어려운 일이었다. 다만 이렇게 함께 지낸다면, 새벽에 잠에서 깬 자신에게 한희는 늘 다정한 말을 해줄 것이다. 좀 더 자라며.

무언가 따듯한 게 심장 언저리에서 샘솟는 듯 느껴졌다.

그 감정이 얼마나 따듯했는지 시연은 일순 자신이 선우 씨라는 것을 잊었을 정도다. 떨리는 마음을 진정시켰다. 가문의 숙원이 그 무엇보다 우선이다.

한희와 이런 관계가 된 것도 어디까지나 그를 이용하기 위

해서다. 순수한 애정이나 사랑 따위와는 상관없는, 필요에 의
한.

시연은 그런 차가운 생각을 꺼내면서도 양심의 가책 같은
것은 전혀 느끼고 있지 않았다. 한희도 그러할 테니까. 한희
가 자신과 결혼하겠다고 말하는 것은 어디까지나 책임 때문
이다. 그 역시 자신을 깊이 사모하기 때문에 결혼을 정한 것
이 아니다.

마음속에 이런 것들을 떠올리자 시연은 조금은 멀미가 나
는 듯했다. 잠에 취해서 그러는 척 몸을 비틀거리며 자신이
잠들었던 침대로 돌아갔다.

그녀를 뒤에서 지켜보던 한희가 안타깝다는 듯 부축하려
다 손을 멈췄다. 아직 부부 행세를 해서는 안 된다는 할아버
지의 지엄한 명령이 떠올랐기 때문이다.

외간남자가 어찌 아녀자의 몸을 건드릴 수 있을까?

한편, 한 걸음 떨어진 곳에서 그 모습을 보던 광호는 그저
저 둘의 관계가 묘하게 느껴질 뿐이었다.

"이건 사귀는 것도 아니고 안 사귀는 것도 아니야."

철 지난 유행어 투로 중얼거리고는 소파에 몸을 눕혔다.

Chapter 17
장화홍련전 III

1

  드디어 위령제의 아침이 밝아왔다. 아직 동은 트지 않아 어스름이 산비탈에 가득 내려앉아 있다. 온통 세상은 잿빛에 가을로 넘어가니 제법 쌀쌀하기까지 했다.

  서양식으로 멋들어지게 지어진 별장 한가운데에 굿판이 벌어지려 한다. 무암도사는 정원사들의 도움을 받아 몇 가지 물품을 배치하기 시작했다.

  마당에 크게 원을 그리고 방위를 적는다. 팔괘를 따른 방위도로 북의 감방(坎方)과 남의 이방(離方)을 기준 삼아 각각 건, 태, 진, 손, 간, 곤방의 괘효를 그렸다.

태극반으로 방위를 확인하며 진을 모두 그린 무암도사는 각 방위에 준비한 물건을 배치하기 시작했다. 중앙에는 숯과 흙을 한 무더기 쌓고, 동방에는 잎이 싱싱하게 살아 있는 복숭아나무 가지를 내려놓는다.

조금 떨어진 곳에서 구경을 하던 사람들이 뭐라 수군수군 귓속말을 나눴다. 이 집의 주인 격인 최희태는 미신 같은 굿판에 끼어든 게 영 마뜩찮다는 듯 눈살을 찌푸렸지만, 내내 입을 다물고 지켜보았다.

반면 최희태의 아내는 아예 이 자리에 불참했다. 아마도 방에서 자신이 믿는 신에게 기도를 올리고 있을 터였다.

한희와 광호, 시연이 있는 곳은 진에서 몇 걸음 떨어지지 않은 곳이었다. 새벽바람이 차가워서인지 시연이 자신의 팔을 안고 몸을 살짝 떨었다. 한희가 조용히 자신의 두루마기를 벗어 시연의 어깨를 덮어준다. 시연은 고맙다며 고개를 살짝 숙이고 미소를 지었다.

그때, 무암도사가 한희 쪽을 보며 화를 냈다.

"갈(喝)! 조용히 있기로 하지 않았나?"

남녀가 시시덕(?)대는 꼴을 보지 못하는 부류의 사람인 모양이다. 뭐, 도사니까 당연히 솔로일 테고.

괜한 트집에도 한희는 정중히 고개를 숙였다. 그제야 무암은 진을 계속 만들어 나갔다.

금을 상징하는 납덩이가 서쪽에 놓이고, 그것으로 안심이 안 되었는지 가지고 다니던 가위까지 쌓았다. 무암은 마지막으로 남동의 손방(巽方)에 수은을 내려놓고 다시 중앙으로 돌아왔다.

"태청, 태을, 노왕, 노군, 도왕, 도군, 무숙, 을병, 을축… 중얼중얼……."

무암은 손으로 수인을 만들어 가슴 앞에 놓고는 뭐라 주문을 외우기 시작했다. 그가 들고 있는 것은 을척(乙尺)이라 부르는 나무판이었다. 그가 지니고 있던 서류 가방 안에 있었던 모양이다.

꼿꼿이 버티고 서서 주문을 외우는 모습을 보자 제법 그림이 나오는 것 같기도 했다. 사기꾼이라 매도했던 시연과 광호조차도 서 푼은 진짜가 아닐까 하는 생각을 품었다. 광호가 조그만 목소리로 한희에게 말했다.

"형, 저거 사기 아니야?"

"사기라고 할 것까지는 없을 듯하구나. 나는 오히려 그에게 배울 점이 있다는 생각이 든다."

"형이 배운다고요?"

한희가 미소를 지었다.

"이 형을 높게 쳐주는 것은 고맙지만, 나도 일개 학생에 불과하단다. 이 집에 머무르고 있는 음한 기운을 어떻게 정화할지 밤새 고민해 보았는데 간단한 방법이 여기에 있구나.”

광호가 고개를 기우뚱한다.

“굿판 벌이자고?”

“아니, 진 말이다. 지금 무암도인이 하고 있는 것은 오행팔괘진의 가장 기본적인 모습이다. 기본이라고는 하나 제대로 익혀 사용한다면 그 힘이 무궁무진하지. 이곳에 어떤 이유로 음유한 기운이 모였으나, 진법을 이용해 그 힘을 밖으로 흩어지게 한다면 천지간 음양의 기운이 제대로 섞여 귀신이 발붙일 틈이 없을 게다.”

무암이 무서운 눈으로 한희와 광호를 노려보았다. 조잘조잘 말소리가 꽤나 귀에 거슬렸던 모양이다. 그 탓에 마음이 흐트러지고 주문이 엉켰다. 하지만 그는 역시 프로였다. 틀려도 틀리지 않은 척, 당황해도 그러지 않은 척 주문을 이어간다.

한희는 그사이 광호의 귀에 뭐라 몇 마디 말을 속삭였다. 광호가 눈을 반짝이며 고개를 끄덕끄덕한다. 마침 무암의 주문 영창이 지루하던 터라 광호는 한희의 사역을 받아 정원 구석구석을 헤매기 시작했다.

무암도사의 위령제가 절정을 향해 치달았다. 물을 뿌려대고, 방울을 요란스레 흔든다. 보는 사람의 눈이 다 어지러울 지경이었다.

"구천을 떠도는 망자시여, 부디 노여움을 풀고 명계로 돌아가소서!"

무암이 이렇게 외치며 동쪽에 놓여 있던 복숭아 나뭇가지 하나를 요란하게 흔들었다. 그 순간, 중앙에 쌓여 있던 숯과 흙이 섞여 있던 한 무더기의 귀퉁이가 우르르 무너져 내렸다. 어느 누구도 손대지 않았는데 흙무덤이 흘러내린 것이다. 구경꾼 중 일부가 손을 둥글게 비비며 천지신명이시여 하고 입 속으로 웅얼웅얼 기도를 올렸다.

그사이에도 광호는 한희의 말에 따라 저택 안을 누비고 있었다. 한희의 이야기는 간단했다. 저기 어느 방향 어느 나무 옆에 있는 돌을 옆으로 몇 센티미터 옮기라느니, 그 나무의 가지 중 어느 쪽으로 자란 것을 부러뜨리라느니 혹은 어느 돌을 치우라느니…….

도사의 위령제만큼 화려하지는 않았지만, 광호는 한희가 지시 내린 것이야말로 귀신을 물리칠 수 있는 진법이라 믿어 의심치 않았다.

시연도 광호의 행동을 눈여겨보다 한희에게 물었다.

"정말 저런 것만으로도 귀신을 물리칠 수 있는 거예요?"

"물리친다거나 하는 것이 아니오. 단지 이곳에 고여 있는 음유한 기운을 조금 흩어버릴 뿐이오."

"귀신이 없어지지는 않는다는 건가요?"

시연의 물음에 한희가 고개를 끄덕였다. 도사의 요란한 방울소리에 묻혀 두 사람의 대화는 거의 들리지도 않았다. 시연이 다시 물었다.

"그럼 귀신은 어떻게 해요?"

"어떻게라는 게 무슨 뜻이오?"

"그냥 여기 계속 살 것 아니에요."

"그야 이곳이 그들의 음택이니 당연한 것 아니오?"

"사람을 해칠까 봐 걱정된다면서요."

"음양의 기운이 깨어지지 않는 한 사람과 귀신은 서로 만질 수도 없소. 그러니 걱정하지 마시오."

시연은 석연찮은 기분이었다. 전날 귀신을 직접 눈으로 보아서일까? 좀 더 확실한 퇴마 의식 이런 것을 기대했는데, 겨우 돌 몇 개 자리 옮기고 나뭇가지 몇 줄기 꺾는 것으로 끝이라니.

물론 저 앞에 있는 도사처럼 오버 액션을 해가면서 방울을 흔들어대는 퇴마를 바란 것도 아니었지만.

시연은 주위를 둘러보았다. 이렇게 요란하게 굴고 있으니 어제의 그 소녀 귀신들이 근처에 있지나 않을까 싶어서였다.

그런 시연의 마음을 전혀 눈치채지 못한 한희가 광호에게 손짓을 보냈다. 이제 끝을 내라는 뜻이었다.

광호는 한희가 이야기한 대로 현문을 열어 영신을 깨웠다. 그 순간 주위의 풍경이 뒤바뀐다. 영안으로 본 세계는 육안으로 본 세계에 비해 훨씬 다채로우면서도 착 가라앉는 느낌이 있었다. 도도하면서도 장중하게 기가 흐르는 모습이 보인다.

한희가 일컫기를, 기가 남쪽 대문 쪽으로 소용돌이 치고 있을 테니 그것을 방해하도록 돌을 옮기라 했다. 조금 위험한 작업이지만 너라면 능히 해낼 수 있다는 말에 광호는 어깨에 힘을 잔뜩 주었다.

영안을 뜨고 나니 주위에 떠돌고 있는 잡귀니 부유령(浮遊靈)들이 잔뜩 보였다. 광호는 한희가 조언해 준 것을 떠올렸다, 절대로 그것들과 눈을 마주치거나 그것들이 하는 말에 귀 기울이지 말라던.

몸을 뚫고 지나든 눈앞에 갑자기 나타나든 광호는 묵묵히 정원석 하나를 힘주어 밀었다. 바위가 조금씩 움직일 때마다 대문 밖으로 흐르던 기가 요동을 친다.

10센티가량 밖으로 미니 회오리치듯 휘몰던 기가 조금 잠잠해졌다. 얼마간 유속이 줄어드니 더 이상 와류(渦流)를 일으키지 않는다. 광호가 이마에 흐르는 땀을 닦으며 주위를 돌아보았다. 겨우 그것뿐인데 잡귀의 숫자가 반 이하로 줄어들었다.

광호는 영안을 감았다. 더 이상 귀신들을 모르는 척하기가 힘들었다. 저 멀리 도사의 위령제를 보자니 정말 광대놀음처럼만 느껴진다. 진짜 이 집의 귀신을 몰아낸 것은 형인데 말이다.

멀리 동이 터온다.

위령제가 끝나간다. 모두가 그 제사에 눈을 쏟는 사이 광호의 작업도 모두 끝이 났다.

귀신이 머무는 곳은 기가 고이는 곳이다. 기도 물과 같아서 흘러야 썩지 않는다. 본디 가볍고 맑은 기운은 위로 올라 하늘이 되고, 무겁고 탁한 기운이 아래로 내려 땅이 됐다고 했다. 그래서 낮은 곳에 쉬이 고이는 기는 땅의 성질을 닮았다. 습하고 무거우며 차갑다.

흔히 귀신 이야기가 나올 때 오싹하다는 표현을 많이 쓴다. 그런 감각이 많이 느껴지는 장소는 대개 기가 정체되어 탁한 곳이다. 음습하여 사람의 몸에도 좋지 않다.

집안에 환기를 자주 해주라는 이야기도 아래로 가라앉아 뭉친 기를 풀어줘야 집안의 기운이 탁해지지 않기 때문이다.

기가 모여 가라앉아 썩기 시작하면 그 냄새를 맡고 잡귀들이 모인다. 그 기운에 영향을 받아 사람의 몸에도 음한 기운이 강해지면 귀신들이 사람을 건드릴 수 있다. 사람의 눈에 귀신이 보이고, 가끔 꿈에 나타나 가위눌림을 경험하기도 한다.

탁한 기가 많은 곳과 청명한 기가 많은 곳의 차이는 보통 사람들도 느낄 수 있다. 어느 곳에 갔을 때 괜히 몸이 으슬으슬하고 기분이 나빠진다면 그곳은 분명 기운이 탁한 장소이다.

지금 위령제를 구경하던 집안의 사람들도 비록 선법과는 거리가 먼 일반 사람들이었지만, 갑자기 집안의 공기가 맑아졌다는 것에 눈치를 챘다. 별 이유 없이 아팠던 어깨가 개운해지고, 둔하게 머리를 짓누르던 두통도 가셨다. 그것이 모든 사람의 몸에서 동시에 일어나니 눈치를 채지 않으려야 않을 수가 없다.

"어, 이상하네. 아까까지 팔목이 시큰거리더니……."

"강릉댁도 그래? 나도 여기서 일할 때 내내 아팠던 무릎이 갑자기 시원해지는 기분이야."

어떤 사람은 오랜 지병이 호전되고, 또 일부는 울적했던 기분이 가라앉기도 했다.

이 저택의 주인인 최희태 역시 한희가 한번 고쳐줬던 오십견이 한결 더 좋아진 것을 느꼈다.

사실 음습한 기가 사라졌다고 병이 다 나을 리는 없었다. 미묘하게 호전된 정도다. 하지만 동시다발적으로 모두에게 그런 현상이 일어나다 보니 플라시보 효과가 더해져 한결 강하게 느끼고 있는 중이었다.

놀라며 사람들이 웅성거리는 것을 무암도사가 눈치 못 챌 리 없었다.

"귀신이 이제 물러갔으니 이 집안에 더 이상 우환은 없을 것이오!"

불혹을 넘어선 아줌마 하나가 앞으로 나서 합장을 했다.

"도사님, 도사님 덕분에 신경통이 다 나았습니다. 나무관세음보살!"

왜 도사한테 관세음보살을 찾는지는 둘째치고, 그녀를 대표로 몇몇 토속신앙에 익숙한 나이 든 사람들이 앞다투어 도사에게 합장을 하며 고개를 숙였다.

한편 무암도사 그 자신조차 자기 암시에 걸린 사람 중 한 명이었다. 이상하게 이번 위령제는 평소보다 느낌이 좋았다. 실력이 한 꺼풀 벗은 듯한 느낌이다. 자기가 생각하기에도 이 집에 감돌던 음한 기운이 크게 줄어들었다.

최근 태백산 자락에서 찬물 맞으며 백일기도를 올렸더니 도력이 제법 늘어난 모양이다. 그 어느 폭포라고 했던가. 신라시대부터 이름난 도사를 배출한 명당이라더니 한 번 더 수련하러 가야겠다.

이런 생각을 하며 무암은 사람들의 기도에 겸양을 떨었다.

이쯤 되니 최희태도 인정할 수밖에 없었다, 무암이 진짜배기라는 것을. 그가 무암도사에게 다가가 손을 맞잡고는 고개를 숙였다.

"고맙습니다. 도사님 덕분에 걱정거리 하나가 사라졌습니다."

"이게 다 처사님께서 전생에 쌓은 덕이 많아 그런 것 아니겠습니까?"

허허 웃으며 무암이 이렇게 답한다.

그렇게 호들갑을 떠는 모습을 보며 한희는 빙그레 미소를 지었다. 끝이 좋으면 다 좋다고, 괜히 점복(占卜)이니 퇴마니 이런 잡스러운 일로 남의 주목받지 않으며 이 집에 닥친 우환을 거둬줬다.

아직도 주위에 떠도는 소녀들의 영이 흐릿하게나마 보였다. 미명에 사위가 밝아오는데도 귀신들은 사라지지 않는다. 음한 기운이 옅어지며 힘이 많이 약해졌을 텐데도 말이다.

그런데 그 두 소녀 귀신이 무언가를 뚫어져라 보고 있다. 처음 한희 자신을 보는가 싶어서 짐짓 무시했는데, 그 시선 끝에 닿은 것은 자신이 아니다.

곁에 있던 시연이 갑자기 이런 소리를 한다.

"응, 보여."

한희가 깜짝 놀라 그녀를 보았다. 넋이 나간 멍한 눈으로 고개를 끄덕이고 있었다.

"물럿거라!"

한희가 버럭 일갈했다. 두 소녀 귀신이 까르르 웃으며 태양을 피해 담장의 그림자로 모습을 감췄다. 시연의 눈동자에도 초점이 돌아왔다.

"어? 내가……."

그런 그녀를 보며 한희가 짤막하니 한숨을 내쉬었다.

"어째서 내 말대로 하지 않았소?"

시연은 조금 전 퇴마 의식이 거의 끝나갈 때 소녀 귀신들이 여기에 있나 싶어 주위를 두리번거렸다. 그러다 그녀의 시야에 희끗하게나마 귀신의 모습이 보이기 시작했다.

보지 말라던 한희의 말도 잊은 채 시연은 그 희끗한 것에 완전히 눈을 빼앗겼다. 보면 볼수록 형체가 또렷해지고, 나중에는 이목구비까지 확실하게 구분이 갈 정도가 되었다.

소녀 귀신 중 하나와 눈이 마주친 게 바로 그때였다.

'내가 보이니?' 라는 귀신의 물음에 시연은 자신도 모르게 '응, 보여' 라고 답한 것이다.

일을 마치고 돌아오던 광호가 한희의 외침을 듣고는 걸음을 서둘렀다.

"무슨 일이에요?"

광호가 묻자 한희는 고개를 저으며 답했다.

"시연이 귀신과 눈이 마주치고 말았구나."

자신을 탓하는 듯한 그의 말투에 시연이 뾰로통해 말했다.

"무슨 큰일이 있겠어요?"

"그럼 다행이겠지만……."

한희는 아무래도 오늘 밤에도 잠자기는 틀렸다는 생각을 문득 했다.

2

위령제가 모두 끝이 난 후, 한희를 비롯한 세 사람은 살고 있는 원룸인 무차 팰리스로 돌아왔다.

무암이 얼마를 받았는지는 차치하고, 최희태는 한희를 비롯한 세 사람에게도 사례비를 주려 했다. 물론 세 사람 모두 돈을 받을 생각은 없었기에 적당히 인사말을 하고 그 집을 떠났다.

한희 등이 떠날 때 무암은 명함 한 장을 한희에게 주었다. 혹시 도술을 배울 생각이 있으면 찾아오라며. 한희는 그저 담담히 웃으며 그 명함을 소매에 받아 넣었다.

집에 돌아와 샤워를 하고 옷을 갈아입은 후 한희는 곧바로 무차면사무소로 향했다. 밤새 뭘 했건 어김없이 찾아오는 출근 시간이 매정하게 느껴졌다.

한희가 사무실에 도착한 것은 평소와 다름없는 8시 15분가량. 대걸레로 청소를 한바탕 하고 나니 하나둘씩 출근을 시작한다. 손걸레로 화분과 책상까지 모두 닦고 나니 면장과 그 비서(택군)를 제외한 모두가 출근을 마쳤다.

"하여간 우리 한희는 부지런하다니까. 누구랑 다르게."

선배 운진이 한희에게 칭찬 한마디를 건넸다. 영식이 어깨를 움찔하더니 지지 않고 한마디 한다.

"저도 1년차 때는 일찍 와서 청소하고 했습니다."

"하기 싫어 깨작깨작댔지. 나는 사무실에서 서부영화 찍는 줄 알았어. 먼지 덩어리가 데굴데굴 굴러다녀서."

지난일 증명할 수도 없는 법이라 영식은 억울하지만 더 이상 말을 꺼내지 않았다.

낚시 신문을 읽던 김필석이 시계를 흘끗 보며 한마디 한다.

"오늘은 면장님이 늦네?"

중역 출근이라 9시가 다 되어 오기는 했지만, 지금까지 늦은 적은 없던 시연이다. 한희가 시계를 보니 막 9시를 넘기고 있었다.

"슬렁슬렁 하는 사람이 좋죠, 뭐. 무차면 같은 데서 열심히 해봤자… 일 다 끝냈다고 퇴근할 수 있는 것도 아니고."

운진이 깍지를 끼며 말했다. 오늘따라 민원인도 없었기에 면사무소 안 분위기는 느긋하기가 짝이 없었다.

필석이 운진의 말에 동감을 표했다.

"그건 그래. 난 또 젊은 사람이 면장으로 온다고 해서 무슨 대단한 야심가인가 했더니 그냥 좌천된 건가 봐. 그런데 왜 여기까지 온 걸까?"

운진이 한희에게 꺼냈던 이론을 다시 끄집어낸다.

"분명 불륜일 걸요? 고위 관료랑!"

"가져다 붙이기는."

필석이 웃었다. 한편, 한희가 발끈해 한마디 하려는 순간 영식이 선수를 쳤다.

"그럴 리 없어요! 면장님이 얼마나 순수하신 분인데."

필석이 낚시 신문에서 눈을 떼고, 운진이 팔짱 꼈던 손을 풀었다. 두 사람이 본 것은 영식.

"너, 반했냐?"

운진이 툭 던진 말에 영식의 얼굴이 벌게졌다.

"푸하하! 미친. 너 제정신이 아니구나. 5급이야, 5급. 그것도 4급 대우. 너보다 한 살 어린데도 까마득한 상관이라고."

영식이 입술을 삐쭉거린다.

"누가 아니래요?"

"꿈 깨라. 면장님이 너랑 얽히는 일은 절대 없을 테니까."

운진의 말에 영식은 기어들어 가는 목소리로 이렇게 대꾸했다.

"혹시 모르죠."

"절대 없어. 지구가 반쪽 나 이 세계가 멸망하고, 태평양 무인도에 너랑 그 사람 둘이 떨어져 있어도 안 돼. 네버! 절대로 불가능!"

"선배가 어떻게 아냐고요?!"

영식의 항변에 운진이 간단하게 상황을 정리했다.

"너 스물여덟 먹을 때까지 연애 못해봤잖아."

영식의 얼굴에 어둔 구름이 드리운다. 운진의 말에는 저항할 수 없는 무게가 느껴졌다.

"자자, 그만들 싸우고. 괜히 뒷담화하다가 면장님 출근하시면 둘 다 직장생활 괴로워질 거다."

평소 일이라고는 결단코 하지 않는 필석이었지만, 선배 노릇은 꽤 하는 편이었다. 그의 말에 운진도 장난질을 멈췄다.

하지만 면장 선우시연이 출근한 것은 그로부터도 한 시간이 꼬박 흐른 후였다. 비서 돌택군이 서류철을 곁에 끼고 그림자처럼 그녀의 뒤를 쫓았다.

"모두들 좋은 아침."

그녀답지 않게 하품까지 하고 있는 게 꽤나 피곤한 모양이다. 운진이 시연에게 말을 건넸다.

"오늘은 늦으셨네요?"

"늦잠을 좀 잤어요. 내가 없는 사이 별일은 없었죠?"

"늘 그렇죠."

운진의 대답에 시연이 빙긋 미소를 지었다.

"여긴 그런 점이 참 좋아요."

그녀의 미소에 영식이 입을 헤벌렸다.

반면, 한희는 그녀가 출근을 한 그 순간부터 눈살을 찌푸리고 있었다. 언젠가 최희태가 어깨에 잡귀를 달고 나타났듯 이번에는 시연이 머리 위에 잠귀신을 달고 있었다. 아마도 그것 때문에 늦잠을 잔 것일 테다.

잠귀신은 그리 해로운 잡귀는 아니었다. 그냥 책을 읽으면 잠이 오고, 밥을 먹고 30분이 지나면 몸이 나른해질 뿐이다. 졸린 빈도가 잦아지고 아침에 잘못 일어나는 정도의, 현대인이라면 누구나 몸에 가지고 있는 증상과 비슷했다.

그래도 시연의 몸에 잡귀가 붙어 있는 게 썩 기분 좋은 일은 아니었기에 한희는 바로 탕비실로 향했다.

기를 쏘아 귀신을 죽이는 것도 어려울 건 없지만, 지금으로서는 조만간 다른 잡귀가 붙을 가능성이 높았다. 한희는 물을 끓여 대추를 띄웠다. 대추나 팥 같은 붉은 음식은 예전부터 귀신을 쫓는다고 전해져 온다.

갑자기 한희가 탕비실로 가 대추차를 끓여오니 면사무소 내의 직원들도 의외라는 표정을 했다. 시연은 '땡큐' 한마디로 대수롭지 않게 한희의 차 대접을 받았지만, 운진은 의미심장한 낯빛을 띠었다.

그가 영식에게 나지막이 말했다.

"저거 한희가 너한테 선전포고하는 거야."

영식이 흠칫 놀랐다.

"니가 면장님 좋아한단 얘기 듣자마자 저렇게 차를 대접하잖아."

운진은 사실 한희가 면장을 좋아하는지 아닌지 아는 바가 없었다. 하지만 영식을 놀릴 수 있는 소재임은 틀림없다.

영식이 한희를 쏘아봤다. 운진은 단순한 놈, 하고 속으로 영식을 놀리며 다시 자기 자리로 돌아갔다. 한희만 따끔거리는 머리 옆 꼭지를 긁적이며 다시 업무에 집중했다.

면사무소의 업무 종료 시간은 6시였다. 하지만 워낙 동네 분위기가 그렇다 보니, 6시 딱 맞춰 민원인이 찾아오거나 할 경우 잔업은 당연한 일이었다. 매몰차게 돌려보냈다가는 구설수를 감당하기 어렵다.

하지만 그런 룰에서 벗어난 인물이 있었으니, 바로 면장인 시연이었다. 그녀는 6시 퇴근을 지키기는커녕 5시 반쯤 되면 미련없이 자리를 털고 일어났다.

퇴근 후 곧바로 그녀가 향하는 곳은 무차면에 있는 하나로 마트였다. 저녁 찬거리를 사기 위해서다. 물론 시장을 보는 것은 시연이 아니라 그녀의 개인 비서 택군이었지만.

"돌탱아, 오늘 저녁은 뭐지?"

한 걸음 뒤에서 팔짱 낀 채로 그녀가 시장을 보고 있는 돌택군에게 물었다.

"돌택군입니다. 오늘은 가리비 소테와 곁들인 새우 요리 정도로 해볼까 생각 중입니다."

"그거 양식이지?"

"그렇습니다."

시연이 입술을 삐쭉였다.

"한식으로 해봐. 서방님은 한식을 더 좋아하는 것 같아."

"제가 잘 못 만듭니다."

"왜 못하는 거야?"

"전 비서지 요리사가 아니니까요. 애초에 한식을 싫어하는 건 제가 아니라 아가씨 아닌가요? 아가씨를 모신 15년 동안 한식은 잘 찾지 않으셨잖아요."

"그야 다른 데서 많이 먹으니까. 잔말 말고 연습해 놔."

택군이 짤막히 한숨을 쉬었다. 왜 이런 대우를 받으면서도 시연의 종으로 살아가고 있는 건지.

그때, 야채 코너를 정리하던 한 아주머니가 택군에게 말을 걸었다.

"어머, 돌씨 총각! 버섯 좀 가져가. 느타리 새로 들어왔는

데 내가 봐도 실해. 된장찌개 끓여도 좋고 그냥 간장 넣고 달
달 볶아도 맛있어."

돌씨 총각(?)이 웃으며 그녀가 주는 느타리 한 묶음을 받았
다.

동네가 워낙 작다 보니 소문이 빠르다. 시연과 택군의 관계
에 대해서도 몇 바퀴나 소문이 돌았다. 처음에는 동거로 소문
이 났다. 하지만 둘 사이의 알콩달콩 지수가 너무 부족하다는
점 때문에 아줌마들의 정밀 조사가 시작되었다. 그 후 정확한
소식통(?)에 의한 수정에 의해 현재는 부잣집 여식과 그 보디
가드로 결정되어져 있었다.

그러다 보니 돌택군의 인기가 제법 상종가를 치고 있었다.
몸매 좋겠다, 안경을 껴 이지적이면서도 선이 가늘어 나이브
한 매력이 있는데다, 보디가드라는 직업이 주는 터프함이 더
해지니 외형 면에서는 거의 완벽함을 자랑했다.

그뿐 아니라 성깔있는 주인아가씨를 위해 매일같이 장을
보는 섬세함까지 더해지니 뭇 아줌마들의 애간장을 녹이기에
부족함이 없었다.

느타리버섯 담긴 검은 봉지를 주며 은근슬쩍 손 한 번 쥐어
보고 아줌마가 웃으며 덤을 챙겨준다. 택군은 엷은 미소로 고
개 숙여 감사 인사를 했다.

그 꼴이 눈꼴시어 시연이 한 걸음 앞서 걸어갔다.

“빨리 따라와, 돌탱아.”

“예, 아가씨.”

장보기를 마쳤으니 요리를 할 때.

가스레인지를 켜고 냄비를 올리는 등 시연의 방 부엌은 고소한 냄새를 풍기기 시작했다.

앞치마에 머릿수건을 한 새댁이 있을 법한 귀여운 주방이었지만, 시연은 소파에 앉아 티브이 리모컨을 만지작거리고 있었다.

“맛있게 해야 해. 서방님 먹을 거니까.”

그녀를 대신해 앞치마를 두른 택군이 한마디 투덜거렸다.

“아가씨가 좀 해보지 그러세요?”

시연은 단번에 그의 권유를 잘라냈다.

“무리무리.”

택군도 더는 청하지 않았다. 텔레비전을 보던 시연이 갑자기 딴소리를 꺼낸다.

“돌탱, 이제부터는 다른 데 가서 자는 게 좋을 것 같아.”

“그게 무슨 말씀이세요?”

“갑자기 생각난 건데, 서방님이 기분 나빠하지 않을까 싶어. 아무리 내 개인 비서라지만 남자인데 한 지붕 아래서 지내는 게 좀 그렇지 않아? 물론 너도 따로 방이 있어서 같이 자는 건 아니지만 그래도 남들이 보기에는 동거 중인 것처럼 보일 것 아냐."

택군이 시연의 말을 듣다 말고 고개를 갸웃거렸다.

"제 방이 있다고요?"

"응."

"저기 말이에요?"

그가 손짓한 곳은 원룸의 발코니였다. 통 유리창 너머에 1인용 텐트가 애처롭게 펼쳐져 있다.

"응."

"제가 주말 버라이어티 예능 프로그램 출연자도 아니고, 잠자리 복불복에서 진 것도 아닌데 저딴 곳에서 재우면서 방을 줬다고요?"

"똑같은 대답하기 귀찮다. 응."

택군이 시연의 눈을 똑바로 쳐다봤다. 그가 할 수 있는 최대한의 반항이다. 시연이 어쭈 하는 눈초리로 다시 입을 열었다.

"방 값도 안 받고 재워줬더니 개가 주인을 무네?"

"여기 방값 제가 계산하고 있거든요?"

"그 봉급, 선우 일가에서 지급되는 거잖아."

"그런 억지가 어디 있습니까?"

"아무튼 이 집 다시 개조해. 다시 둘로 분리시켜."

광호도 그랬지만 시연도 501호와 2호를 합쳐 하나로 만들어놓았다. 그걸 이제 와 다시 나누라는 말이다.

택군이 답했다.

"방 반으로 나눕니다."

"1:9."

"…1이면 폭이 1미터에 길이 2미터입니다. 거기 어떻게 사람이 삽니까?"

"발 뻗을 자리만 있으면 되지 남자가 뭘 그리 큰 방을 원해?"

"화장실은요?"

"요강 놔."

"아가씨, 정말 너무하세요!"

택군이 팬을 거칠게 돌렸다.

"알았어. 그럼 2:8. 더는 양보 못해."

하지만 택군은 이미 삐칠 대로 삐친 듯 뾰로통한 입으로 대답조차 하지 않았다. 시연이 막 무슨 말을 하려는 순간, 초인종 소리가 울렸다. 택군이 가스 불을 줄이며 현관으로 향했다.

"누구십니까?"

"이한희올시다."

택군이 고개를 갸웃했다. 한희가 이 집을 먼저 찾은 일은 지금까지 단 한 번도 없었다.

"들어오세요."

그가 잠금 열쇠를 열어 한희를 들였다.

"실례하겠소."

한희가 입구에 서서 말했다. 그런 한희를 시연이 환한 목소리로 맞이했다.

"어머, 서방님, 어서 오세요."

그녀는 어느샌가 부엌에 서서 프라이팬을 잡고 있었다. 방긋 웃으며 태연스레 팬을 돌린다. 아직까지도 택군의 오른손에 튀김 젓가락이 들려 있고 가슴팍에 앞치마가 있건만, 증거 1, 2호를 시치미 떼며 그녀는 자기가 요리 중이라 어필하려 들었다.

하지만 정작 한희는 요리에는 신경조차 쓰지 않고 집에 들어오자마자 주위를 에둘러 봤다.

"무슨 일입니까?"

택군이 물었다. 한희는 말없이 부채를 꺼내 택군의 어깨에 바람을 부쳤다.

"생각보다 심하구려."

택군은 자신의 어깨를 돌아봤다. 어젯밤의 일은 들어서 대강 알고 있었다. 한희가 말하는 것은 분명 잡귀나 뭐 그런 유의 것이리라. 괜스레 기분이 나빠 아무것도 없는 어깨를 손으로 탁탁 털었다.

한희가 둘러본 방 안의 풍경은 그야말로 아수라장이었다. 인간계로 치자면 식물에 가까운 부유령이 수십에, 집안 곳곳에 잡귀들이 또 수십 마리나 떼 지어 한바탕 소동을 부리고 있다.

"아침에 시연이 잠귀신을 붙이고 출근했기에 사달이 있을 거라 생각은 했소만, 특별히 음기가 강한 것도 아닌데 이 꼴이라니……."

한희의 말을 들으며 시연이 주위를 두리번거렸다. 의식을 하고 봐서일까? 희뿌연 것들이 집안 곳곳을 떠다니는 게 어렴풋이 스쳐 보인다.

"어쩐지 아침에 졸리더라니……."

"대추차를 마셔서 지금 당장 잡귀가 몸에 붙지는 않겠지만, 이래 가지고는 안 되겠소."

한희가 집 안으로 들어와 창문을 활짝 열어젖혔다. 쥘부채를 활짝 펴 집 안 공기를 휘휘 저으며 신선한 공기가 빨리 들어올 수 있도록 했다.

그사이 택군은 프라이팬에서 익고 있는 요리를 시연에게 물려받았다. 부엌에서 벗어난 시연이 한희에게 물었다.

"겨우 그 정도로 귀신이 없어져요?"

"집 밖의 공기는 음양에 균형이 잡혀 있으니 귀신이 있다

해도 아무런 해악을 끼치지 못하오. 시연, 자꾸 음지의 것을 보려 하지 마시오. 그대는 선법을 익힌 몸이 아니라 음유한 것에게 해를 입기가 쉽소.”

시연이 아, 하고 탄성을 냈다. 오늘 아침 했던 이야기의 연속이다. 그 말에 시연이 대뜸 이렇게 대꾸를 하고 나섰다.

“그럼 내게도 선법을 가르쳐 주면 되잖아요.”

택군이 손을 멈춘 채 시연과 한희 사이를 보고, 시연도 한희가 어떤 대답을 할지 심장이 두근거렸다. 하지만 한희의 대답은 너무나도 수월한 예스였다.

“알겠소. 배우고자 한다면 가르쳐 주는 게 무어 어렵겠소? 하나 오늘 배워 내일 쓸 수 있는 힘이 아니니 일단 눈앞에 있는 일은 해결해야 하지 않겠소?”

“정말 선법을 가르쳐 줄 거예요?”

시연이 다시 묻고, 한희는 고개를 끄덕였다.

“물론이오.”

사실 선법이라 부르는 공부에 대한 두 사람의 인식 차가 있었으니, 살아온 경험의 차이이기도 했다. 시연이 속해 있는 원심당은 속세의 여느 사람들과 마찬가지로 선법을 버린 지 오래였다.

선우암이 주화입마를 당한 것도 하나의 이유 중 하나였지만, 서구 과학 문명의 탓도 컸다. 총포가 나온 시점에서 도사들의 설 자리가 줄어든 것이다. 탄지신통보다는 소총이 아무래도 힘이 더 좋다.

반면, 서구화가 시작된 지 오래지 않아 산속으로 숨어들어온 오상촌은 과거의 술법을 그대로 유지하고 있었다. 한희만큼 높은 수준은 드물다 하더라도, 무협지의 고수 수준으로 기를 다루는 사람은 열 손가락으로 다 꼽을 수 없을 정도였다.

어린아이들도 호흡법을 공부해 소주천, 대주천을 국민 체조하듯 하고, 현문을 열어 영신을 기르는 게 일상다반사인 곳이 오상촌이었다. 시연에게 가르쳐 주지 못할 이유가 없다.

"그럼 지금 당장에라도……."

시연의 말을 한희가 끊었다.

"시연은 몸 안에 쌓인 기가 너무 부족해 현문을 여는 데 시간이 좀 걸릴게요. 내일 인시(寅時:새벽 4시쯤)부터 호흡 수련을 시작할 터이니 그건 그때 이야기하도록 하지요. 그보다 지금은 이곳을 해결하는 게 먼저요."

시연은 그토록 갈망했던 선법을 익힌다는 게 기뻐서 환한 얼굴로 한희의 말에 고개를 끄덕였다.

"알겠어요. 그럼 오늘 새벽부터 시작하는 거죠?"

"그렇소."

"그리고 여기는 그냥 그 최희태 집처럼 적당히 진법을 써서 귀신들 쫓아내면 되잖아요."

하지만 시연의 이번 의견은 타당하지 않은 모양이었다. 한희가 고개를 저으며 주위를 둘러보았다.

"그렇게 간단한 일이 아닌 것 같소. 아무래도 상당히 강한 원귀(冤鬼)를 건드린 모양이오."

"원귀요? 원한 품은 귀신 그런 것 말예요?"

"말 그대로요. 그냥 퇴치하는 방법도 없지는 않지만……."

방 안에 있던 모두의 등줄기를 오싹하게 만드는 차가운 공기가 창문을 통해 한줄기 스며들어 왔다. 천장의 형광등이 괜히 먹먹해졌다 켜지고, 찬장의 컵이 달그락거리는 소리를 낸다.

시연의 눈에 소녀의 모습이 보인 것이 그때였다. 훨씬 더 또렷하게, 그래서 표정까지 확연히 알 수 있는 그녀는 눈꼬리 처진 얼굴로 소파 등걸에 앉았다.

그녀의 흐느낌이, 목소리가 시연의 귓전에 울렸다.

"내가… 보이는 거지?"

시연은 한희의 이야기를 떠올렸다. 보여도 보지 말고 들려도 듣지 말라는. 하지만 이렇게까지 또렷하게 보이고 또 들리니 그게 쉽지 않았다. 아닌 척 눈을 돌리고 귀를 닫았지만 이미 늦은 일이었다.

시연의 어쩔 줄 몰라 하는 모습을 보며 한희가 짤막히 한숨을 쉬었다. 몸을 돌려 귀신을 정면으로 보고는 답했다.

“그렇소.”

소녀 귀신이 배시시 웃었다. 뺨을 따라 흐른 피눈물이 웃는 입꼬리를 따라 일그러졌다.

3

“찾아줘.”

“무엇을 말이오?”

“찾아줘.”

한희가 원귀와 대화를 시작했다. 시연은 두 사람의 대화를 잠자코 들었다. 반면 택군은 아무것도 보지 못하는 쪽에 속했기에 묵묵히 저녁 식사 준비를 계속해 갔다.

“본디 사람이 죽으면 떠나온 곳으로 돌아가는 게 법도이거늘 어찌하여 이리 구천을 떠돌고 계시오? 그냥 돌아가시오. 세상과의 인연은 이미 끊어진 지 오래요.”

이 말에 소녀가 갑자기 눈물을 주르륵 흘렸다. 하염없이 울기만 한다. 하지만 한희는 그녀를 위로하지 않았다. 그저 묵묵히 볼 뿐이다.

보다 못해 시연이 답답한 마음에 끼어든다.

“찾아주지 그래?”

그 순간 소녀가 고개를 획 돌려 시연을 봤다. 한희가 아차

하고, 소녀는 입이 찢어져라 미소를 지었다.

"너도 보이는구나?"

시연은 자신이 또 무슨 실수를 했다고 생각했다. 한희가 시연의 앞을 막아서며 소녀에게 말했다.

"떠나가시오."

"싫어. 찾아줘."

"떠나지 않는다면 내 부득이 힘을 쓰겠소."

소녀 귀신은 한희의 말에 조금도 겁먹은 눈치가 아니었다.

"할 수 있으면 해봐. 그렇지만 우리 둘을 한 번에 죽일 수는 없을 거야."

한희가 주위를 둘러본다. 분명 어제만 해도 두 소녀가 같이 있었다.

"나는 죽어도 괜찮아. 사라져도 괜찮아. 그렇지만 저 여자를 언제까지 지킬 수 있을까? 내 동생이 지금 어디에 있는지도 모르면서."

명백한 협박이었다. 한희가 시연을 흘끗 돌아봤다. 소녀의 말이 틀리지 않다. 늘 붙어 지낸다면 모를까.

"이게 보자보자 하니까."

그 순간 시연이 한희를 제치고 앞으로 나섰다.

"사람에게 부탁을 할 거면 예의를 갖춰야 할 것 아냐? 어디서 협박질이야? 해봐. 누가 눈 하나 깜짝할 것 같아?"

그녀가 '예의'를 이야기하니 한희로서는 웃을 판이었지만, 해를 입을까 걱정되어 그녀를 말리고 나섰다.

"화를 자초할 것은 없소."

"빌면? 빌면 들어줄 거야?!"

소녀 귀신이 소리를 쳤다. 날카로운 음색에 귀가 다 먹먹할 지경이다. 그녀가 다시 말했다.

"약자일수록 짓밟는 게 인간이야. 내가 얼마나 많은 사람들에게 빌었는지 알아? 내 동생을 죽이지 말아달라고. 내 동생만은 괴롭히지 말아달라고. 내 동생만큼은… 가여운 내 동생만은……."

시연이 지지 않고 목소리를 높였다.

"정말 소중하다면 천 번이 아니라 만 번이라도 빌어봐!"

"빌어봤어!"

"만 번이 안 되면 십만 명에게 빌어!"

"언제까지 빌기만 하라는 거야? 아무도 내 말 따위는 들어주지 않는데!"

두 여자가 날카로운 소리를 주거니 받거니 한다. 한희는 귀가 따가웠다. 귀신의 소리가 들리지 않는 택군이 부러웠다. 흘끗 보니 시연의 목소리도 거슬렸는지 이어폰으로 귀를 틀어막고 있다. 어깨를 흔들거리며 요리에 집중 중이다.

"5천만 명 전부를 찾아다니며 빌어보지 그랬어?"

시연이 갑자기 목소리를 누그러뜨렸다. 소녀가 아무 말 하지 못한다. 그런 그녀에게 시연이 빙긋 웃으며 말했다.

“그럼 또 알아? 나를 만날 수 있었을지. 얘기해 봐. 뭘 찾아 달라는 거야? 이래 봬도 특무 0과 부과장인 몸이야. 지금까지 원한을 풀어주었던 원귀가 한둘일 것 같아?”

그 소녀는 시연의 말이 의외였는지 눈을 동그랗게 뜨고 쳐다보았다. 시연이 부처의 미소를 지으며 다시 말했다.

“속는 셈 치고 또 한 번 믿어보지 그래? 지금까지 어느 누구도 의지할 수 없었던 거잖아. 외로웠지? 괴로웠지? 그게 얼마나 힘든 건지 나는 잘 모르겠지만… 정말 힘들었을 것 같아.”

소녀는 여전히 아무 말 하지 않았다. 하지만 손끝이 파르르 떨리는 것이, 눈꼬리가 무겁게 내려앉는 것이 그녀의 마음을 대변해 주고 있었다.

“말해봐. 뭘 찾아줬으면 해? 그걸 찾을 수 있을지 없을지 모르겠지만 이야기는 전부 들어줄게.”

시연의 말에 원귀는 고개를 푹 떨궜다.

“…서류.”

“응? 무슨 서류 말이야?”

“계약 서류.”

“어디에 있는 건데?”

이 말에 갑자기 소녀가 귀를 틀어막더니 빽 소리를 질렀다.

"떠올리기 싫어! 생각하고 싶지 않아!"

날카롭게 휘갈기는 듯한 그 비명에 시연의 집 안에 있던 유리들이 깨져 나갔다. 삼파장 램프 하나에 유리컵, 유리창까지 무사한 게 절반에 금간 것 포함해 깨진 것이 나머지 반이었다.

요리를 하다 이게 무슨 날벼락이냐며 몸을 피한 택군이 유리 가루 범벅된 가리비 소테를 보며 울상을 지었다.

"진정해! 진정하라고!"

시연이 손사래를 친다.

"얘기하고 싶지 않으면 하지 마. 생각하기 싫으면 안 해도 돼. 그건 내가 어떻게 해결해 볼 테니까 그냥 이름이나 말해 줘."

"…이화… 배이화."

"응, 배이화. 기억해 둘게."

"배이련."

소녀가 다시 하나의 이름을 꺼냈다. 시연이 고개를 갸웃하며 되물었다.

"이화야, 이련이야?"

"…찾아줘. 내일까지야. 내일까지만 믿어볼 거야."

시연의 시야에서 그녀의 모습이 사라져 갔다. 시연은 소녀가 말한 두 사람의 이름을 다시 한 번 중얼거렸다.

이화라고 이름을 밝힌 소녀가 사라지고 나니 이유 없이 집 안에 맴돌던 한기가 한결 가신 느낌이다. 그녀가 앉아 있던 소파 팔걸이에 하얀 가루 같은 것이 남았다. 시연이 손을 대 보니 순식간에 사라진다.

"서리[霜]구나."

한희가 시연 앞을 가로막아 선 게 그때였다.

"왜 이리 무모하게 구시는 게요?!"

화를 내는 한희를 보며 시연은 그저 웃었다.

"익숙한 일이에요. 이렇게 귀신과 대화를 해본 건 처음이지만, 랩 현상이나 폴터가이스트 같은 건 몇 번 경험해 봤어요. 지금까지는 위자보드 같은 걸 써서 의사소통해 왔는데 이렇게 대화를 하니 무서우면서도 재밌네요."

"재미있다는 말은 하지 마시오. 음지에 깃든 것들이 얼마나 위험한데!"

시연이 배시시 미소 지었다.

"걱정해 줘서 고마워요. 조심할게요. 그보다 서방님, 배고프시죠? 맛있는 저녁 차려놨으니 서방님 방으로 가서 먹어요. 여기는 지저분해졌으니."

시연이 고개를 돌려 택군에게 명령했다.

"돌탱아, 치워놔. 그리고 찾아놓고."

치우라는 건 방 안을 이야기하고 찾으라는 건 아마도 이화와 이런 자매의 서류라는 것일 테다. 그녀의 명령에 택군은 뒤돌아선 채 입술을 삐죽거리며 속으로 구시렁거렸다.

배이화, 배이런.

이름만으로 사람을 찾는다는 게 쉬운 일은 아니었지만, 국정원의 힘으로 불가능한 작업은 아니었다. 오히려 이름이 특이하고 자매라는 특징이 있다 보니 주민등록증 사본 등 공적인 서류를 구하는 것에는 시간조차 필요하지 않았다.

택군이 서류를 가지고 한희의 방으로 가보니, 그곳에는 한희와 시연 말고 광호도 떡하니 앉아 있었다. 시연은 매일같이 찾아오는 이 불청객을 밉다는 듯 노려보고, 광호는 뻔뻔하게 택군이 만든 요리를 우적대며 삼켜댔다.

그 사이에 있던 한희가 찾아온 택군을 반겼다. 말투로 보아 자리가 어지간히도 불편했던 모양이다.

택군이 가져온 서류를 가운데 펼치며 시연이 한차례 훑어봤다.

"1980년생이네. 동생은 1982년생. 출생지는 강원도 철원. 호주 성명은 배금룡. 공무원이었고."

"배금룡이라는 사람이 이혼을 했는데, 그 뒤로 두 자매의 호적이 좀 묘해요. 부인이 재혼을 한 것 같은데 딱히 혼인신고는 하지 않은 모양이에요. 두 딸은 그 부인을 따라갔고요.”

택군의 보고에 시연이 물었다.

“그것도 조사했겠지?”

“물론이죠. 자매의 어머니가 재혼한 남자의 이름이 허경민. 별로 품행이 좋은 사람은 아니었던 것 같아요. 아무튼 자매의 어머니가 죽은 게 15년 전, 그러니까 1995년도 봄이었어요. 재혼한 지 2년이 채 지나지 않았으니.”

“그런 것도 기록에 남아 있어?”

시연이 묻자 택군이 고개를 끄덕였다.

“소송이 있었거든요. 어머니가 사망 보험에 들고 있었는데, 그 보험금을 허경민이 받으려 했죠. 그때 자매의 나이가 언니가 열여섯에 동생이 열넷이었으니 보호자 명분으로 받으려던 거예요. 그걸 놓고 또 그 아버지라는 배씨가 소송을 걸어 가로채려던 게 당시 재판의 주요 내용이죠. 어쨌거나 어머니가 사망함으로써 친권자는 아버지였으니까요.”

시연이 한숨을 내쉬었다.

“정말 한심한 얘기네. 그래서 자매들이 찾으라는 서류가 그 보험금 서류일까?”

“저도 모르죠. 일단 서류상으로 나온 기록은 이 정도고, 그 후로 또 하나 있는 게… 이겁니다.”

택군이 서류를 몇 장 넘기자 나온 것은 범죄 경력 증명 서류였다. 거기 적혀 있는 이름은 배이화. 2005년의 기록으로 항목은 '성 매매 방지 및 피해자 보호 등에 관한 법률' 이었다. 약식 기소로 벌금 처리되었지만 기록에는 분명 남아 있었다.

그리고 그 한 장의 서류는 그녀들이 공식 서류 이후로 어떤 인생을 살았는지에 대한 증거 같은 것이다.

시연의 표정이 한층 침착하게 굳어졌다.

"그래서 굳이 소녀의 모습을 하고 있었구나. 자기들 기억 속에서 좋았던 시절일 테니."

한희는 쯧쯧 혀를 차고, 광호도 콧등을 찡그렸다. 택군이 말을 이었다.

"좀 더 조사를 해봐야 할 것 같은데, 아무래도 그녀들이 술집이나 집창촌 같은 데서 일했을 가능성이 높아요. 그쪽은 영 정보가 나오질 않아서 여기 계신 광호 씨께 부탁 좀 드리려 합니다."

"알았어. 애들 풀어볼게. 2005년쯤 태백 시 중심으로 찾아보면 되는 거지?"

"예, 그쪽 경찰서에 잡혔던 것 같으니 아마 멀지 않은 곳에서 일했을 거예요."

시연은 택군이 가져온 서류를 모두 다 살펴보았다. 그런데 꼭 있어야 할 것이 하나 모자랐다.

"그런데 사망 관련 서류가 없다?"

"예. 그녀들은 아직 법적으로는 죽지 않았습니다."

"사건 같은 것에 휘말린 모양이구나. 하긴 원귀인 걸 보면 살해당했을 가능성이 가장 높지. 그게 아니면 자살이거나."

한희가 광호에게 말을 했다.

"광호 아우, 서둘러 주게. 내일까지는 원귀들의 부탁을 들어줘야 하네."

"걱정 마세요. 우리 애들, 일 빠릿빠릿한 거 지난번 환송회 때 보셨잖아요."

광호는 벌써부터 스마트폰을 들고 메신저로 명령을 내리는 중이었다.

4

"형님, 여기예요."

깡마른 남자 한 명이 한발 먼저 들어섰다. 광호를 비롯한 한희, 택군 모두 어두운 골목 안으로 사라져 갔다.

시연은 안으로 들어가는 게 께름칙해 영 딛는 걸음이 더뎠다. 무섭다거나 한 이유 때문이 아니라 이곳에 켜져 있는 붉은색 형광등이 불편해서였다.

방인지 그냥 칸막이 달린 침대들인지, 그런 것들이 줄지은 쪽문 뒤쪽에 펼쳐져 있었다. 가장 안쪽의 쪽방 문까지 일행을 안내한 남자가 고개를 굽실거리며 말했다.

"이 아줌마가 데리고 있던 애들이라더라고요."

이화와 이련 두 자매가 있던 곳을 찾는 것은 의외로 쉬웠다. 자매는 지금 뒷 세계에 수배가 내려 있었다.

천조우협 같은 제법 기업 같은 곳이 있는가 하면 동네 양아치들이 모여 조직을 이룬 곳도 있다. 술을 납품하는 곳만 해도 규모가 있다 할 수 있을 정도로 잘나가야 일수나 찍고, 그나마도 못 되면 술집 여자의 기둥서방 노릇이나 하게 마련이다.

두 자매의 수배서를 붙인 것이 바로 이 여인숙 주인이었다. 말이 좋아 여인숙이지 퇴기(退妓)들이 몸을 파는 곳이었다.

광호가 이상하다며 고개를 기울였다.

"그 애들, 스물 조금 넘었는데 어떻게 여기까지 흘러온 거야?"

안내해 온 남자는 천조우엽의 하위 중에서도 하위 조직쯤으로 태백 시에서 제법 큰 나이트클럽을 운영하고 있었다. 그가 광호의 물음에 굽실거리며 답했다.

"젊은 애들이 여기까지 오는 건 둘 중 하나입죠. 약 아니면 빚."

"좀 더 비싼 곳으로 돌리지 않아?"

"사채 같은 거 지면 자꾸 건달 같은 게 끼니까 제대로 된 가게에서는 꺼리는 편이죠."

그가 이렇게 말하며 쪽방 문을 두들겼다..

"용화댁 나와봐."

안에서 크억 하고 가래를 모으는 소리가 나며 누가 문에 달린 손바닥만 한 쪽문을 열었다. 밖을 보고서야 철컥 문고리를 열고 사람을 맞는다.

"뭐야? 백 사장 아냐. 여긴 왜 왔어? 마누라한테 들켰다가 무슨 경을 치려고."

용화댁이라는 여자는 마흔 중반쯤 됐을까? 늘어진 뱃살은 바닥을 쓸고 대충 볶은 머리에는 개기름이 번들거리고 있었다. 욕심 살만 덕지덕지 얼굴에 붙어 표정까지도 표독스러웠다.

"그게 아니야.. 이분은 내 큰형님의 큰형님이 속한 곳의 간부시니까 실례하지 말고. 이 애들, 여기 있던 애들 맞지?"

백 사장이 사진 두 장을 용화댁에게 건넸다. 용화댁은 광호를 흘끗 쳐다보고는 사진으로 눈을 돌렸다.

"장화 년이랑 홍련이 년이네. 이년들 잡았어? 잡아만 와. 삼백만 원 바로 꺼내줄 테니까."

"장화와 홍련?"

광호의 말에 용화댁이 사진을 땅에 툭 던지며 말했다.

"기명이유. 이화가 장화, 이련이가 홍련. 무슨 지들이 옛날 얘기에 나오는 그 장화 홍련 자매랑 비슷하다나? 성도 배 씨로 같고. 혹시 애들 찾아다니는 거유?"

광호가 끄덕였다. 용화댁이 다시 가래를 크윽 모아 재떨이에 탁 뱉더니 담배 한 개비를 꺼내 입에 물었다.

"썩을 년들. 3천이나 되는 빚 안고 맡아줬더니 1년도 안 돼서 도망을 쳐? 도망간 지 4년이유. 나도 어디 있는지 몰라요."

백 사장은 용화댁이 담배를 무는 것을 보며 안절부절못했다. 감히 천조우엽의 간부 앞에서 저런 간덩이 부은 짓을 하다니. 하지만 본래 뒷세계에서 장사를 하는 남자와 여자는 서로 간섭하지 않는 법이었다.

"아, 그 담배 좀 나중에 피우고, 잘 생각해 봐. 걔들에 대한 정보 좀 없어? 자주 가는 곳이라든지. 이건 없었고?"

엄지를 세우는 백 사장을 보며 용화댁이 담배를 한 모금 깊게 마시고는 장초를 재떨이에 꽂았다.

"홍련이 년한테 기둥이 있었던가? 그건 잘 모르겠고. 나도 사람도 쓰고 해서 찾을 만큼 찾아봤수. 그런데 이것들이 땅으로 꺼졌나 하늘로 날아갔나 당최 찾을 수가 없더구려. 어떤 년들이었냐고? 진짜 악착같았지. 손님이랑 돈 1, 2만 원으로 싸운 게 한두 번이 아녀. 특히 장화 년이 독했어. 그렇게 돈을 밝히는 년들이 뭔 빚은 그렇게 졌는지……."

　용화댁이 입맛을 쩍쩍 다셨다. 영 니코틴이 부족한 모양이었다. 재떨이에 꽂았던 장초를 다시 들어 불을 붙였다. 쓴맛에 눈살을 찌푸리고는 푸 하며 흰 연기를 뱉었다.

　"이건 그냥 들은 얘긴데, 빚은 속아서 졌다고도 하고 그 양아버지가 애들을 술집에 팔아치웠다고도 하고 그러더라고. 하긴 애초에 여기까지 굴러온 잡것들치고 그런 과거 한둘 없는 게 어디 있겠냐만."

　그때, 한 걸음 뒤쪽에 있던 한희가 용화댁에게 물었다.

　"혹시 서류에 대한 이야기는 들어본 적 없소?"

　"서류? 무슨 서류?"

　"그녀들에게 중요한 서류 같은 것 말이오."

　용화댁은 고래를 도리질 쳤다.

　"몰라. 그것들은 자기들이 여기 있을 사람들이 아니라고, 빨리 빠져나갈 거라고 그런 소리나 하고 다녔어. 다른 아가씨들이랑도 전혀 어울리지 못하고, 아무튼 트러블 메이커였다니까. 그나저나 진짜 어디로 간 거야? 어디 가서 콱 뒈져 버리기라도 한 건지……."

　"죽었소."

　한희가 짤막히 말했다. 용화댁이 눈살을 찌푸리며 한희를 쳐다보았다.

　"봤어?"

“죽은 걸 본 건 아니오만……”

“박수무당이야? 걔들 귀신이 접신해 오기라도 한 거야?”

한희는 그녀의 물음에 묵묵히 머리를 흔들었다. 용화댁이 짜증 섞인 말투로 투덜거렸다.

“그딴 소리는 하지도 말어. 걔들이 갚아야 할 빚이 3천이야. 어디가 죽어 자빠진 거면 그 빚 내가 뒤집어써야 해. 괜한 소문 퍼뜨리지 마쇼, 잉? 가뜩이나 그것 때문에 두통이 다 생겼는데.”

결국 이곳에서 얻은 정보라고는 두 사람이 기명으로 장화와 홍련이란 이름을 썼다는 것과 4년 전 실종됐다는 이야기 정도였다. 시연은 더러운 곳에라도 다녀왔다는 듯 몸에 묻은 먼지를 털어내며 번화가의 인도 한쪽에 서 있었다.

백 사장은 광호에게 잘 부탁드린다는 몇 마디 말을 하며 작별을 고했다. 남은 사람들은 어딘가 막막함을 느끼게 되었다.

그녀들은 4년 전에 죽었다. 하지만 누가 왜, 어디서 어떤 이유로라는 말에 답해줄 수 있는 사람은 이제 없었다.

“하루 안에… 정말 답을 구할 수 있을까?”

시연이 뱉은 혼잣말 투의 질문에 누군가가 대답을 했다.

“저라면 할 수 있습니다.”

눈을 돌린다. 시연이 발견한 것은 한 여자였다.

워낙 기척없는 말소리여서일까? 시연은 이 여자가 귀신이 아닌가 하는 생각을 했다. 하지만 택군까지 그녀를 쳐다보는 것으로 보아 귀신은 아니었다.

"안녕하세요? 제 이름은 신묘아라고 해요. 잘못 들으신 게 아니라 정말 이름이 묘아예요."

시연은 이 난데없는 여자의 위아래를 살폈다. 키는 160이 채 못 되어 조금 작은 편에 동그란 안경을 끼고 있었다. 조금 큰 셔츠를 입고 있어 소매가 손등까지 늘어졌는데, 손에는 메이커 불명의 타블렛 피씨 같은 것을 들고 있었다.

짧은 플레어스커트는 체크무늬요, 머리는 양 갈래로 묶었는데, 보기 싫지 않을 정도로 튀어나온 두 개의 앞 뻐드렁니 탓일까 전체적인 인상은 어딘가 토끼를 연상시켰다. 나이는 스물? 그보다 하나 더 적거나 많을 듯하다.

그런 시연의 생각을 읽기라도 했는지 묘아라고 자신을 소개한 여자가 빙긋 웃었다.

"네, 제가 토끼랍니다."

그녀가 배경 삼아 서 있는 곳은 '황홀경'이라는 이름의 술집이었다. 현수막에는 이런 문구가 쓰여 있었다. 바니걸 항시 대기!

"술 마시러 온 거 아냐."

시연이 그녀의 말을 끊고는 몸을 돌렸다. 바로 그때 묘아가 말했다.

“이한희 씨가 누군가요?”

몸을 반쯤 돌린 시연이 묘아를 쳐다봤다. 그리고 곧바로 한희를 쏘아보았다.

“이런 데 다녀요?”

화들짝 한희가 놀라며 손사래를 쳤다.

“무, 무슨 말씀이시오. 나를 뭐로 보고 그런 말씀을 하시오?”

“오빠가 한희 씨?”

한 걸음 묘아가 바짝 다가섰다. 한희가 주춤 뒤로 물러서고, 그 틈으로 시연이 끼어든다.

“너 누구야?”

다시 그녀가 웃었다.

“토끼랍니다.”

“바니걸인 건 나도 알아. 어떻게 한희 씨를 알고 있냐고.”

시연의 말에 그녀가 갈래진 머리칼을 잡으며 말했다.

“이 귀로 들었죠. 그보다 정보를 하나 사지 않으시겠어요?”

“정보?”

시연이 눈살을 찌푸렸다. 이 묘아라는 아가씨는 술집 여자 같은 분위기는 아니었다. 게다가 하는 말은 뒷골목 정보상이나 할 법한 제안이었다.

"장화와 홍련. 어때요? 재미있는 옛날 얘긴데."

시연이 깜짝 놀란다. 어떻게 그걸 아느냐는 듯 그녀를 쏘아보았다. 하지만 묘아의 눈동자는 한희에게 고정되었다.

"어때요, 한희 오빠. 정보를 사지 않을래요?"

한희가 묘아를 물끄러미 바라본다. 사이에 껴 있던 시연이 눈살을 찌푸리며 한희를 밀쳤다.

"상관할 것 없어요."

"하나⋯⋯."

지금 한희가 생각하고 있는 것은 시연의 안위였다. 서릿발 풍기고 다니는 처녀귀신 둘을 상대로 시연을 지켜내는 게 얼마나 어려운 일인지 한희는 너무나 잘 알고 있었다. 가장 확실하게 시연을 지키는 방법은 내일까지 그녀들의 청을 들어주는 것이다. 그 서류라는 것을 찾아 그녀들에게 돌려주는 것만이 시연의 안위를 지켜줄 유일한 방법이었다.

지금 이 순간에도 시연의 부하들과 광호의 동생들이 정보를 모으는 중이었다. 하지만 시간을 맞출 수 있을지는 확신할 수 없었다.

하나라도 정보를 더 모아야 했다. 한희가 이 묘아라는 정체불명 여자의 말에 관심을 보이는 것도 당연한 일이었다.

"묘아 낭자께서 어떤 이야기를 알고 계신지 소생은 듣고 싶소이다."

한희의 대답에 묘아가 갑자기 눈을 동그랗게 뜨더니 풋, 하고 웃음을 터뜨렸다.

"옷만 그렇게 입고 다니는 게 아니라 말투도 신기하네요."

"그보다 소생의 이름은 어찌 아셨소?"

"아까 대답했잖아요, 이 귀로 들었다고."

묘아는 다시 자기의 머리칼을 출랑거렸다. 그러고 보니 그녀의 눈동자의 홍채가 엷은 붉은색을 띠고 있었다. 칼라렌즈를 낀 것인지 원래 그런지는 확인할 수 있는 방법이 없었지만, 그런 세세한 부분까지 토끼를 연상시켰다.

"정보를 사면 내가 사겠어. 얼마면 돼?"

시연이 다시 끼어든다. 하지만 묘아는 고개를 저었다.

"돈은 필요없어요. 내가 필요한 건 한희 오빠 당신이에요."

어떻게 들으면 상당히 노골적인 프러포즈였기에 시연도 결국 화를 터뜨리고 말았다.

"까불지 마! 돌탱아, 이 여자 잡아. 조사실로 데려가서 신상 좀 털어."

택군이 예, 한마디로 몸을 움직였다. 묘아가 꺅, 하는 소리를 내며 한희 뒤로 숨는다.

"한희 오빠, 저 사람 좀 막아줘요. 그럼 내가 알고 있는 걸 다 말해줄게요."

그녀는 한희의 뒤에서 두루마기 자락을 붙잡고 콧소리를 내고 있었다. 한희는 시연의 정수리에서 하얀 김이 솟는 것을 본 것 같은 느낌을 받았다.

"둘 다 진정하시오. 시연, 어째서 그렇게 감정적으로 나오시오? 혹시 이 낭자가 진짜 제대로 된 정보를 가지고 있다면 어쩌려고 그러시오?"

시연이 발끈한다.

"서방은 누구 편이에요?!"

"여기서 왜 누구 편이 나오는 게요?"

"돌탱, 뭐 해! 저 여자 빨리 붙잡아!"

택군이 예, 하며 한희 앞으로 다가선다. 한희가 팔을 뻗어 택군을 가로막았다.

"돌 형은 사리 판단을 잘하시게."

"사리 판단 그런 거 몰라요. 전 주인이 하라는 대로 하는 종이니까요."

한희를 이길 자신은 없었지만, 택군은 시연의 명령대로 묘아를 잡으려 달려들었다. 그 순간 택군은 한희의 발이 슬쩍 움직이는 것을 보았다. 뭐가 어떻게 된 건지 자신의 손은 허공을 붙잡았고, 한희와 묘아 두 사람은 어느새 자신의 등 뒤 사각지대로 사라져 버렸다.

'이거 진짜 괴물이구만.'

전에도 이미 한 번 경험했지만, 한희의 경지는 택군으로서
는 상상조차 할 수 없었다.

한편, 이 순간 택군만큼이나 놀란 사람이 있었으니 바로 묘
아였다. 그녀는 어떤 경로로 한희의 정체에 대해 알게 되었
다. 그에게 도움을 청하는 수밖에는 그녀가 살길이 없었다.
하지만 정말 한희가 자신을 지켜줄 수 있을지에 대해서는 확
신할 수 없었다.

그래서 시험해 볼 겸 시연을 도발한 것이다. 그런데 방금
한희가 한 보법, 그건 소문으로만 듣던 축지(縮地)의 술법이
었다. 사람이 땅을 딛고 걷는 게 아니라 땅이 사람의 발을 스
쳐 지나가도록 하는.

그런 경지에 이른 사람이라면 믿을 수 있었다.

묘아가 한희의 곁에서 한 걸음 물러서더니 갑자기 털썩 무
릎을 꿇는다.

"한희 오빠, 모든 걸 이야기할게요. 대신 절 살려주세요."

택군이 발을 멈추고, 한희도 당황해 할 말을 찾지 못했다.
취객으로 가득한 번화가 한가운데에 무릎을 하얗게 드러낸
여자가 바닥에 꿇으니 자연 구경꾼이 모여들기 시작한다. 광
호가 눈을 부라려 그들을 쫓아내고, 한희는 서둘러 묘아를 말
렸다.

"이게 무슨 짓이오. 어서 일어나시오."

"그러겠다 말하지 않으면 안 일어날 거예요. 도와주세요."

"무슨 일인지도 모르고 어찌 도움을 주겠소?"

묘아가 눈빛을 굳히고 한희에게 말했다.

"용왕께서 간(肝)을 원하세요. 하지만 그걸 주면 저는 죽는답니다. 이 세상이 넓다고 하지만 용왕으로부터 저를 지킬 수 있는 건 한희 씨뿐이에요. 절 살려주세요. 장화와 홍련에 대한 일은 제가 해결해 드릴 수 있어요."

용왕이라는 말에 한희는 어깨가 살짝 굳었다. 시연도 더는 뭐라 말을 하지 못했고, 광호조차 놀란 표정으로 묘아라는 여자의 뒤를 바라보았다.

한희가 한참 뜸을 들이다 천천히 입을 열었다.

"자세한 이야기를 듣고 싶소. 어째서 용왕과 충돌하게 된 것인지. 묘아 낭자를 도와줄지 않을지는 그때 가서 정하도록 하겠소. 그러니 어서 일어나시오. 다 큰 처자가 거리에서 이 무슨 짓이오?"

묘아는 그제야 자리에서 일어났다. 고개를 끄덕이는 것이 한희의 말에 수긍을 한 모양이다.

"알았어요. 그럼 제 이야기를 하기 전에 정보를 먼저 드릴게요. 그래야 제 이야기도 믿을 수 있게 되실 거예요."

한희가 알았다는 고갯짓을 하자 묘아가 빙긋 웃으며 주위를 둘러보았다. 그러더니 하얀색 컨버터블 앞으로 폴짝 뛰어간다.

"와! 이게 광호 오빠 차예요? 실물은 처음 봐요! 대단하다! 나 조수석 타도 돼요? 꼭 한번 타보고 싶었어요! 빨리 와요! 여기에 있을 게 아니라 먼저 가볼 곳이 있어요!"

시연은 묘아의 존재가 영 마음에 들지 않는 모양이었다. 계속 심기 불편한 표정으로 그녀를 보다 택군에게 나지막한 목소리로 명령했다.

"찾아봐. 뭐 하는 앤지. 사람인지 아닌지까지 포함해서."

택군이 고개를 끄덕이며 몰래 묘아의 사진을 한 장 찍었다. 하지만 묘아의 눈치도 보통은 아닌 모양이었다. 고개를 돌려 시연을 보며 말했다.

"저에 대한 것은 나중에 전부 얘기 드릴게요. 감추려는 게 아니라 믿지 않을 것 같아서 그래요. 그러니까 우선은 절 따라와 주세요."

묘아의 기습 펀치에 시연은 기분이 한층 가라앉았다. 택군의 옆구리를 팔꿈치로 푹 찍는다.

"경력이 몇 년인데 몰카 하나 똑바로 못 찍어?"

"죄송합니다."

택군은 기분 나쁜 주인의 심기를 건드릴 수 없어 쥐 죽은 듯 뒤를 쫓았다.

모두를 태운 광호의 차가 다시 멈춰 선 것은 겨우 한 블럭 떨어진 어느 골목이었다. 묘아가 처음으로 사람들을 데려간 곳은 3층짜리 단독주택이었다. 한 층에 문이 열 개씩 달린 소위 벌집이라는 다가구주택이었다.

"이 집 2층 맨 끝 방이 두 자매가 머물던 곳이에요. 지금은 다른 사람들이 살고 있지만 집안에 뭐가 감춰져 있는지는 모르죠."

묘아는 이렇게 말하며 한발 앞서 2층으로 올라갔다. 안으로 들어가나 싶더니 문 앞에 서서는 입술에 손을 댄다.

"쉿, 떠들어서 사람들이 나오면 안 돼요."

그녀의 우려와는 달리 방 대부분에 불이 꺼져 있었지만, 묘아는 살금살금 허리를 굽혀 벽을 쓰다듬기 시작했다. 그러다 어느 벽돌에 손을 걸더니 흔들어댄다. 거짓말같이 벽돌 한 장이 쑥 빠져나왔다.

"보물이랍니다."

안에 들어 있는 것은 돈이었다. 백만 원짜리 자기앞수표가 돌돌 말려 벽돌 뒤쪽의 공간에 숨겨져 있다. 묘아가 그 돈을 한희에게 건네준다. 세어보니 모두 스물아홉 장, 2,900만 원이었다.

그 액수를 보는 순간 일행은 조금 전 들렀던 여인숙을 떠올렸다. 용화댁이라는 포주가 3천만 원이 어쩌고 했다.

묘아가 입술에 다시 손을 얹고 쉿 한다.

"일단 차로 돌아가요."

그녀가 차로 이동하면서 한희 등에게 돈에 대한 이야기를 해주었다.

"처음부터 이야기를 하자면 복잡할 것 같으니 돈에 얽힌 이야기만 해볼게요. 두 자매가 집을 나올 때 빌린 돈이 이백만 원이었어요. 월세 보증금이죠. 그런데 아시다시피 청년 실업 몇만 하던 게 어제오늘 일은 아니잖아요. 고등학교도 제대로 졸업 못한 자매가 할 만한 일은 거의 없었고, 결국엔 술집에까지 흘러들어 갔죠. 빌렸던 돈도 자꾸 새끼를 치고. 결과적으로는 천만 원 넘는 채권 증서가 저 건물로 흘러들어 갔어요."

묘아는 어느 건물 2층에 손가락질을 했다. '빌린 돈, 떼인 돈 찾아드립니다'라는 현수막이 걸린 '와우와신용정보회사'라는 사무실이 그곳에 있었다. 9시를 넘긴 시간이었지만 아직까지도 환하게 불빛이 새어 나오고 있다.

"신체 포기 각서라고 하죠? 그 문서를 써주고 나서야 자매는 다시 2천만 원을 빌릴 수 있었어요. 선이자 20퍼센트 사백만 원 떼고 첫 두 달 이자까지 제하고 나니 몇백 정도 남았는데, 그나마도 취업 알선해 준다고 어쩌고 하면서 떼어먹은 모양이에요. 결국 거기서도 빚만 더 쌓이고, 한 사람당 1500만

원씩에 여관방까지 팔려가게 됐죠. 그게 2004년도의 일이랍니다.”

세단의 뒷자리에 나란히 앉은 세 사람 중 시연이 입을 연다. 묘아에 대한 감정이 다 풀린 건 아니었지만, 일단은 눈앞에 있는 호기심 해결이 먼저였다.

“그럼 그 서류라는 게 신체 포기 각서라는 거야?”

“십중팔구는 그럴 거예요. 그걸 되찾기 위해 필요한 돈이 3천만 원. 하지만 백만 원 모자라요.”

잠자코 듣고 있던 한희가 묻는다.

“그런데 신체 포기 각서라는 게 무엇이오?”

“말 그대로에요. 내 신체를 포기하겠다고 각서를 쓰는 거죠.”

묘아의 말에 한희가 버럭 소리를 친다.

“허어, 신체를 포기하다니! 몸과 터럭, 피부 어느 것 할 것 없이 부모로부터 물려받은 소중한 것이거늘! 그걸 포기하는 것도 죄이나 포기하도록 하는 사람은 또 뭐란 말인가! 내 그냥 저 녀석들을 혼내주고 서류를 찾아와야겠구나!”

운전대를 잡고 있던 광호가 말한다.

“같이 날뛸까요? 우리 쪽 애들도 아닌 것 같으니 좀 두들겨패도 괜찮을 거 같은데.”

하지만 그 말을 듣자니 한희는 오히려 화가 조금 가라앉는 걸 느꼈다. 깡패와 같은 짓을 해서야 부모님을 무슨 낯으로 볼까?

"허어, 그런 놈들에게 이화, 이런 자매가 모은 돈을 주어야 한다니! 차라리 그 돈은 불살라 저승 가는 노잣돈 삼게 하는 게 나을 텐데."

한희의 말을 듣던 광호가 음, 하더니 묻는다.

"형은 그런 거 못해요?"

"뭐 말이냐?"

"그 옛날얘기에 이런 거 나오잖아요. 돈 대신 나뭇잎을 준다거나 그런 도술."

시연도 좋다고 박수를 쳤다.

"그거 괜찮겠다. 어때요, 서방님? 가능한가요?"

한희도 두 사람의 아이디어가 마음에 든 모양이다.

"그럼 그냥 빈 가방 하나 구해야겠소. 돈을 만드는 것보다 사람들의 눈을 환술로 속이는 게 더 쉬울 듯하오."

시연이 옳다구나 하며 주위를 둘러보았다. 시간이 시간이라 대부분의 상점이 문을 닫았지만 딱 한 군데, 잡화점이 이제 막 셔터를 내리는 중이었다. 시연이 고갯짓을 까딱하니 택군이 바람처럼 달려 서류 가방 하나를 구입해 온다.

"그럼 가서 신체 포기 각서라는 걸 받아와야겠군."

역시 이 일에 적임자는 광호였다. 옷차림에서 생긴 것, 그리고 행동거지까지 깡패를 하기 위해 태어난 사람에 가까운 광호는 과장되게 건들거리며 2층 사무실로 올라갔다. 큰소리 한 번, 사정 한 번, 어르고 뺨치며 광호는 3천만 원에 이자 1천만 원을 더 붙여 4천에 각서를 바꿔왔다.

물론 진짜 돈을 준 건 아니고 한희가 적당히 술법을 걸어 돈이 있는 것으로 보이는 빈 가방으로 바꿔왔지만.

자매의 돈을 찾고 신체 포기 각서까지 돌려받은 그들이 마지막으로 찾은 곳은 처음 그 여인숙이었다.

여인숙의 주인 용화댁은 6년 전 칠백만 원을 주고 이화, 이련 자매를 사왔다. 그리고 그녀들을 일에 써먹기 위해 와우와신용 측에 2,300만 원 상당의 어음을 끊어주었다. 갚는 것은 자매였지만 일종의 보증인이 되어준 것이다.

7년 상환으로 계약을 한 어음으로, 본래는 이화, 이련 자매가 용화댁에게 갚아야 할 돈이기도 했다.

묘아는 이런 채무 관계까지 알고 있었기에 와우와신용에서 어음장을 받아오는 것도 잊지 않았다.

어음을 용화댁에게 전해준 것이 꼭 저녁 10시였다. 묘아를 만나고 불과 한 시간 만에 이화와 이련 두 자매가 이승에 남기고 간 한을 모두 풀어주게 된 것이다.

한희를 비롯한 사람들은 흡사 마법에라도 걸린 기분이 들었다. 단순한 정보상 정도로 생각했는데, 이 스무 살 남짓의 여자는 이쪽 방면의 신이라고 해도 부족함이 없을 듯했다.

마지막 목적지는 최희태의 사택이었다. 그녀들의 영혼을 불러 승천시키기에 가장 좋은 장소이기 때문이었다.

"도대체 어떻게 안 거야? 혹시 두 자매랑 아는 사이였던 거야?"

차 안에서 시연이 이렇게 물었다.

"아는 사이는 아녜요. 어떻게… 라고 물어도… 간 때문이에요."

"간?"

"더 이상은 비밀이에요. 나중에 말해줄게요."

묘아의 말에 시연이 눈살을 찌푸렸다. 그러고 보니 처음 그녀를 만났을 때 분명 용왕이 간을 빼앗으려 한다고 했다.

조수석에 앉아 있던 묘아가 흥흥 콧노래를 부른다. 빠끔히 연 창문으로 들어오는 바람이 기분 좋은 모양이었다. 운전을 하던 광호가 흘끗 그녀를 보았다.

"그런데 몇 살이냐?"

"저요? 음… 몇 살이려나?"

"설마 너도 백 몇 살 그렇지는 않겠지?"

"아니거든요. 어디 산신령도 아니고. 그냥 사람이랍니다."

"아까는 토끼라며?"

“토끼 사람인가 보죠.”

말을 하며 혀를 날름 내민다. 광호는 묘아에게 친밀감 같은 것을 느꼈다. 그게 어디서 기인한 감정인지는 설명할 수 없었지만.

그러는 사이 그의 차가 목적지에 도착했다. 최희태의 집 담벼락을 사이에 둔 도로가였다. 시간도 늦은데다가 기숙사를 제외하고는 아무것도 없는 지역이라 인적이 드물었다.

“제가 알고 있는 건 여기까지예요. 이 근처에 그녀들이 묻혔다는 건 알고 있지만……”

이제 묘아의 말을 믿지 않을 수 없게 된 시연이 또 한 가지 질문을 한다.

“혹시 누가 그녀들을 해쳤는지도 알고 있어?”

“네. 그렇지만 그건 말하지 않을래요. 제가 지금까지 도운 건 아무도 손해 보는 사람 없이 그저 두 넋을 달랠 수 있기 때문이에요. 따지고 보면 인간세상의 일은 아니죠. 그렇지만 그녀들을 죽인 사람의 이름을 대는 순간부터 그건 인세에 끼어들게 되는 거예요. 제가 이런 것들을 알게 된 건 인간 세상의 인과로부터 비롯된 게 아니에요. 그 힘을 인간 세상에서 사용했을 때 생길 업(業)을 저는 감당할 수 없을 것 같아요.”

“업이라……”

시연이 말끝을 흐린다. 정말 세상에 인과니 업이니 하는 것이 있는 걸까? 그렇다면 어째서 저 두 자매는 누가 장례조차 치러주지 않은 걸까?

그녀가 그런 생각을 하는 사이 묘아가 앞으로 한 걸음 나서서 이렇게 말했다.

"흙에서 태어나 흙으로 돌아갔으니 장례야 치러준 셈이죠. 그녀들을 죽인 건 그녀들과 친했던 사람이에요. 흔하디흔한 치정 싸움이랄까? 아차, 말하지 않는다고 해놓고. 보통은 이 정도 힌트만으로는 범인을 잡을 수 없겠지만 당신이라면 찾을 수 있겠죠."

묘아가 홀로 떠들고는 가볍게 한숨까지 짓는다.

"또다시 업보를 만들었네요."

시연은 묘아가 자신의 생각을 읽는다는 느낌을 지울 수가 없었다. 하지만 그게 사실이건 아니건 솔직히 대답할 리가 없다는 생각도 동시에 들었다. 수고롭게 캐물을 생각조차 접었다.

"그럼 한희 오빠, 마무리를 지어야죠."

한희가 묘아의 말에 고개를 끄덕이고는 한쪽 방향으로 돌아서 포권을 하고 허리를 굽혔다.

"배이화, 배이련 두 자매께 고하오. 그대들이 속세에 남겨둔 미련을 여기로 가지고 왔소. 불태워 저승으로 보낼 터이니 그대들이 원하는 대로 처리하시오."

한희의 말이 끝나자마자 광호가 모아온 신체 포기 각서와 수표들이 담긴 서류 봉투에 불을 붙였다.

따로 기름을 부어둔 것도 아닌데 서류 봉투가 화르르 맹렬하게 타올랐다. 한 덩이 재 뭉치가 너울거리며 하늘 높은 곳으로 떠나간다.

서류가 완전히 타오른 후 묘아가 모두에게 작별을 고했다. 다시 찾아올 거라는 말을 남기며 그녀는 가까운 버스가 다니는 곳까지만 차를 태워달라고 말했다.

그녀와 헤어진 후 시연은 택군에게 범인을 계속 찾아보라 명령을 내렸다. 특무 0과의 정식 업무로 접수를 한 것이다.

광호는 묘아가 끝내 신경이 쓰인 모양이다. 그녀를 버스정류장에 내려놓고도 백미러에서 한참이나 눈을 떼지 못했다.

그리고 한희는…….

"한희님."

밤에 자다 눈을 떴을 때 한희의 눈앞에는 하얀 소복을 입은 두 여인이 자신을 내려다보고 있었다. 더 이상 어린 소녀의 모습이 아니었지만, 한희는 그녀들이 이화와 이련 그 두 자매라는 것을 알 수 있었다.

한희가 몸을 일으켜 앉자 그녀들은 몇 걸음 물러나 큰절을 올렸다.

"한희님 덕분에 저희 자매는 극락으로 떠날 수 있게 되었답니다."

"지금까지 많은 사람들에게 부탁을 해보았지만, 귀신이라는 이유로 겁을 집어먹고 제대로 이야기조차 들어주지 않았습니다."

자매의 말을 듣던 한희가 입을 연다.

"비록 이승과 저승의 차이가 있으나, 백성을 살피는 목민관으로서 이 일은 당연하다면 당연한 것이었소. 다만 음지와 양지가 서로 어울려서는 안 되는 일이니 이후로도 저승으로 가시어 이승의 일은 잊길 바라겠소."

한희는 말을 마치고는 눈을 질끈 감았다. 더 이상 말을 섞지 않겠다는 뜻이다. 그 점을 알아채고 두 자매는 다시 한 번 절을 하고는 더 이상 그의 눈에 띄지 않는 곳으로 떠났다.

그녀들의 기척이 더 이상 느껴지지 않자 한희가 눈을 뜨며 나직이 탄식했다.

"세상이 어찌 이리도 어지러울까? 어버이는 자식을 버리고, 사람을 사고팔지를 않나, 할아버지께 들었던 왜놈들이 우리 강토에서나 자행하던 악행을 이제 우리 민족끼리 하고 있으니 이 어찌 제대로 된 세상이라 할 수 있단 말인가?"

문득 운백이 생각났다. 그가 보냈던 편지를 다시 꺼내보았다.

"세상에 실망하였다가 사람을 만났다……. 그게 누구일까? 시연이 말한 그 노한신이라는 사람일까?"

쉬는 날 하루 정해 서울에 다시 가보아야겠다. 한희는 이런 생각을 하며 그의 편지를 고이 되접었다.

『구품공무원』 4권에 계속…

SWORD SLAYER

소드 슬레이어

류연 판타지 장편 소설

FANTASY FRONTIER SPIRIT

그날로 돌아간 그 순간부터 입버릇처럼 붙은 한마디.

"생각해라, 아서 란펠지."

귀족 반란에 휘말린 채 죽어야 했던 기사, 아서 란펠지.
600년 전 마룡 카브라로 인해 봉인당한 세 용사의 영혼.
버려진 이름없는 신전에서 그들이 만났을 때
운명은 또 다른 전설의 서막을 알렸다!

소드 슬레이어!

힘없이 죽어간 모든 인연들을 위하여
무력하고 허망했던 어제를 딛고
멈추지 않는 오늘을 달려 내일을 잡아라!

위선에 가득찬 검들을 향해
여섯 번째 마나 소드, 에스카룬의 검이 질주한다!

2011년 대미를 장식할
준.비.된. 작가 정민교의 신무협이 온다!
『낭인무사(浪人武士)』

"죄수 번호 사천이백삼, 담운!"
"……!"
"출옥이다."

만두 하나.
고작 그 하나에 이십 년 옥살이를 한 소년, 담운.
그 답답하고 억울한 마음을 풀어낸다!

무림맹! 구대문파! 명문세가!
겉만 번지르르한 놈들은 다 사라져라!
겉과 속이 다른 너희들을 심판하러 내가 왔다!